纪实文学

孤島海灯

海灯法师与太湖西山岛石公山

汤雄 著

苏州大学出版社
SOOCHOW UNIVERSITY PRESS

图书在版编目(CIP)数据

孤岛海灯：海灯法师与太湖西山岛石公山/汤雄著
.—苏州：苏州大学出版社，2013.5
ISBN 978-7-5672-0509-3

Ⅰ.①孤… Ⅱ.①汤… Ⅲ.①传记文学—中国—当代
Ⅳ.①I25

中国版本图书馆 CIP 数据核字(2013)第 085952 号

孤岛海灯

——海灯法师与太湖西山岛石公山

汤　雄　著

责任编辑　董　炎

苏州大学出版社出版发行
(地址：苏州市十梓街 1 号　邮编：215006)
苏州工业园区美柯乐制版印务有限责任公司印装
(地址：苏州工业园区东兴路 7-1　邮编：215021)

开本 700 mm×1 000 mm　1/16　印张 17　字数 292 千
2013 年 5 月第 1 版　2013 年 5 月第 1 次印刷
ISBN 978-7-5672-0509-3　定价：35.00 元

苏州大学版图书若有印装错误，本社负责调换
苏州大学出版社营销部　电话：0512-65225020
苏州大学出版社网址　http://www.sudapress.com

内容简介

海灯法师法相

海灯法师是我国当代蜚声海内外的一代佛门高僧与武术大师，他在佛学修证、武术实践、中医药术、诗文创作等方面都有很高的造诣，是一位集佛法、武功、医术、文学于一身的佛教界传奇人物。在他生前87个春秋岁月中，有10年时间是在苏州太湖之中的西山岛上度过的。他在西山石公山的石公寺中隐居修持，潜心向佛、刻苦习武、悬壶济世，并在以武会友、弘扬佛法上建树卓著。正如海灯法师自己所说的那样："在西山石公的10年，是我人生中很为重要的一段岁月。吴县山青水清人更亲，我感谢你们！"

本文系作者自1972年在西山岛元山石灰窑（吴县碳素厂的一个车间）当徒工开始，经过30多年的资料搜集与案头整理，遍访当地知情人士及法师的几位俗家弟子，以他们与法师的长期亲密接触中耳闻目睹的大量事实为蓝本，经过考证与分析后所作下的忠实记录。在客观事实的基础上，作者尽可能以冷静的态度，艺术地再现了海灯法师从1958年到1966年隐居孤岛的坎坷经历，还原了被采访者亲身经历中有关海灯法师的真实情景与形象，详尽地解析了海灯法师隐居石公山的来龙去脉，首次披露了海灯法师的灵骨如何分成两批来到苏州、分别安葬与供奉在太湖西山岛石公山（寺）的全过程，公开了其中一些鲜为人知的传奇故事，具有一定的可读性、史料性与文学性。

目录

引　子

山径人稀水欲冰，
光明无尽佛前灯。
升堂茶罢跏趺坐，
我是江南行脚僧。

此乃当代名扬四海的一代高僧海灯法师作于1965年的一首七绝。从这首诗中，我们除了可以领略到海灯法师那种淡泊而开朗的胸怀外，还可以追寻其当午隐居江南、云游八方的踪迹。

1956年8月至1958年5月，海灯法师应江西云居山真如寺虚云长老之邀，在云居寺担任了20个月的住持后，又忽然离开了真如寺。直到1967年“文化大革命”期间，他才又回到了四川绵阳地区江油县重华镇老家定居下来。

在1958年到1967年期间，海灯法师时而出现在上海市武术表演大会上，时而出现在杭州举办的全国武术比赛大会上，时而出现在苏州市玄妙观三清殿前的广场上，时而又出现上海的复兴公园与淮海公园里。他就像一片飘忽不定的云彩，来去匆匆，行踪不定，给人们留下了一种扑朔迷离的感觉。然而，水流万里有源，树高千尺有根。这10年的时间，海灯法师究竟在哪里落脚谋生呢？

江苏苏州吴县（今苏州市吴中区）境内的三万六千顷

太湖中，有36岛、72峰。其中最大的一个岛名叫西山岛，岛西南处有座石公山，石公山上有座石公寺。那里湖光山色如画，四季瓜果飘香。海灯法师就在此隐居10年，任石公寺住持。

这10年中，海灯法师在西山石公山麓的石公寺中闭门修经、潜心向佛、刻苦习武、行医施术、妙笔著书，打下了扎实的修行基础。正如海灯法师自己所说的那样："太湖西山岛上的10年，是我进一步闭关修炼、开悟佛法的地方，我的一指禅二指功也是在西山岛上进一步修炼成的。"

海灯法师在这湖中孤岛上，经历了人生的种种坎坷，留下了许多鲜为人知的动人而又传奇的故事，并最终实现了在他百年圆寂之后将部分灵骨归葬于这个与香港面积一般大小的太湖孤岛上的遗愿。

可见，海灯法师与这个孤岛结下了何等浓厚的感情！这一段历史，无论是在长篇纪实小说《海灯法师》内，还是在范应莲所著的《我的恩师海灯法师》里，或是同名电视连续剧中，都不见描述。从而在这位大师的人生历程中留下了一段空白，也由此使海灯法师的这段历史蒙上了一层神秘的色彩。

笔者乃是从小喝着太湖水，在与西山岛遥遥相对的东山半岛上长大的，1972年又在西山岛上当过工人，1985年秋，我又以吴县交通局培养干部的身份在西山金庭公社蹲点锻炼，故而对于海灯法师的种种传说故事有着长期的了解，耳熟能详。凭着这一得天独厚的条件与长期有意识的采访搜集，在自以为材料充足完备的情况下，历时多年，七易其稿，精心撰写了这部以海灯法师后半生为主的长篇纪实文学《孤岛海灯——海灯法师与太湖西山岛石公山》，试着填补海灯法师的这段人生历史空白。

第一回　山雨欲来风满楼 远离尘嚣上孤岛

1958 年夏季的一天。

茫茫苏州太湖，浊浪滔滔。

一条小网船劈波斩浪，出苏州古城胥门，经胥江河，直向湖中峰叠翠垒的西山岛而去。

船上有四个和尚：三个年轻的，年纪均在 20 岁左右；一个年长的，年近六旬。年轻的和尚们盘膝打坐在船舱里，闭目合掌，口中念念有词，正在虔诚地做着功课。年长的独立船头，仰面向天，远眺着地平线尽头隐隐约约的一叶岛屿。但见他身穿一袭赭灰色僧服长衫，足蹬一双千层底牛耳芒鞋，犹如泥塑木雕似的，纹丝不动地站在那里，狭瘦的脸上神色木然。

这便是 15 年前在四川成都青羊宫擂台上以二指禅少林真功技盖群雄、声震巴蜀的海灯法师！他长得既非虎背，亦非熊腰；天庭既不饱满，地角也不方圆；身高不满五尺，脸庞也略嫌瘦小。但是那双眼睛却是炯炯有神。迎面的太湖风，猛烈而又骄横，掀得他身上的僧服猎猎欲飞、噼噼作响。然而，他那双迎风而睁的双眼，却连眨也没眨一下。

此时，海灯法师的心潮也与那茫茫的太湖水一样，起伏不停。

海灯法师的武术老师，早期有两位著名的武术家，一位是高道朱智涵，一位是王醴泉。他们不但都是中江龙台镇人士，而且还有着共同的师父——江湖人称“无敌手”的吴春。

吴春的武功学自祖父吴新基。吴新基幼年在少林寺出家，学得一身精湛的武功，壮年还俗，定居中江，传授武功，对其孙子吴春更是倾囊相授。

1930 年前后，海灯法师先后师从朱智涵与王醴泉，学武求艺长达七年之久。朱真人是山东泰安人，曾遍访南北名师，1907 年慕名吴春而入中江学艺；又研练罗浮山道长所传九式 72 气金钟罩，探微于少林、峨眉、武当诸家，并精通医理，尤擅骨科。海灯法师从朱道长学得少林南派功夫的“麒麟步”和“八卦掌”，还着力学习宝剑、单刀、双刀、枪、矛、棍等长短软硬器械和南北少林的技击功法。

朱智涵，海灯业师之一

1967 年海灯法师与百岁老人朱智涵（中坐）

后经朱道长介绍，海灯又拜师王醴泉，学习各种器械，着重练双节棍、三节棍、三角桩、追风盘破、七八缠丝、地木桩上的九步连环、南山折拗、青龙出洞、魁星点斗及柔术。

此外，海灯法师还博采众长，先后在中江从广福的肖云松、龙华道士高云鹤、外来武师方纯懿、陕西康世杰、大内高手后人石笋张玉麟、硬功名家兴发陈止亭、少林汝峰和尚处学得童子功、一指禅、梅花精拳、龙虎豹蛇鹤五形拳等武功。

遍拜名师、虚心好学的结果是：刀枪剑戟棍，无所不通；十八般武艺，样样可行。仅从历年海灯法师表演过的节目来看，其武艺就有：

少林棍、少林刀、少林枪、少林对剑、六通罗汉拳、龙虎豹蛇鹤五形拳、罗汉功、罗汉拳、金刚锤、方便铲、少林梅花精拳、单剑进枪、进铲、夺匕首、空手进枪(大刀、白刃、三节棍)、插子对枪和对串子、童子功、少林八法对打、罗汉观井、罗汉睡觉、独臂功、武当对剑、九节鞭、一指禅、二指禅、空手夺刀、三节棍对练、武松刀、燕子含泥、曲地龙、十八般兵器(包括虎头钩、峨眉刺等长短杂兵器)、待手对三节棍、左右金刚锤、硬气功等。

海灯法师担任江西云居山真如禅寺方丈,在那里讲经说法时,曾流传有他突然婉拒虚云长老挽留,离开真如寺,带着爱徒寂诚等不远千里,前往苏州寻找隐居之举止的多种民间传说,其中最煞有介事的是他当年在杭州比武时失手伤人一事。

说的是1952年在浙江省举办的体育运动大会上,海灯法师与一青年拳师比赛时,这位血气方刚的青年拳师亮出“西凉拳”与海灯法师交手。

“西凉拳”乃我国擒拿法中的上乘功夫。交手中,海灯觑出那青年功夫尚未到家,露出不少破绽,便有心谦让。谁知那青年年少气盛,不知深浅,用出了十分力气,右掌才发出,左掌又推进,构成连环套路,直取海灯“洪门”之处。海灯连连使出“罗汉软功”,招架中,他正想用“水中捞月”旋住对方拳掌,殊不料由于他下手过于疾速,操掌向前过猛,刹那间,一掌偏了些,只轻轻一拂,竟甩及对方下颌。当下,只听那青年“哎呀”一声,顿时血溢满口,双方忙罢手休战。海灯急上前看时,只见那青年的一对门牙已生生被他劈缺了一颗半……海灯见状,捶胸顿足,懊悔不迭。尽管那青年与裁判等人左右劝慰,也尽管海灯在这次运动大会上一举夺得拳剑两科锦标,但他还是觉得有违初衷,难以自容。所以不等比赛结束,就匆匆离开了杭州。

这次赛场失手,使海灯法师痛心疾首,深知自己的武术仍停留在当年的水平上,始终悔疚不已,认为这是他一生中不可抹去的耻辱。羞愧交加之际,他决意寻一偏远冷僻又便于修身养性、朝暮练功的地方隐居下来,静心苦练功夫。寻觅之中,海灯法师找到了位于江苏苏州市吴县境内的茫茫三万六千顷太湖之中西山孤岛上的石公禅院,决定在那交通闭塞、地处偏僻的孤岛上继续刻苦磨炼,苦心修行,再求正果。

其实,这仅是传说。海灯法师突然离开云居山真如寺前往苏州太湖西山岛真正的原因,是他为了远离尘世的俗扰,继续静心修持。

话仍得从1956年8月说起。

当时,虚云长老已是118岁高龄,寺院要在他的寿辰举行盛大法会。按照虚云长老的旨意,其法会主要内容是讲经,要讲《金刚经》、《法华经》、《楞严经》三大部。虚云长老能讲，但年事已高，在任有方丈性福法师虽是大学生，儒门高才，但对这三部经研习不全。性福法师是四川人，他举荐海灯法师担任主讲并接替方丈。虚云长老德高望重，虚怀若谷，是中国佛教协会的名誉会长。印度、尼泊尔及东南亚各国僧人中，有不少是他的弟子。那年，曾与海灯一起同学于虚云长老门下的高徒度轮，就是在虚云长老的亲自提携与推荐下，去了加拿大，向西方的善男信女们传播东方佛学的。为此，虚云长老应允了性福法师的举荐，把法传给了海灯法师，并于1957年农历八月中旬，由海灯法师正式接任了云居山真如寺的住持。对此，有虚云长老当时致佛源便函为证：

佛源仁者慧鉴：

来函阅悉。仁者发心弘戒，续僧伽命脉，甚可嘉慰。惟既为阇黎，弘范三戒，律己应严，为众表率；传戒期中尤宜注意，切勿男女混杂，起人讥嫌。海灯和尚已允在戒期前来讲经，惟请准备《梵网经》、《四分戒本》及《沙弥律》三种经本，以便临时采用。此候法喜。

本山约有新戒十余人前来求戒。

虚云合十

又八月初七日

虚云长老与海灯法师

20世纪50年代，虚云(后中)与海灯(后右1)、寂诚(前右2)等僧人合影

据当时听过海灯法师讲经的体光、清贤和意灵等法师回忆，他们不仅自

始至终听了海灯法师讲经，并在同一个禅房坐禅。这次法会讲经第一期历时约六个月，每天下午开讲。海灯法师对这三部经文很为熟悉，有些章节可以背诵，义理讲得很清楚。休息时，海灯法师还教年轻和尚练武强身。虚云长老和性福方丈、众僧人、居士等，对海灯法师的佛学与武功等造诣，都非常赞赏。

有关海灯法师离开云居山真如寺的日期，也可从虚云长老 1959 年所著《重建云居山真如寺略记》一文中相关所记求证：

> ……丁酉春正月，兴建客堂、功德堂、钟鼓楼、韦驮殿、祖师殿、禅堂……冬十一年完成。夏六月，住持海灯开讲《法华经》，并为青年比丘二三十人，成立佛学研究苑，造就僧材。冬十二月，起禅七三期。住僧至二百众。
>
> 戊戌年，詹励吾居士发起兴建海会塔（规模悉仿南华）。夏七月，仍由性福接任住持。

可见，海灯法师是在性福法师的举荐与虚云长老的允准下，在江西云居山真如寺担任了一年零八个月的住持。讲经期间，海灯法师还积极主持真如寺日常事务，带领僧众开发建设，重修了钟楼、鼓楼。至今，中梁上还有虚云、海灯的名字。直到性福和尚重新接任住持前，海灯法师才于 1958 年夏季离开云居山真如寺前往苏州的。

20 世纪 50 年代，海灯留影

1958 年 7 月上海，海灯表演金刚腿

那么，海灯法师忽然辞去真如寺住持，离开了虚云长老的真正原因是什么呢？

这事仍得从虚云长老说起。

原来，当时“退居二线”的虚云长老，正承受着“整风反右”政治运动的冲击。净慧法师在其所作的《虚云和尚行业记——纪念虚云和尚圆寂三十周年》的回忆录中，有权威的记录。摘要如下：

> 1949 年 10 月，中华人民共和国成立，《共同纲领》规定人民政府保护宗教信仰自由。云门修建事宜基本完成。虚老自 1943 年由曹溪来云门，决心重兴大觉禅寺，复振云门宗风，如是昼夜辛勤，宏规硕划，巨细亲躬，因高就远，审地为基，大兴土木，广造梵宇，历时九年，重建殿堂楼阁共一百八十楹，新塑大小圣像八十余尊，宝相庄严，梵刹清净，士庶瞻依，衲子云来。
>
> 1951 年春，云门拟于春期传戒，各地闻讯前来求戒者颇众。其时适值全国“镇反”运动开始，有湖南某县不良分子 × 某等混入其中，湖南公安部门追至云门，将其捉拿归案。由是之故，遂引起乳源地方当局对云门寺新老僧众产生怀疑，甚至误传云门藏有军械、电台。地方当局乃于夏历二月二十四日派出百余人，于午斋时抵寺，将寺团团包围，寺之左右及后山高地，均架起机枪。当时全寺僧人百余人正在斋堂用斋，均不许离座。为搜寻军械电台，所有殿堂房舍均经详细搜查，一无所获。对于诸执事僧稍有可疑者，均次第叫出问话。至掌灯时分始离去。此即海内外一时甚传的“辛卯云门事变”的开始。直至夏历五月二十三日，京穗调查组至寺，在上级领导部门的正确处理下，云门的这一“镇反”扩大化事件始告平息。这场历时三个月的“云门事变”，前后被拘禁僧人二十六人。
>
> 1958 年春，“反右派斗争”在全国佛教界普遍展开，云居山大众亦在受教育之列。5 月 30 日，老人书（虚云长老。笔者注）《云居山学习会示众》（“大字报”）五言偈一首以告大众，全文 48 句，是一篇很宝贵的历史资料。在此席卷全国的政治激流中，出现指向老人之“大字报”或“意见书”，乃意料中事。

原来，海灯法师凭借自己的预测，为躲避来势汹汹、铁面无情的政治风波，担心因自己的“历史问题”再使虚云长老雪上加霜，不得不辞去云居山真如寺住持之职而离开江西。

对此，范应莲在他所著的《我的恩师海灯法师》一书的第 23 章中也有类似的追忆：

> 1958 年“整风反右”时，海灯法师正在上海讲经。江西批判虚云老和尚，多次通知海灯法师前去开会、揭发。海灯不愿去，上海市委统战部门、宗教部门也保护他，不让他去，讲他是穷人出身，没问题。结果江西还是给虚老戴上了右派分子的帽子。“整风反右”之后，全国各地一样，都让和尚去做手工劳动，学做花，并鼓励和尚还俗。海灯法师年已过花甲而且是大法师，不可能去做手工业，更不可能还俗。在这无路可走的时候，经隆生的介绍（隆生是苏州吴县人）到了苏州吴县……

虚云长老挽留无效，只得眼看着爱徒远走高飞，继续改由性福和尚接任云居寺住持。

上述四段重要的摘要，除了范应莲的追忆外，其余均摘自净慧法师编辑、全国佛教协会主席赵朴初亲笔题写书名、河北省佛教协会 1990 年 12 月印行的《虚云和尚法汇续编》一书。

海灯法师离开云居山真如禅寺时，有寂诚与寂平两个年轻而又虔诚的和尚执意随他一起同行。

海灯一行来到苏州后，先登上位处苏州市西郊的木渎镇灵岩山，拜访了时任灵岩寺监院的净持法师，特意要求熟悉苏州佛门情况的净持向他们介绍偏僻冷落的庙宇，便于他们日后隐居修持。

净持是海灯的朋友，俗名李光兴，湖北武汉人，会使双枪，曾任叶挺将军的警卫员。1946 年 4 月 8 日，叶挺自重庆飞返延安途中，于山西省兴县黑茶山因飞机失事遇难。同机的遇难者还包括王若飞、博古（秦邦宪）、邓发以及叶挺的妻子李秀文、五女儿扬眉和幼子阿九。

当时，李光兴手捧叶挺将军等以身殉国的那张报纸，在滔滔的嘉陵江畔抱头恸哭，引得路人纷纷止步围观。无意间，他又在这张《大公报》上看到一则新闻：一位留学法国且有成就的化学家，毅然舍家归国效劳，迭经半年奔波，终未找到一份工作，愤然上吊自杀于重庆中山公园厕所内。文末还有一张死者随身带的护照照片。

触景生情，面对渺茫无望的前途，李光兴彻底绝望了。

于是，1946 年春寒料峭时节，李光兴拖着麻木的灵魂和躯体，蹒跚地走进了汉口那座古林遮蔽、简朴雄浑的归元寺，剃尽头发出家为僧了。

从此，李光兴成为了净持和尚，开始了他那清苦寡淡的佛教徒生涯。他先在汉口归元寺受戒，再上四川峨眉山学佛。就在四川峨眉山学佛时，他认识了满腹经纶、才华横溢、风华正茂的海灯法师，并与其成为了同参好友。

现在，海灯法师一行来到苏州，听说净持和尚也早已云游到了苏州，并且正在灵岩山寺担任监院，于是，海灯法师就马上带着两徒弟登山及寺，拜访他昔日的同参禅友净持法师了。

见到好友海灯法师自天而降，净持和尚自是非常高兴。于是，在净持的介绍下，海灯法师一行即乘船驶入水天一色的太湖，直奔位处西山岛上的石公寺。

这时，随海灯法师同行的爱徒中，多了一个法名广法的年轻和尚。他当时是苏州东山龙头山龙头庙中的一个挂单的和尚，也是海灯法师早年收下的一个弟子，见到师父后，他竟说什么也要追随着师父一起前往西山石公寺。海灯收下了他。

寂诚是江苏泰州市人，长得虎背熊腰，身强力壮，一脸络腮胡须，让人望而生畏；广法是上海市崇明县人，生性懦弱，少言寡语，忠厚老实；寂平是福建省福州人，生得白净细腻，修眉美目，一副书生气。

三人中，要数寂诚和尚年龄最长，所以他是海灯法师的大弟子。事实确也如此，早在 1949 年，寂诚就已被海灯法师一眼相中，收纳为徒了。只是未曾办什么拜师纳徒的仪式。

话得从 1949 年 6 月说起。海灯法师受邀去上海佛学会讲经，与少年寂诚相遇。

寂诚姓缪，1931 年出生在江苏泰州市，兄弟姐妹共有七人。他家里贫穷，自己又时常生病。所以他八岁时，父母迫于无奈，忍痛将他送进附近的寺院，取法名“常忍”。出家后，常忍除了习经做功课外，还着意练武。

1949 年，海灯法师到上海弘法，白天在佛学会讲经，晚上在武馆表演武术。常忍见了，常悄悄跟去“偷师”，然后回去一遍遍地苦练。当时常忍和尚才 17 岁，年纪轻轻，经文却唱得不错，当即引起了海灯法师的注意。一天，海灯与常忍单独相处时，用手捏了捏了他的肩膀笑着说道：“你小小年纪，唱经却唱得好。会打拳吗？”见常忍摇头表示不会时，海灯接着问道：“那你想不想学功夫？”

学功夫就是学武功，这可是常忍和尚从小就向往的，所以他当即一边连连点头表示愿意，一边忙着礼数周全地向海灯作了一揖："敢问海灯师父愿意收我为徒否？"

海灯没正面回答，只是笑着问道："跟我学功夫，可是很辛苦的，你受得了苦吗？"

常忍见海灯有意收他为徒，当即高兴地又向海灯法师深深作了一揖，答道："受得了，我什么苦都受得了。"

就这样，常忍成为了海灯法师收下的第一个以习武为名的佛门入室弟子。

海灯法师按"真如性海，寂照普同"八字排行，常忍入门时正轮到"寂"字辈。佛家语云："寂里能容长生法，诚到极处始通神。"海灯法师取此句前两字为他起法名"寂诚"。

寂诚从拜海灯为师到与师父忍痛别离，他跟着师父云游四方，习经、练武、学医，经过了整整 18 个寒暑的更迭。期间，寂诚不仅练得一身好武艺，还在师父那里学得了颇为高超的医术。他用少林五行功、少林内养气功、少林保健气功、少林点穴功等 10 多种气功疗法，治疗跌打损伤、骨折脱臼、淤血红肿、腰肌劳损、坐骨神经痛、肩周炎、颈胸腰椎肥大性脊柱炎等 20 多种疾病。在后来的几十年中，他用少林气功先后为国内外 10 多万患者治好了各种疾病。师父那自奉节俭的生活习惯与刻苦严谨的崇武作风，更为培养寂诚高尚的人格奠定了扎实的基础。这也是后话。

先说生活上：自从成为海灯的入室弟子后，寂诚便和师父朝夕相伴，食宿一处，日子确实过得非常清苦，一天三餐都是稀粥。一开始，寂诚很不适应。但师父超乎寻常的节俭，终于让他将感动化作了实际行动：每餐一碗稀饭吃完，师父碗内留下了些许米糊子，但就是这薄薄的一层稀米汤糊，海灯也从不浪费，夹一筷子青菜（菜里只放盐，不放油），沿着碗边抹上一圈，然后连菜带糊一起吃下肚。最后，他还要倒点水在碗中，端起来，晃一晃，全部喝下去。

庙里供奉菩萨的斋饭，时间长了，上面一层米变了颜色。可师父从不肯剔除倒去，而是把米洗一洗，煮粥喝。寂诚担心师父吃坏肚子，就劝师父算了。可是师父朝他一瞪眼，落地有声地答道："粒米皆从辛苦得，我们一定要惜食，否则就不配练武，将来要饿死！"那时候，除了粥，寂诚几乎再没有任何零食，看到信徒供奉送来的糖果，少年寂诚馋得满口生津，幸福得练功也都多了几分精神。但是师父不准他吃一颗，硬要等到糖果溶化了，才准许慢慢品尝。海灯对寂诚说："世间万物皆有生命，哪怕是一颗糖。佛家讲究不杀生，所以我们只有等到糖自己溶化了，才能吃。"

听到这里，寂诚豁然开朗：难怪师父平时每天早上起来洗脸，也只用一小碗水，还说什么“一碗水四千虫”，连水都轻易不舍得浪费一滴。原来这不是师父小气，而是他有一颗仁慈普爱之心呀！

师父始终与寂诚一起以“惜衣、惜食，非为惜财，缘惜福”作为座右铭，艰苦自持得几近苛刻，一日两餐，保持着“过午不食”的佛教徒古制，终年吃喝稀少而粗糙。但当他人遇到饥荒时却能乐于助人，慷慨解囊。

那年，华顶寺50多位僧人缺粮断炊，面临绝境。海灯法师知道后，就把自己的衣褥财物变卖成钱，然后买了粮食送上山去，向每位僧人济助四斗（约45斤）。平时别人供养他的钱物，他也总是分送给病弱老僧或当地贫困人家。一次，有位陈姓贫农，一家五口，断炊多日。海灯法师闻讯，就送去仅存的10多斤米，自己则宁可一日两餐喝番薯汤度日。

有关海灯法师乐于助人、广结善缘的事迹，在西山岛上同样也有流传。他的上海俗家弟子张悦明在他的《永远怀念恩师海灯法师》一文中写道：“法师在石公山时期，和本地平民相处非常融洽，人们上山，法师总是热情相待。五十年代，乡村生存非常辛苦，法师虽靠传授徒弟有些收入，比起平凡老平民的日子要好过些。然而，终因他频频援助比他更加苦难的人们，所以囊中似乎永远空空，无有积蓄。人们上山劳动，他就为他们沏茶，下面条。寺院划归生产队后，法师也加入农业劳动。但法师从小念书、习武，没种过果树，果农们就热情地教他，他呢，也谦和地讨教。生产队长非常照顾他，总让他干一些简略的农活，更多的是让他看看橘园，法师对此非常感动。”

1951年土地改革，海灯法师分得真觉寺前一亩七分地。他躬耕自食，乐在其中，还创作《煨芋》、《春耕》、《天封寺锄草》等以劳动为题材的诗。他在其《山居即事》中写道：

修罢止观还读易，
犁松芋土更担柴。
山居莫道多清苦，
妙乐无边自耦耕。

他烹煮的豆腐、竹笋、芋艿等特别可口，赢得众僧的啧啧赞赏。

1951年冬，海灯法师在华顶茅棚修持，日食一两米淡粥多时，生活非常清苦。僧众见他所食之粥稀薄不免皱眉，海灯见了，乐观地创作了两首打油诗：

其　一

稀粥底下有一我，鼻风吹起浪翻波。
波起我变非是我，形影相对笑呵呵。

其　二

薄粥稀稀水面浮，微风吹动荡波秋。
看来好似西湖景，只是无人下钓钩。

众僧听了，不由改颜为笑，跟着背念起这两首打油诗。

海灯法师在饮食上如此苛刻节俭，在衣着铺盖方面也同样如此。在1950年至1957年这七年中，海灯法师先后驻锡于华顶、上方广、天封、高明、国清、万年、真觉诸寺。其中在国清寺大约四年，最后由真觉寺（智者塔院）出山赴沪。他持戒精严、勤习密台、生活俭朴、乐于助人，并以擅长讲经、诗书和武术闻名遐迩。尽管海灯法师周游甚广，但他那苦行总是有口皆碑：天台山海拔1098米，冬天气温降到零下10余度时，他也只穿一件单短衣或夹短衣，外罩一件过膝的千针衣。他的寝室没有床铺，也没有被褥，只有一张宽长各60厘米的正方凳子。每夜12时后跏趺而坐两三个钟头，就算睡眠。

由于海灯法师精修密宗，功底深厚，故而身体仍然十分健康。僧人与他三年相处，居然听不到他一声咳嗽。一次，返回华顶山，夕阳西坠，海灯法师步履轻捷，同行者人困体乏，小跑才勉强跟上，后面还有挑柴的农民赶路。海灯法师见状，又脱口而出：

他人骑马我骑驴，
悒悒思量还不出。
回头看看推车汉，
比上不足下有余。

再说习武：寂诚开始跟着师父练梅花桩的时候，先学"站桩功"。用一块砖头当做梅花桩，把脚心、脚跟与脚尖分作三个部分，依次站在上面。待等全部站稳了，再加上一块砖头。一直加到五块砖头。练的时辰，以一炷香为准。香燃尽，才算结束。这个练法着实累人，一炷香没个二三十分钟不会燃尽。少年寂诚怕累，吃不了这个苦，就趁师父不在眼前，自作聪明地偷偷将香束掐掉一小截。谁知道师父在自己的屋里也同时点上了一炷香，他这点小把戏怎么能瞒过了师父？所以当寂诚自以为偷懒成功回到屋里的时候，师父只要一看自己屋内点的那炷香，就什么都明白了。于是，师父生气了，脸一板，开出了罚单："去跪砖头！"于是，聪明反被聪明误，偷鸡不成反蚀把米。作弊的那次，寂诚一跪就是两个小时，直跪得双膝盖上都磨破了皮。然而跪完还不算完，师父还要重新点上支香，令寂诚继续练，把他掐掉的时间给补回来。

……

"师父，西山岛到了。"身后，爱徒寂诚轻轻一声提醒。

经寂诚一声提醒，海灯法师这才从遐思中回过神来，放眼看去，果见不知不觉中，小网船已傍西山岛石公山脚下。

海灯师徒弃船上岸。

海灯伫立在湖边一块大青石上，环顾石公山四周，顿觉神清目爽，不由脱口吟道："真是个好去处呀！"

但见：

怪石参差奇天工，
云烟苍茫听疏钟。
一面傍山三面水。
古寺飞檐凌长空。

西山岛，南北 11 公里，东西长 15 公里，面积 79.3 平方公里，系太湖第一大岛。太湖中有 36 岛 72 峰，西洞庭山为其中最大而尊峙于中央，湖水簇涌，群峰环拱，远近参差，若圭若璧，湖光三万六千顷，澄碧如镜。古人云：不游洞庭，未见山水。清朝王维德的《林屋民风》曰："山之在面者，其景最胜，若夫以七十二峰之苍翠矗立于三万六千顷之波涛，其胜遍行天下，唯是有之。"袁宏道的《洞庭山记》说西山有七胜："山之胜，石之胜，居之胜，花果之胜，幽隐之胜，仙迹之胜和山水相得之胜。"

西山除有湖山之胜外，寺院也同样众多，有西山十八寺之称，简称"法际文双王，东西上下方，花罗包水石，资福报忠长"。这 20 个字，即概括了岛上法华寺、实际寺、文化寺、天王寺、侯王寺、东湖寺、西湖寺、上方寺、下方寺、花山寺、罗汉寺、包山寺、水月寺、石佛寺、资庆寺、福源寺、报忠寺、长寿寺这十八座寺院之简称。另外，西山岛上还有石公寺、盘龙寺、明月寺等。这些寺院大多兴盛一时，民国后日见衰败。民国十九年（1930），西山岛上的寺院住持或管理者有大休（包山寺）、慧铿（上方寺）、海德（天王寺）、慧峰（法华寺）、祥源（福源寺）、宏修（实际寺）、严修（西湖寺）、林安（东湖寺）、通源（罗汉寺）、从海（报忠寺）、宏顺（盘龙寺）、悟源（石佛寺）、勤甫（石公寺）等。新中国成立后，出家僧尼大多还俗劳动。“文化大革命”中，西山寺院全被拆毁，仅有盘龙寺、明月寺、实际寺等少量屋宇因被用做仓库或民房而得以幸存。仅有的僧人或还俗，或外出，不再有佛事活动。此为后话，不作赘述。

石公山在西山岛的东南隅，山高49.8米，为石灰岩低丘，周围约一公里，景点面积17公顷，是一三面环水的半岛。山体一面背依丛岭，一面斗突太湖之中，似青螺伏水，如碧玉浮湖，与东山的三山等岛屿互为对景。山不高大，却怪石奇秀，危崖绝壁，石窑洞穴，比比皆是；满山翠柏，郁郁葱葱。青山绿水，其情景之美，可以想象。由于石公山为石灰岩山体，久经雨水和水浪的冲蚀，山石奇特，岩壁嵌空。山边的礁矶，壁立湖边，瘦漏透皱。石公山也就是因为山巅有一对伛偻对峙、形如石公与石婆的巨型太湖石而得名。

唐代就已闻名天下的太湖石，即主要产于这一带，并留下了“联云嶂”等遗迹。山东部的许多石景，包括石公、石婆、剑楼、飞来峰、联云嶂、蟠龙洞等，驰名江南。北宋末年，奸臣朱勔为取悦皇帝，在此大肆开采挖凿太湖石，结为“花石纲”，运往汴京，构筑艮岳。清代诗人吴庄曾作诗对朱勔的罪过进行了严厉的谴责：

万朵芙蓉石作胎，
五丁珍惜不曾开。
一从采凿成纲运，
翁媪千年对劫灰。

石公山是西山岛上的主要景点，王鏊、申时行、吴伟业、顾苓、易顺鼎等古今名人都来过这里。相传，清顺治年间，西山显庆禅寺（包山寺）住持山晓和尚应诏进京，主持顺治帝为董鄂妃葬礼而举行的佛事活动，受顺治赏识，得赐御书“敬佛”两字。山晓将御墨带回西山后，作为镇山之宝。光绪年间，因显庆寺衰落，西山地方官角头司巡检暴式昭为保存古迹，令工匠将“敬佛”御墨精心仿凿于一方两平米大的大青石板上，并移置于石公山石公寺印月廊中，引为西山岛上所有寺院庙宇的骄傲。那石公山山上奇石怪峰，千姿百态，古树异木，峥嵘稀罕；山下碧波万顷，一望无垠。无论近观远看，都俨然一座天然的水石大盆景，玲珑锦绣，令人赏心悦目。

一座土黄色的寺院，就掩藏在山前那绿荫森森之中。

海灯师徒们正一边心旷神怡地环顾山水景色，一边拾级而上，忽见石公寺院门开处，气喘吁吁地奔来一个胖大和尚，匆匆来到海灯师徒面前。刚站稳，他便合掌施礼说道：“不知法师即刻就到，恕弟子有失远迎。”海灯即忙合掌还礼，微微笑道：“出家便是一家，不必客气。想必你就是明海师父了?”

“不敢不敢，”明海连摇双手，“法师就叫我明海得了。往后还望法师不吝指教才是。”海灯笑道：“同皈佛门，尘路茫茫，实在不必客套。”说罢，他取出净持法师的亲笔信，交与明海。

两人正客套寒暄，忽然，寺院里群鸟惊飞，犬吠声声。明海闻声不由立皱双眉，叹道：“罪过罪过。这些山里人又不安分了!”说罢，竟也顾不得与海灯法师等人打个招呼，便转身脚跟打屁股飞也似的去了。这真是：

竹秀千尺是虚心，
学海万里求无境。

欲知寺院里发生了什么事情，且看下回分解。

第二回　文武双全施小技
虚怀若谷窥全豹

且说海灯师徒四人来到石公寺前，正与迎将前来的明海和尚寒暄，不料寺院中一阵骚乱，引起明海和尚一声叹息。于是众人前后相随径直向石公禅院而去。

进得院内一看，原来是地方上的几个山民趁明海离寺之机，正忙着偷窃院中种植的瓜果蔬菜呢，好端端一片青菜地，硬让那几个山民割铲得七零八落。明海见之，好不心痛，一声大喝："呔！你们几个也太不像话，黑灯瞎火来偷不算，连青天白日也竟敢来作孽了！还不快快给我放下！"

那几个山民一边驱赶扑将上前的护院狗，一边油腔滑调地说道："王胖，不要这么吓人势势。只因我们人多口众，不够吃了，才向你来暂借少许。日后等我们地里的长大了，如数还你就是……"

明海闻言，愈发生气，怒道："还敢强词夺理，有这等借法的吗？你们还要脸不要脸？再不放下，莫怪我……不客气了！"

一山民听得"不客气"三字，不由笑出了声，一边搂起青菜往外走，一边有意嘲讽明海道："不客气？如何个不客气法？想动口，我们有几张嘴；说动手，只怕在你的大肚皮上戳出几个洞来。嘻嘻……"

明海气得脸上的肥肉簌簌发抖，要是以往，他是不敢与这帮“地头蛇”斗的，但今天他有一代武师在旁，所以胆子也大了，话也硬了，喉咙也大了：“你们究竟放是不放下？”

“嗬，今朝你是蚊子叮菩萨——当起真的来了！今天爷笃（们）就是不放下，你看哪哼（怎么样）？”

“你……”明海气得脸色发白，忙把求援的目光投向一边的海灯。

一边的海灯法师只是微笑不语。

那几个山民汉子不屑与明海争吵，胳膊肘一扭，推开明海，便要夺路而去。明海见状，一时性起，本能地伸手一把扭住为首那个汉子的胳膊。那汉子手一松，“哗”一下，满抱的青菜撒了一地。

那汉子怒了，黄皮脸涨得通红，骂声娘，飞起一脚，对准明海厚墩墩的屁股上就是一记“踢倒南山”。明海哪受吃过这般打击，一个踉跄，险乎闹个前趴。明海恼羞成怒，咬牙切齿地骂了一声“今天不教训教训你还当了得”，话音未落，便一头撞向那汉子，硬把对方撞了一个趔趄。

那汉子也火了，他一边架住明海，一边起脚对准地下嫩生生的青菜就是一通乱踩乱踏，嘴里还不住声地骂道：“大家没有吃，大家没有吃……”

正这时，忽然，一只瘦骨嶙峋的手掌轻轻按在那汉子的膝盖上。那汉子一惊，顿时觉得那手掌犹如一块千斤巨石，竟压得他的腿脚动弹不得。汉子转身定睛看时，却是旁边那个瘦小干瘪的陌生和尚。

海灯和蔼地朝那汉子一笑：“施主这又何必，好端端的青菜，种成这样不易呀，糟蹋了可惜。”

那汉子挣了几下没能拔起脚来，心里便有了几分虚，要想伸手打人，却见海灯法师笑容可掬。有道是伸手不打笑面人，那汉子只得嘴上继续凶狠：“你这和尚，关你什么屁事？”

海灯把手松了，笑道：“我只是可惜了那些青菜，你们不是要拿去吃吗？那就请好好拾起，带了去吧。”

那汉子一怔，以为瘦和尚害怕了，不由冷笑一声：“算你识相！”便忙忙撸卷起地下的残菜剩叶，抱着先自出了寺门。还有的几个见了，也不再逗留，一个个慌忙而去。

眼睁睁看着几个偷菜汉出门而去，明海不由埋怨起海灯来了：“法师，你不知道，这几个山民实在可恶，我辛辛苦苦地种在寺院里的一些蔬菜，有一半是他们明抢暗偷了去的。你怎不帮我教训教训他们，反倒放他们走了呢？”

海灯法师宽宏地笑道:“出家人以慈悲为本,必要时施舍也要施舍呢。我看这几个人并不像是故意前来寻事捣蛋的,所以我就放了他们。”

“法师怎见得他们不是泼皮无赖?”

“有道是买瓜看皮色。你看他们的脸孔,个个面黄肌瘦。不是饥极是不会干这勾当的。再有你看这地下的菜叶片,不也都尽让他们捡拾了去呢!想必他们家中确实需要。不是根牢果实的农民是决不肯这样做的。”

明海闻言不由向地下一看,果见刚才被那汉子践踏一地的菜瓣叶皮等也均被撸卷而去。便不由沉吟道:“法师说的有些道理,只是他们将我辛辛苦苦种大的蔬菜瓜果偷去,我可总不能袖手旁观的呀!”

海灯法师也不与他议论,只说了句“来日方长,从长计议”,便将话题岔开,随明海进了石公禅院。

走进院门,是一天井,穿过天井,便是佛堂了。

佛堂里供有几尊弥勒罗汉,均是泥塑木雕。过佛堂后有厨房、香堂。香堂两边是东西厢房。从厢房出门,便是一片空旷的、约有四百平方米大小的砖场。砖场一端斜斜延伸向湖中,一端有石径直通石公后山。另有小道通往“移影桥”及“一线天”、“石公石婆”等风景点。整块砖场背倚峭壁而砌,那峭壁高达20余丈,平坦光滑,壁上青苔遍布,杂树丛生。峭壁顶端有一构造古朴恢弘的凉亭,名“来鹤亭”,源自唐代一则传说。尤奇的是,亭后石缝中,竟生出一棵一人合抱粗的遒劲的青松,挺拔飘逸,显出倔强峥嵘之神气。整片砖场布局,酷似一张太师座椅,浑厚天然,却又不失玲珑精巧之势。

海灯法师看到这里,更是心满意足,暗下已把这片空砖场定为自己与徒弟们以后每日晨晚的练功场。至此,他心中不由对禅友净持更为感谢。正看得入神,忽听有人大叫着“明海师父”飞奔近前,转眼看时,只见一老汉背着一个少年奔进寺院,来到明海身边。

明海微微皱眉,道:“小狗又怎么了?”

老者气喘吁吁道:“刚好,好了几天,又,又犯了。昨夜里一夜没有好好地困着,直叫痛。”

明海故作姿态地向海灯法师一摊手,做了个“又来打扰了”的姿势,便让老者放下那个叫小狗的少年,将双袖捋起,然后用双手在那少年腰臀之处就是一阵推拿按摩。

原来,明海和尚懂得一些中医推拿针灸之术。那少年来时哼哼唧唧,现在被明海几下推拿按摩,气色顿见好转了些许。趁明海为那少年推拿之际,海灯法师与那老者攀谈了起来。

言谈中，海灯法师知石公山一带既没有大夫更没有医院，山民一旦得病，只得去10多里外的东河镇卫生院求医。所以，自从明海来了后，山民有些小毛小病就不需去东河镇了，都来寺中求明海和尚诊治。

少顷，明海按摩完毕，令那少年站立起来。谁知那少年刚一起立，便又坐了下去，连叫腰酸背痛，站不起来。看到这里，海灯法师已知那少年患的不是其他病，而是人们通常所说的"坐骨神经痛"了。为维护明海的权威，他并不急着向明海挑明，且看明海往下如何诊治。

明海没了办法，搔头摸耳了一番后道："看来，小狗这腰臀扭伤用推拿已不是办法，得用膏药敷设才能好得起来。"

老者忙道："那就烦请明海师父配上几帖药吧。"

明海摇头道："我这里从来不配伤膏药，你们还是去东河镇卫生院诊治吧。"

老者听了，望望少年，不由面露难色："哎呀，去一趟东河镇，一来一回，怕我这身老骨头吃不消了。"

明海已不耐烦，挥手道："那总不见得让我去东河镇为你配药吧。快快去吧，不要多啰唆了。"

老者无奈，只得谢过明海，转身费劲地背起小狗。这时，海灯法师一声"且慢"，笑吟吟地挡住了老人，转尔又问明海："明海，你处可有银针？"

明海点点头，不解地望着海灯，道："有呀，莫不是法师你也……"话到这里，似觉不妥，忙把下面"也懂医道"几字咽了下去，改口道，"另有绝招？"

海灯法师笑道："让我试试。"

明海这时方知海灯法师也懂中医，便忙回房取来一管银针，殷勤地递给海灯。海灯接管在手，从中挑了一枚银针，先让那小狗不要害怕，后持针对准少年臀部"环跳"穴位处慢慢扎了下去。

一支香的工夫，海灯法师去掉银针，让那小狗起身行走。少年遵命抖抖起身，又抖抖走了几步，却是不会再瘫软坐下了。老者见状，不由喜盈于色，直搓双手，一时不知说什么好。

明海见状，也不由两眼发亮，情不自禁地对海灯法师说道："哎呀，看不出法师能武又能医呢！"

其实，海灯法师岂止是"能医"，用"精于医术"四字形容也不为过。据西山岛上凡接受过海灯法师诊治的山民回忆，海灯法师有着一手精湛的中医针灸技术，平时若有年轻的山女农妇前来求诊，为不致让女患者裸露肌肤，他还会隔着衣衫下针呢！唯一缺憾的是海灯法师似乎不注重卫生，取出银针也不消毒，用手指在针尖上稍微捻上一捻，就对准穴道隔衣飞针了。

现在见那少年已抖抖地站起自行行走，那老者更是感激，抱拳曲肘，要向海灯法师施以跪谢之礼，被海灯挡住了。海灯法师嘱那小狗每隔一日来寺针灸后，便将那一老一少送出了寺门。

送走客人，海灯法师这才向明海说明那小狗并非是韧带扭伤，而是坐骨神经症。明海听了，这才明白海灯法师刚才为何不立即向他说明情况，原来那是为给他在他人面前留下面子，不由得脸上浮起了一层酡红。

原来，还在海灯法师 19 岁那年，他曾在成都市祠堂街少城公园内，拜过一个河南籍的卖药人为师。三五个月下来，师徒俩建立了深厚的感情，那个总是不愿透露自己姓名的河南卖药汉在与海灯分别时，曾慷慨地向这位能文能武的机灵的小伙子传授了他祖传的单方秘诀，还教会了他通过辨识病人身体穴位，治疗跌打损伤的科学医治方法，并向海灯传授了几种采集草药、自己配制丸散膏丹的祖传秘方。

海灯学会医术后，经常给人治病。还在天台山挂单的时候，海灯法师不凡的医术已初露头角：一次，四川来了一位和尚，腿上疔疮疼痛难忍，是海灯法师用气功把他治好；1950 年，浙江天台邮电局局长丁某，患肺结核，经他调治，并授予大悲功法，只半年就痊愈；1952 年，天台福溪岩下许承福腹长症块，日益肿大，胀闷欲绝，登门求治。海灯法师授予大力金刚丸，并教给达摩功，两个月后症块缩小，五个月后即消失。如此疗效显著的例子比比皆是。此外，海灯法师还有一则专治肩臂腰腿顽麻疼痛的验方，更是屡试不爽。

当明海得知海灯法师还有如此高明的医术时，佩服得五体投地，当即大礼叩拜，务请海灯法师收他为徒。这是后话，暂不展开。

有关海灯法师能文善武又擅医道的事实，与他在西山为邻多年的当地山民秦伯路也有亲身经历。他回忆说："记得有一次我不慎在田埂上滑了一跤，跌得胸间透不过气来。我气喘吁吁地爬上石公山去敲法师的庙门。海灯法师立即叫徒弟开门，亲自为我推拿，上膏药。一个月后，伤痛痊愈，至今没有发过。"

事实确也如此，据岛上老人回忆，海灯法师经常上山采药，踏遍了全岛二百米以上的山峰，他的伤科尤为突出，给当地山农、渔民治病不收分文。对求医者，都以笑脸相迎，认真诊治，有时还送医上门，到病家嘘寒问暖，对症下药，使病人倍感亲切。由于配合默契，多数病人在接受海灯法师的治疗后，药到病除。有的病人沉疴多年，只要经过海灯法师的医治，亦即解除了疾病痛苦。海灯法师不但亲自给人治病，还把他的医技传授给他的门徒。汪龙生是他最早在苏州收的出家弟子，从20世纪50年代后期起，就跟随海灯法师学艺，后又曾跟随着法师与寂诚云游江西云居山。在此期间，他得到了海灯法师的真传，武技、医术都有很大的进步。还俗后，在吴县东渚镇卫生院当了名正式的医生。海灯法师招收的佛家弟子寂诚，也是最早随同法师云游、讲经、演武、治病，得到全面锻炼，最后以伤科医术名扬江南的。1967年他被迫离开师父后，在江苏省泰州市开设了“少林伤科诊所”，上门求诊病人很多，有的不远千里，赴泰州求医。病家赠送他的锦旗、匾额琳琅满目，充盈所内。后来，寂诚云游海南一带，弘扬医术，他继承了师父的武、佛、医道，誉满南国。

1959年左右海灯
在西山岛石公寺

20世纪50年代后期海灯
在西山石公山

1961年4月，
海灯表演“二指禅”

就从那天起，海灯法师便在西山岛上住了下来，并应明海与众徒弟的一再请求，担任了石公禅院住持。从此，石公禅院里也不再是孤零零一个明海和尚了。海灯法师对明海别无他求，只有一个希望，那就是请明海为他保密：无论是对山农还是渔民，都不要说出他的身世经历，尤其对外来“挂单”的僧人。明海自是一口应允。

但是，海灯法师自己也没想到，才半年光景，他却不得不暴露了自己的一身真功夫。这真是：

埋身藏名图修身，
善良本性难掩隐。

欲知后事如何，且看下回分解。

第三回　理发店被迫露相
剃头师初识海灯

却说海灯法师一行来到太湖西山岛石公禅院，一晃已半年有余。尽管海灯法师佛学、武功、医道均在行精通，但唯有一事不能自理，那就是剃头理发。

出家人讲究六根清净，头上更须常年保持光洁。一般寺院里的僧人中，均有会剃度之僧。但明海他们都不会，海灯自己也从没试过。有心与弟子们互相帮助，但均因不得要领，剃刮出的头皮上青一道、白一条，反而难看。为此，每过半月十天，海灯法师总要去岛上的东河镇作一次理发之行。西山岛上虽有东河、元山、镇夏三个小镇，但当时也只有东河镇上有家像样的理发店。有道是：有力长发，无力长甲（指甲），这一月不到，他顶上头发已有半寸多长。为此，择了一个风和日丽之日，海灯法师便赶早出发，一路步行直奔东河镇。

这天，镇上理发店顾客不少，大都是山民果农。海灯法师到时，店中已有七八个人坐在长条凳上等候理发。理发师却只有两人，忙得团团转。海灯法师见状也不言语，拣门边一张长凳坐了下来，耐心等候。

岂料，理发也有人"开后门"的！好不容易轮了一圈，眼看就要轮上了，却让一后来者居上，抢先一步坐了上去。起先，海灯法师还作谦让，认为人家有急事在身，自己多等一刻也无妨。但后来一看，不对了，原来这些顾客均与那个30多岁的操一口苏北口音的理发师熟悉，而且也不与一边的陌生和尚打个招呼，便旁若无人似的一个个坐了去。那理发师居然也视而不见，与他们有说有笑，完全把海灯抛在了一边。

这便似乎不公平了。海灯心中已有了几分不快，好不容易等又一个后生理毕，他便起身向那理发师笑吟吟地一点头，就欲上座。

岂料又迟了一步！

一个分明迟到的黑大汉捷足先登，抢在了他的前面，一屁股坐上了理发椅。眼看已将近等了一个上午，这下，海灯法师憋不住了，上前向明眼人理发师赔着笑脸道："这位师傅，我可是早就来了，该轮到我了。如他没急事，是否让我先剃？"

理发师瞟了瞟眼前这个又瘦又小的干瘪陌生和尚，听着海灯法师一口明显的外地口音，即明白这不过是个外来的和尚，于是，欺生亲熟的理发师愈发不把海灯放在眼里了，耸了耸肩讥笑道："看你说得多有趣，我只管理发，才不管啥人先啥人后呢。你要先剃，你就和人家商量，关我什么事？"

海灯无奈，只好忍住气，堆起笑脸转身迎向那黑大汉："那么，这位施主你看如何？"

黑脸大汉听了，不但坐在那里稳如磐石，还不耐烦地答道："什么如河如水的，去去，我先剃了你再剃！"

话音刚落，理发师手中的推剪已在黑大汉的头上响了起来。

海灯法师见状，只好忍气坐回长条凳，再度耐心等待下一个了。

岂料，好不容易等那黑脸汉子理得差不多了，该轮到自己了，店门外忽又进来一个人高马大的小伙子。那小伙子显然与那理发师也是熟人，他一边大声与那理发师打着招呼，一边又是向人家递香烟拍肩胛，言下之意，请理发师马上为他理发。使海灯法师终于忍耐不住满腹怨气的是，那理发师见了居然却也不向那后来者作个解释，只是扫了一边的海灯一眼，便叼着烟卷，然后趁黑大汉刚理完头发站起身来时，顺手将那小伙子按到了理发椅上。

这时已是午饭时分，海灯已眼睁睁地在理发店中泡了一个上午，现在见理发师还要把这"后门"开下去，他实在忍不住了，便敛起笑容，上前对那理发师正色说道："师傅，这就是你的不公了。我分明已来了半天，还让了两人，怎么还轮不到我呢？还请师傅先给我理吧，我还有事情要赶回石公寺去呢。"

理发师自感理亏，望了望座椅上的小伙子，嘴上没吭声，手下也没动弹。

那小伙子皱了皱眉，也斜了海灯法师一眼，仍坐着没动。

理发师为难地向海灯法师一摊手，干脆直说道："非是我不公。座上那位实乃是我亲戚，剃这个头，我不收钱的。"

海灯听他倒也爽快，不由笑了："如此说来，那更是不公了。既是亲戚，那你什么时候为他剃都是可以的。还是让我这个远道而来的人先……"

"不让不让！"谁知座上的小伙子兀地怒起，瞪着海灯法师嚷道，"这位子我坐了谁也不让的。爷叔，你快给我剃吧。与他啰唆个什么？"

理发师为难地向海灯法师耸了耸肩膀，抱歉地说道："你看，连位子也没有了，叫我怎么个给你剃头？"

"这不碍事，我有办法的，"海灯说着，竟在座位旁边空地上做了个"骑马蹲裆"式，稳稳地凭空半蹲在那里，笑道，"现在，你可以给我剃头了。"

理发师见状又好气又好笑，却再也没话可说，只得拿起推子，就给海灯法师剃了起来。他一边剃，一边还在想：如此也罢，却看你这和尚有多大能耐，能支持多久？这么想，他手下的动作也故意放重了些，还将身子有意地在海灯法师身上摩擦碰撞，试把海灯法师拱倒。岂料海灯法师任凭理发师上下动作碰撞，半蹲在那里竟如落地生根一般，纹丝不动。

这理发师名叫陈桂根，自从学理发十多年来，还从没碰到过这样的顾客，现在他见这和尚的内涵与内功如此之好，便知不是一般等闲之辈，便有意继续再作试探。于是，他放下推子，故意寻了一把卷了刃的剃刀，给海灯法师刮面剃须。

卷刃的剃刀刮削脸面的滋味，可想而知。海灯看出理发师的恶作剧，却仍不生气，只偏了脸，笑吟吟地接过陈桂根手中的剃刀，看了看，道："师傅，此刀已经卷刃，如何再能用来剃头修面？且待我将它修上一修后再用吧。"说罢，他左手执刀，右手挑起一个大拇指，用指尖顺着刀刃只轻轻捻了几下，说声"行了"，便将将剃刀交还陈桂根。

陈桂根接过剃刀一看，眼都直了，半天没能说出话来，原来，那把剃刀的卷刃之处，居然被那个貌不出众的和尚用手指给几下就抹复于平，完好如初了！

顿时，陈桂根面对海灯法师不由肃然起敬，情不自禁地脱口而出："好本事！天底下竟有这般的好本事呀！"

立时，这把剃刀在众人手中传递，满堂皆惊。那小伙子更是看得目瞪口呆，不等陈桂根示意，便主动离开椅子，让给了海灯法师……

从此，陈桂根对海灯法师钦佩得五体投地，并结为知交，成为海灯法师门下的一位俗家弟子。这真是：

看人岂可貌取相，
海水怎能以斗量。
会捉老鼠猫不叫，
破碗相扣响当当。

欲知后事如何，且看下回继续。

第四回　弱少年取巧拜师
壮铁匠首次碰壁

三十余年唯好梦，
百千万劫亦英雄。
临行回顾少林径，
益我难忘子夜钟。

这是海灯法师回顾新旧社会作出一番对比后写就的一首七绝。

海灯法师隐居西山岛之根本目的，开头一回已经说过，是为了躲避喧嚣的尘世，在自行修持的同时，继续进修少林功夫。所以一到石公禅寺，他就与弟子们一起，将寺前临湖那片近四百平方米的空旷砖场收拾干净，并于左右两角分别安插下 24 根“梅花桩”等习武工具。每日清晨，他与弟子们闻鸡起舞，练习武艺。同时，他还在兼作卧室的西厢房中，隔出半间器械房，安放上十八般武器。练毕早功回室，或伏案阅读史书经文，或为乡民山农治病，或与弟子们一起上山挖掘中草药，回来后自己碾制成中药膏帖。平心而论，在三个弟子中，要数寂诚最为深得法师喜爱。寂诚貌似粗犷，满脸络腮胡子，长得五大三粗，但他生性聪颖，勤奋好学，无论是武艺还是医道，都深得师父精髓。所以，在通常情况下，海灯总是让他坐堂寺院，接待前来求诊的病者。广法生性憨厚耿直，平时少言寡语，不苟谈笑，而且心眼实，干起活来总是那么踏暗实实，勤勤恳恳，有条有序，所以，法师让他干些洒扫庭除、种瓜植菜之类的粗活。由于广法的武艺长进不大，所以每逢外面有什么武艺交流表演等活动，海灯法师总是只带寂诚与寂平两徒出去应酬。

1961 年冬，三弟子寂平到江西永修县梅荣乡苦慧寺任住持去了，明海因触犯佛门净规戒律而离开石公禅寺。于是，整个石公寺里便只剩下了寂诚、广法与海灯师徒三人。

且说海灯师徒三人始终保持着他们当年出家时恪守的清规戒律。尤其是海灯法师，在这方面堪称佛门弟子的楷模。出家几十年来，他从不卧铺深眠：入夜，他只是盘膝团坐在禅房中那张仅三四尺见方的木床上，假寐休息；他的饮食也总是那么清寡：一日三餐，每餐仅用一碗稀粥，以辣椒末子或咸菜佐之。他是四川人，故对辣椒特别喜欢。后院菜地间隙，他都亲自种上了辣椒，就连屋檐窗下，也都挂满了串串猩红的辣椒。卧室临窗远眺，便是茫茫太湖。每逢空闲之时，他便倚窗凝望无垠天空，或远眺湖中那星星点点的帆影船只。

起先，明海还以为师父准又是在吟诗作文或神思往事，其实不然，后来他才知道，师父他这是在苦练眼力呢！因为在武术中，眼睛至关重要。常言道："眼观六路，耳听八方"，或说眼到手到。拳术出手疾速，变化极快，胜败只在一瞬间。年轻时，海灯师从汝峰老和尚时，就曾用香头练眼力：香头点燃后，持在手中，或远或近，或左或右，晃动不休，直令双眼牢牢跟踪，而眼皮要一眨不眨……

闲话少聊，且说先头提到的那位羸弱少年陆小狗。

陆小狗经海灯法师半年来精心的针灸治疗，那坐骨神经痛不但得到治愈，而且行走又能如常人一般了。陆小狗感恩不尽，每日盘恒寺院里，缠绕法师，央求海灯收他为徒。尽管海灯法师每每总是含笑拒绝，但陆小狗哪里甘心？仍是每日来到寺中，或帮助海灯师徒浇菜种地，或抢着扛掮兵器，好不勤快，直讨得海灯法师心中暗暗欢喜。

陆小狗当时年仅十二三岁，只因营养不良，再加上一场病魔的纠缠，所以发育不良，个子矮小，就像八九岁的孩子，瘦小如猴，却是不失孩子的天性，天真灵活，且又好动。寺内那条看院狗，是年怀孕，产下几条小狗。这下可乐坏了陆小狗，不顾明海阻挠，每日总去窝前逗弄小狗。殊不料，当真出事了！那天，陆小狗不知怎的触怒了那条正在给孩子哺乳的母狗，母狗护子，急切中竟冷不防在他的左手臂上咬了一口。当即,陆小狗左臂上去掉了一块皮肉,血流如注。陆小狗大哭,惊动了海灯。法师自知此事与本寺有关,忙作救治,敷了些草药浆膏于伤口之上,先作了破伤风预防处理。但是,有道是狗咬一口,入骨三分,这膏药竟无济于事。不几日,小狗臂上伤口溃烂化脓,又红又肿。海灯不敢怠慢,忙雇了条小船,亲自将小狗送去东河镇卫生院用西药治疗消炎。

那天,从卫生院出来,天色变了。乌头风,白头雨,是湖中小岛特有的气候。不一会,细雨连绵,雾岚迷蒙,笼罩了小岛。海灯法师顺手将小狗带进街边一家杂货店,欲待雨后再行。不料那雨下个没完没了,海灯见状,只得向店中求购雨伞。巧了,店堂柜台里刚好有两把紫红色的油纸伞。

海灯上前,刚笑着向店员说了句“请给我拿这两把雨伞”,不料旁边挤上个黑脸膛的彪形大汉,将海灯挤向一边,伸出蒲扇大的双手,一下子就把那两把雨伞都揽了去。

“这两把伞我都要了!”黑脸膛的话是对着服务员说的,两只豹眼却直直盯着一边的海灯法师。

海灯法师闻声微微一笑,即转向黑脸大汉商量,好言请他留下一把。

谁知那黑脸大汉是存心找事来的,他乜斜着海灯法师,冷笑道:“你也要伞做啥?头上光光无毛,打了伞岂不要更无法(发)无天?一边去吧!”

海灯气得胸中打鼓,这时,他已认出那黑脸大汉非为别人,就是那天在理发店与自己蛮横无理地争抢座位的那位,东河镇上有名的一霸,人称“东河镇上一只鼎”的王铁匠!

铁匠铺就在镇梢头,离这才几十步路,他一下子要买两把伞干什么?柜中仅有的两把雨伞让他一人买去了,又叫海灯与有病在身的陆小狗如何回寺?

海灯耐住气,好言相劝,请铁匠留下一把,留个方便。岂料那王铁匠竟突然性起,对准海灯法师的当胸猛地就是一拳,而且开口带“荤”:“娘的×,秃驴最会啰唆了!你如果不是皮肉发痒就快滚一边去!”

这时,店中避雨的人有不少,人们见一年逾花甲的老和尚平白无故地受此凌辱,虽说心中都愤愤不平,但因都怯于王铁匠的凶恶之势,一个个只是敢怒不敢言,袖手作壁上观,无一人敢站出来说句公道话。众人只是怯怯地望着海灯,齐齐为这个瘦小的老和尚担忧。

海灯平时最恨那些蛮横霸道之辈,现在又莫名其妙受其辱骂,遭其冷拳,心中那股火气就再也按捺不住了。于是,他决心教训教训他。但见海灯轻舒猿臂，起右手三个手指头，闪电般地轻轻捏住王铁匠那只尚未来得及缩回去的右手手腕，笑道："这位施主想必是要想以武会友？可是店堂太小，只怕一旦坏了人家的器具。我们去外面试试如何？"说罢，也不管王铁匠同意不同意，海灯法师便一手掐住王铁匠的手腕命脉处，一边笑吟吟地自顾向店堂外走去。

王铁匠本是暴烈蛮横惯了的人，哪肯被一个又瘦又弱的老和尚左右？他当然要挣扎。但是，他万万没想到的是，此时此刻，自己右手腕被捏住处犹如有一股强大的电流通过，致使他整条右手臂膀动弹不得，用不出丁点力气，最后居然身不由己地跟着海灯法师一路跌跌撞撞地走下高高的石阶，来到街心。

站在细雨飘拂的街心，铁匠情知遇上了克星，胆先怯了，却还鸭死嘴硬："你……你是放手不放手？"

海灯却不放手，只是低声问道："先别问我，你说，比是不比了？"

此时，王铁匠只感到浑身酥软，整条右胳膊又酸又麻，纵然浑身是火，此时也发不出来了，现听海灯问自己动手不动手，知是这和尚是在放条路给自己走呢，于是来了个识时务者为俊杰，低声嘟哝道："我……什么时候说……比了？"

"这就好了，那么这伞……"

海灯法师话音未落，铁匠胳肢下的那两把纸伞已经落在了地下。海灯见状，就势松了手，淡淡笑道："这才是通情达理呢！"

岂料，海灯法师蓦一松手，王铁匠竟然身子失去平衡，"扑通"一声坐了个屁股墩。顿时，满街巷子的看客发出一阵哄笑声。王铁匠面红耳赤，一骨碌爬起身，头也不敢抬，连一把纸伞也不要了，急忙转身溜之大吉。

于是，一连好几天，海灯法师杂货店小惩莽铁匠的消息，成为了东河镇上街谈巷议的新闻。事后，理发师陈桂根教训王铁匠说："你呀，真是认错人了！你知道这和尚是谁？他就是大名鼎鼎的原嵩山少林寺国术教授海灯法师呀！你好大胆，居然敢在老虎头上拍苍蝇呢！"

铁匠还嘴硬，道："其实，我们也不能算是正式交手的，谁知道这贼秃到底有多少本事呢？"

"怎么？你还不服？那么我们拣个日子，一起去石公寺登门造访怎么样？"

王铁匠正中下怀，当然一口应允。当下，小镇上一班血气方刚的小伙子也鼓噪了起来，一齐约定择日专程去石公寺探察海灯法师的真实功夫。这

真是:

山外青山楼外楼,
更有青山在后头。
钉头铁头不一样,
强人更有强人收。

欲知后事如何,且看下回分解。

第五回　陆小狗有幸入门
陈桂根夙愿难偿

却说王铁匠虽经海灯法师小惩，却仍是心服口不服。于是，拣了一个风和日丽之日，在理发师陈桂根的带领下，一行十余位青年壮汉，结伴前往石公寺专程登门拜访海灯法师。

到山寺已是上午九点多钟，海灯正与陆小狗在菜地劳作。见有客专程来访，海灯便热情地将来客一行让入香堂坐下，并亲手为他们每人沏上一杯清茶，送上两粒水果糖（此乃佛门对施主表示尊敬的一种礼仪）。在法师面前，这班汉子竟忸怩起来，都不肯率先说出来意，还是陈桂根自恃与法师有过几次交往，便开门见山道："法师，这班人都是我平时结识的朋友，他们要想见识见识您老的功夫。故今天特地造访于您。"

海灯哑然失笑："各位施主看重了贫僧，我可只会几下花拳绣腿，内功更是肤浅得很，何谈什么功夫不功夫呀！"

众人当然不信，齐声鼓噪，非要海灯法师露上一手。海灯执拗不过，便起身取出数十个铜板，叠齐了，捏在右手拇指与食指之间，然后又取来一根筷子粗细的几托长的麻绳，穿过虎口。待等一切准备好，这才令众人揪住麻绳一端，齐齐用力拉扯，以将其两指间的铜板拉散为胜。

众人面面相觑，似信非信，然后一个个揪住麻绳，拔河般扯成一线，齐声发喊，用力拉扯。

岂料那叠铜板犹如一根铜棍，牢牢焊定在法师两指之间，纹丝不动。众人傻了，把脸憋红，泼力再扯，只听"哗"的一声，铜板未散，众人却齐齐捋扯脱手，麻绳滑出，一个个失去重心，人仰马翻，跌倒在地。

众人瞠目结舌，五体投地，干脆一齐匍匐地下不爬起来，直嚷着要请法师收下他们为徒。海灯哪里肯允，上前一一扶起，笑道："尔等一心学武，是为了什么？"

众人七嘴八舌，回答不一。有的说练武学功为有防身本事；有的说山乡野岛，人心难测，会几手，可以镇邪压恶。

海灯听了，只是微笑摇头。这时，冷不防一边冒出个孱弱的声音："学武练功是为了强身健体，弘扬中华武术。"

众人闻声看去，不是别人，却是那个骨瘦如柴、瘦小如猴的少年陆小狗。

海灯闻言赞许地望着小狗，点了点头。

众人不管这些，仍又纠缠住海灯法师，央求收他们为徒。海灯灵机一动，道："各位施主不必纠缠了，贫僧已经收纳一徒了。"

"谁？"

"远在天边，近在眼前。"海灯出乎意料地一指旁边的陆小狗。

陆小狗大出意料，竟一时激动地愣怔在那里，不知说什么才好。

众人不服，继续嘈杂。

海灯便将缘由娓娓道来。他说小狗自幼多病，身体极为虚弱，10 多岁的人，像七八岁的孩子。收他为徒，正是为他早日强身健体云云。众人见难以说服法师，只得又坐了会，这才恋恋不舍离去。

众人才走，陆小狗便兴奋地狂跳了起来。他做梦也没有想到，平时无意中拾到海灯法师留下的几句牙慧，今天却成了他拜师入门的台阶！当下，陆小狗不由在寂诚的提醒下，激动得跪拜在海灯面前，连称师父。海灯当然又对他讲了许多习武为人的常识。他要求小狗在练习武艺时，一要有恒心，二要专心；通过习武，锻炼身体，冶炼性情；学会武功，只可防身，决不可恃强凌弱……小狗自然一一应允。最后，海灯法师取出自己一张照片，赠与这个他入岛后收下的第一个俗家弟子。

这张照片是海灯法师在某武术大会上表演时拍摄的。照片上，海灯凌空倒立，正表演"一柱着地倒立"功。小狗接过照片，自是欢天喜地，不在话下。

从此，陆小狗也是每日闻鸡起舞，跟随着海灯师徒习武练功，不在话下。

花开两朵，各表一枝。

回过头来再说那理发师陈桂根。自从那天被海灯法师拒之武门之外后，他的心中一直不肯安宁，他暗暗发誓，一定要择机拜海灯为师，学得海灯之本事，了却心中一大夙愿。于是，年已30多岁的他既不顾“半路出家”之嫌，也不管个人终身大事，一有空，就往石公山跑，缠绕海灯，要求海灯收他为弟子。无奈海灯法师自收下陆小狗之后，执意不肯再在岛上收纳弟子，让陈桂根好不怅然若失。但是，功夫不负有心人，终于，到了1962年年底光景，陈桂根的夙愿还是得到了实现。

那是当他听说海灯法师将赴上海参加1963年元旦在上海举行的武术表演的消息后。当时，尽管海灯法师是与寂诚两人悄悄去上海的，但陈桂根还是从陆小狗嘴中得知了这个信息。当下，陈桂根浑身骚动，哪还坐得安稳，居然当即扔下店中生意不做，竟也独自一人悄悄尾随海灯师徒，直奔上海而去。这真是：

欲睹真功拜真师，
难为有心有意人。

欲知后事如何，且看下回分解。

第六回　表演会大显身手
罗汉功石破天惊

且说理发师陈桂根得知海灯师徒将赴上海参加庆祝元旦武术表演会后，更是坐立不安，痴情更浓，竟一路尾随海灯师徒去了上海。陈桂根到达上海，已是 1962 年 12 月 30 日傍晚。他马不停蹄，来不及寻找栈房旅馆，就直奔上海体育馆门前，用高价购得一张入场券。这时，体育馆已经开门，众人陆续入场。

这是上海市政府为庆祝 1963 年元旦举行的武术专场表演，各路武术名家受到邀请，一齐汇集在这里。

这次表演大会不同寻常，要求各路武术名家拿出稀有套路。但见那一个个武术名家上得场来，演开了“西凉掌”、“青毛狮子”、“手头指”等罕见的拳术。

这三套拳术，均是我国擒拿法中的上乘功夫。新中国成立前号称“神手”的唐殿青与铁腿张恩庆，曾以此享誉扬州，后因失传，几近绝迹。这三手独门绝招在大会上演出，引起观众极大兴趣，但见：

铁锤翻滚掠冷风，
钢指戳闪蛟出洞。
拳拳招式潜杀机，
掌掌霹雳见真功。

各路名家表演告一段落，雷鸣掌声之中，台上又走上一白髯拂胸、精神矍铄的老人。此老者非别人，乃1919年在上海民兴剧场用神力打败自称“天下无敌手”的俄国人康泰尔而荣膺“神力千斤王”美称的一代宗师王子平！这年，王子平已是81岁高龄，但他仍老当益壮，俨然黄忠再世，手持一把战刀，雄赳赳上得台来。行家里手知道，这把柄长如臂、柄后有锥无环的战刀，系元朝骑兵惯用的战刀，名“太平刀”。

但见王子平手持太平刀前抹后斩，掠劈剪扎、拨砍提撩，虽耄耋之年，但身法轻灵自如，步法进退敏捷，虚实分明，整个表演有如波翻浪涌、气贯长虹，博得满场掌声不绝。

老前辈刚表演完毕，就有两位僧人出场，他们就是时年61岁的海灯法师与他的爱徒寂诚。

说起海灯师徒如何会在这里出现，1988年时任上海市武术协会主席顾留馨与“神力千斤王”王子平的女儿、上海体育学院教授王菊蓉合作的那篇题为《海灯法师在上海》一文作了披露。现摘录如下：

> 一九六三年，海灯法师初到上海，结识了成都四川体育学院武术家、骨伤科医生郑怀贤先生。郑先生曾多次陪海灯法师前往上海体育官观看武术表演。观看时，海灯法师总是跃跃欲试，很想登台表演一番。郑先生见他表演心切，便去跟体育官顾留馨主任讲：“从四川来了个和尚，曾任少林寺国术教授，勤学苦练，有身硬功夫。我跟他来这已是三次观看表演了。他很想上台试试，您就让他表演下吧！”
>
> 顾留馨便问道：“人在哪？”郑先生忙叫海灯过来，介绍道：“这是体育官顾留馨主任。”
>
> “顾主任，贫僧海灯有礼了！”
>
> 顾留馨但见海灯个头虽矮小，却目光炯炯有神、容光焕发、精神抖擞，像是个武林中人。便应允道：“郑先生再三推荐您，您就好好准备准备，下次登台表演。节目由您自己定。我这体育官虽小，它却来的千千，去的万万，可算是中外武林的

海灯、顾留馨、张悦明

聚会地。”

“顾主任，贫僧深知山外有山，天外有天，强中更有强中手。贫僧此次初到上海，目的在于开阔眼界，交流技艺，以便精进，为弘扬中华武术效力。”

顾留馨听得这番诚挚的言谈后十分欣喜地答道：“好呀，听您这番言语，足见您是中华武林的好汉，明日我就给您打广告。您表演什么？”

“贫僧表演108路的罗汉功。”

“那好！”

说罢谢谢，海灯师徒便同郑先生离开体育宫回到住地，筹备着在上海的首次登台表演。郑先生亦为他不停地多方奔走，做好准备。

次日下午，上海体育宫门口一幅“西蜀海灯，莅临上海，表演一百零八路罗汉功”的巨幅广告，即刻吸引了广大观众。

下午15时正，海灯法师在一片热烈的掌声中登台。人们一看，原来是位个矮身小的人，场上顿时一片哗然。海灯却站在台中纹丝不动，稳如泰山。待哗然声稍一停息，他便敏捷、轻快地拉开架势，由慢到快，时柔时刚，施出浑身解数。

八方盘旋，上下飞舞，好像十个、百个海灯在台上滚翻跃动。才几十个招式，就震惊了广大观众。顷刻间，掌声四起，整个表演场好似开水锅一般，热烈沸腾。在一阵激烈、神速地飞舞后，海灯忽然两脚腾空劈开成一字形落地，然后用两手攀住脚尖，身子前倾下伏，恰似那“燕子衔泥”。场上又响起一片热烈的掌声。这时，但见海灯用右手兜住右脚底，头向前探，用头顶住右脚尖，恰好又是一个“罗汉睡觉”的姿势。接着，他就势在台上前后滚动，真好似乌龙翻江一般。顿时，场上又响起雷鸣般的掌声，长久不息。到这套罗汉功108路表演结束，海灯收势合十致谢时，全场观众无不叫绝，赞叹之声响彻体育宫。

次日，《新民晚报》便刊登了记者冯小修的报道文章，大加称赞：海灯的武功有刚有柔，刚处挺拔如磐，柔处软若无骨；身法轻灵似燕，步法敏捷若飞，舞时好似风波浪涌，气贯长虹。海灯的表演就此声震武林，轰动了上海滩。

此后，海灯便被顾留馨主任留在上海体育宫武术训练班任教，主教“少林梅花精拳”，先后教了两个班。他所传授的“少林梅花精拳”至今还在上海流传，不少人现在还在练。

顾留馨主任还告诉我们：海灯在上海期间，生活十分清苦，好学好练，成天累月不出门，人也挺好。那时，邀请他演武授武的人和地方很多。为了摆脱当时频繁相邀的武术表演，静心静气地深研武功和佛理，他们师徒俩便离开了上海，到浙江天台山国清寺与高明寺一边学天台宗，一边闭门讲经授武。

其后，海灯被上海佛教青年会恭请到上海佛教界讲授天台宗。因他在天台研究天台宗时，与佛教的密宗互为融会，并结合佛教的玄理进一步深化理解、纵横交错、左右升华，颇有心得，深受僧人和高明寺佛学院学生的欢迎和好评。所以，海灯讲经说法颇有研究、十分得法的信息很快就传到了上海。于是，面对上海的邀请，海灯百感交集，最后便依依告别了天台众僧人和乡亲，抵达上海，开始了他讲经、教武、演武的崭新生活。

就是在上海，海灯通过顾留馨主任结识了威震上海、名扬海外的"神力千斤王"王子平。王子平不仅击败过德国的马志尼、日本的柔道家官本、美国的沙利文、英国的乔志·彼得，还击败了自称"世界大力士"的俄国康泰尔。海灯牢牢记着在拜望王子平前辈时王子平对他所说的一番话："我中华武术，在世界上是独树一帜。只因旧社会政府腐败，民不聊生、衣食无着，百姓体质羸弱，洋夷欺我中华无人，诬我为东亚病夫，也太小看我们中国人了！打败几个东洋人，只不过解解当时之气。若要说真正长中国人的志气，还数今日。如今中国人民站起来了，个个扬眉吐气，这时才是我等大展雄图的好时机。"海灯就是听了王子平的这番话，才决心留在上海，把自己平生所得传授给更多的人，使中华武术更加发扬光大。

王子平较海灯年长21岁，为弘扬中华武术的共同心愿，使他们这种忘年之交情深谊长。他俩联袂举行的多次武术表演，成为了上海的盛事，轰动了整个中华武林，给上海观众留下了极为深刻的印象。

1962年12月30日晚，在上海体育场举行庆祝1963年元旦佳节的武术表演大会上，各路武术前辈、名家一致要求各家各派拿出稀有套路。这天晚上，观众达几千人，把整个虹口体育场挤得满满的。会上不但见到了几近绝迹的"西凉掌"、"青毛狮子"、"手头指"等中华武术擒拿法中的上乘功夫，还见到了王子平前辈表演的元朝骑兵惯用的刀法战术"太平刀"。可海灯则先后四次登场，表演了"空手对打"、"空手对剑"、"空手进插子"、"六通罗汉拳",博得观众的热烈欢迎。还有便是在1963年上海举行的全国武术比赛大会上,特邀老一辈武术名家为大会作示范表演。参加示范表演的有王子平、周海贤、王述田、蔡洪祥、蔡隆云、李天冀等,海灯也被邀参加。在示范表演中,其他名家都只表演了六七分钟,唯独海灯一人就表演了15分钟之久,博得观众一阵又一阵热烈的掌声。

为了进一步证实海灯在上海的武术活动,我们特将在江浙征集到的当时的节目单近30份的情况分述于后。其中15份均在上海的体育宫、虹口体育场、上海体育馆举行。它们是:1961年两次,1962年两次,1963年九次,1964年两次。足见海灯在上海演武活动之频繁。现将1963年海灯表演的节目抄列如次:

1963年1月25日	体育宫	《少林对打》	海灯、张月忠
		《六通罗汉拳》	海灯
1963年6月2日	体育俱乐部	《少林对打》	海灯、张月忠
		《少林对剑》	海灯、张月忠
		《罗汉功》	海灯
		《三世棍进枪》	海灯、曹才石
		《空手进三节棍》	海灯、徐智通
1963年6月29日	体育宫	《空手对三节棍》	海灯、寂诚
		《金钢锤》	海灯
1963年7月6日	体育场	《三节棍对练》	海灯、郭克通
		《罗汉功》	海灯
		《空手对三节棍》	海灯、寂诚
1963年7月16日	体育馆	《空手进插子》	海灯、张月忠
		《金刚锤》	海灯
		《单剑进铲》	海灯、寂诚
		《空手进三节棍》	海灯、寂诚
1963年10月20日	风雨操场	《金刚锤》	海灯
		《空手进三节棍》	海灯、寂诚
1963年10月23日	体育宫	《空手进三节棍》	海灯、张月忠
		《金刚锤》	海灯
		《空手进大刀》	海灯、曹佩石

海灯不仅积极参加演武活动,同时参加了不少比赛活动。1959 年,海灯代表吴县出席了在上海举行的江苏省武术比赛大会,在会上夺了魁。1961 年代表江苏省出席了在上海举行的华东地区比赛大会,在会上获得“少林妙技”锦旗一面。1963 年,全国武术比赛大会在上海举行,海灯代表江苏省出席了这次规模空前的盛会,在会上,海灯不仅获奖,而且被邀为老一辈武术家在大会上参加示范表演……

同时,我们也查阅了当时上海的《新民晚报》、《解放日报》、《文汇报》,的的确确刊登了大量海灯在上海演武、比武的报道和广告,尤其是 60 年代初最多。现择 1961 年 8 月 28 日的《新民晚报》上的一则报道录之如下:

童子功·柔若无骨

二指禅·功夫不凡

人们以很大的兴趣看着宗祥生表演的童子功和海灯和尚的刚柔功。七十多岁的宗祥生,柔若无骨,可以把身体随意折叠起来,这是绝顶的柔功。海灯和尚的“二指禅”,也显示不凡的功夫,他把两个指头撑在地上,支撑着身体的重量。这表示着身体机能经过锻炼,可以提高能力许多倍……

20 世纪 60 年代,海灯表演童子功“金龙抱柱”

1960 年 12 月，上海武运会上海灯表演童子功“罗汉睡觉”

20 世纪 60 年代，海灯表演童子功“曲地龙”

且说陈桂根好不容易弄到一张票坐到体育馆，亲眼目睹到了海灯法师那精妙绝伦的表演时，他那高兴与激动劲，难以言表，他只是发狂般地站起身大声叫好，拼命鼓掌。表演会刚一结束，他就急着奔到门外停车场等候海灯法师了。可惜迟到了一步，还没奔进停车场，便见海灯师徒上了一辆吉普车，绝尘而去了。陈桂根心里着急，不顾一切，拔脚就盯住汽车狂追而去。

陈桂根一路拼命狂奔，穿过几条马路，直追到一个三岔路口，吉普车被红灯拦住时才追上。这时，他只感到心跳加快，嗓门处冒出阵阵血腥气。但他此时已什么都顾不了了，一个踉跄扑跌上前，扒住车窗嘶声大喊：“海灯法师——”

这熟悉的苏北口音，顿使海灯兀自坐起。一看，不由得又惊又奇：“是你，陈师傅?”

“祝，祝贺你呀，法师……”不知为了什么，陈桂根竟然热泪盈眶，哽咽起来，再也说不出一句话来。

不等海灯法师多问，路口绿灯亮了，吉普车缓缓启动。其实，海灯无需再问，他已完全明白此时此刻突然出现在他面前的陈桂根的一片苦心。所以他只是匆匆地向他说了声“明天上午老城隍庙茶楼见”，便随车绝尘而去了。

陈桂根目送吉普车远去，心中反倒忐忑不安了起来：法师明天约我见面时会说些什么呢？他肯收我为弟子吗？

再说吉普车中，与海灯并坐在后排的王子平前辈见状不由问道：“海灯，这是谁呀？”海灯苦笑了一下，便把陈桂根欲拜自己为师的经过略略说了一遍。王子平听了，不由摇头叹道：“如今有些年轻人崇武心切，却不知练武习功究竟为了什么。太盲目了。”

且说海灯法师约定陈桂根第二天在老城隍庙会面，这消息扰得陈桂根一晚没能好生安睡。第二天一清早，他便早早来到老城隍庙茶楼恭候海灯法师了。

然而一直等到八时敲过，海灯法师还没来到。陈桂根等得心焦，便走下茶楼，在门口徘徊起来。

忽然，九曲桥上不知发生了什么事，围了一堆看热闹的人。陈桂根好奇，上前一看，只见一个穿小裤脚管的青年人正在破口大骂一个农村妇女。原来，刚才那农村妇女一不小心，将挎在篮里的鲜鱼在那青年人的身上蹭了一下，将他那条“毕叽”裤子给弄脏了一小片。

农村妇女自知理亏，涨红面孔，连连道歉。谁知那小青年还不罢休，将脚高高搁在九曲桥栏杆上，硬要那妇女将他衣服上的污迹舔了。

农村妇女又羞又愧，左右为难，泪水顺着脸颊直往下流。

陈桂根看不过了，挤入人群，护住那农村妇女，拧眉道：“得了得了，男子汉大丈夫，何必与一个女人妈妈过不去？肚量放大些嘛！”

“嗬！”那青年鄙夷地打量着陈桂根，冷笑道，“哪里钻出来的江北猪猡？你是她的什么人？姘头，还是乌龟？”

陈桂根压住怒火，转身冲那妇女一挥手，吼道：“走你的，别理这种人！”那妇女见状，连忙挎起篮子，一边抹眼泪，一边急忙钻出人群走了。

于是，那青年恼羞成怒，把一肚子火气全泼向了陈桂根，劈手揪住陈桂根的衣领，开口骂道：“妈的×，她不舔，那你给我舔！”

陈桂根扭开脸，睬也不睬对方。

那青年大怒，冷不防就给了陈桂根一拳。陈桂根摇了摇身子，太阳穴里的青筋蚯蚓般凸了起来。又是一拳……陈桂根忍不住了，紧握的双拳“格格”作响。就这时，他蓦地想起了海灯法师的话，于是，那紧握的双拳又松了下来。

那青年还想动武，陈桂根忍无可忍，陡地一个转身，猛地一把从地下抓起一根小孩子胳膊般粗的树枝，一声喊，一拳砸下，竟将那根树枝对中一斩为二。

“啪”，陈桂根把断枝扔到那青年脚下，冷笑道：“果真要打吗？”

那青年见状，早就吓呆了，哪还敢再动手，也不知嘟哝些什么，一转身溜之大吉。

四周响起一片“啧啧”的赞叹之声。

陈桂根鄙夷地目送那青年远去后，平了平气，抬腕一看，不好，快上午9点了，他不由得急出一脑门子汗，急转身向茶楼而去。

忽然，一只手从后搭在他的肩上，陈桂根回头一看，只见海灯法师笑吟吟地就站在他的身后。

“海灯法师！”陈桂根又高兴又尴尬，急忙解释，“我可是早就来了的，刚才，就刚才因为……”

“刚才我都看见了。”海灯笑道。

“那么，法师，我们上楼去吧。茶水我已订下了。”

“不必了，”海灯庄重地望着陈桂根，郑重地说道，“我已经决定收你为徒了。”

“法师！”陈桂根激动得嘴唇都发抖了，这突如其来的喜讯，使他几乎不相信这是真的。

海灯法师语重心长：“不过，我希望你以后遇到不管什么样的事，都要像刚才那样沉着冷静地对待，这我就放心了。”

“嗯，”陈桂根一时激动地说不出话来，只是连连点头。忽然，他想起了什么，一把拉住海灯，“师父，走，上素乐斋去，今天，徒弟要办拜师酒！”

“陈规旧俗，”海灯嗔了他一眼，“走，还是回西山去吧，表演会已经结束了，出来两天了，不知寺里怎么样了呢。”

海灯法师好像有预感，这几天，石公寺中确实不太安宁呢！那几个山民趁海灯不在家，又结伴前往寺中偷菜，被明海发现。明海又气又恼，竟当真放狗去咬山民。更让海灯生气的是，他进山所收的第一个俗家弟子陆小狗也因师父不在身边，闯下了祸！

当海灯法师一路风尘回到西山岛，刚走进寺院时，便被石公某生产队的队长妻子一把当胸揪住了。

“好你个师父，教出了这么个好徒弟来！我叫你们这班和尚赔我的男人来！赔我男人！”队长妻子涕泪纵横，揪住海灯便讨要男人，把个海灯法师真的闹成了一个摸不着头脑的丈二和尚。

海灯和颜悦色，将队长妻子劝进香堂，亲手为她沏了杯香茶，递到她手中："这位嫂嫂，不要哭泣，冷静些，有什么事慢慢告诉我。"

队长妻子这才一五一十将事情经过告诉了海灯。

原来，队长看不起陆小狗，嫌他人小力薄，定工分时，只给他定了个女劳力工。陆小狗为此一直怀恨在心。这回，为了丁点小事，陆小狗又与队长吵了起来。小狗经过一年多习武练功，一手少林拳已学得几分相像，身体也强健了不少，力气也大了些许。于是，他自恃身怀武功，一时性起，只一拳，就把比他整整高出一头的队长给打倒在地下。

队长一是猝不及防，二是小狗这一拳确实有点力道。所以，挨了个结实，半天才爬将起来，一回家后就躺倒了。一连两天，他胸闷气急，还吐出了几口黑血。为此，队长妻子又气又急，吵上了山门。

海灯一听原委，气得半天没吱声，他先给了队长妻子十几块钱，作为误工补贴，然后带上医药包，尾随着队长妻子去了队长家。

见到海灯法师登门，队长仍余怒未息，当着海灯的面，把他与陆小狗一起骂了个痛快。海灯满脸愧疚，低着头连声检讨，只怨自己平时对徒弟缺少调教。然后，他使出功夫，在队长的胸前一通按摩推拿，眼见队长伤势明显好转，这才作揖告辞。

出了队长家，海灯就直接来到小狗家，找到了小狗。小狗也自知理亏，见师父到来，又羞又窘，头也不敢抬。海灯默默望了他一会，这才叹口气道："小狗，平时我怎么对你说的？"

小狗想了想，答道："习练武者首先要懂涵养，要懂礼貌。"

"还有呢？"

"还有……"小狗抬起眼，望着墙上海灯亲笔书赠给他的一条条幅——条幅上苍劲有力地写着：学而不厌，锲而不舍，为民造福。

"你全忘了！"海灯气得站起身，在屋里来回踱圈。忽然，他在墙边猛地站住了。

墙上镜框里，挂着当时海灯送给小狗的表演"一柱着地"那张照片。可是，陆小狗把它挂倒了，照片上的海灯法师成了仰头踮足、握拳直指上方的模样！

海灯心中涌过一阵悲凉：这孩子，根本不是用心在学武呀！此时此刻，法师心中好后悔，他悔不该感情用事，一时冲动收下了陆小狗。

"把它还给我吧！"海灯指着照片下了命令。

“师父您……”陆小狗一惊，还想说什么，但一看到法师那张格外严峻的脸孔，便软了下来，手不由心地从墙上取下照片，还给了师父。

“娃子，等你以后真正领会了这‘习武’两字中的含义后，再来找我吧。”海灯斩钉截铁地扔下这几句话。头也不回地出了小狗家。这真是：

燕雀安知鸿鹄志，
品高才能艺更高。

欲知后事如何，且看下回分解。

第七回　群贤毕集结善缘
梵宫寂静见真情

真个是山不在高，有仙则神；水不在深，有龙则灵。

尽管海灯法师一心想避开红尘，寻求一个清静安适的地方继续修身养性、参悟佛禅。但是，酒香不在巷子深，他与弟子们刚在太湖中这个名不见经传的小岛上安下身来，便自有新朋旧友与众多武术爱好者，打听问讯地从八方慕名而来，要求会晤法师，或以武会友，或切磋武艺。一时间，小小石公寺内人流如梭，群贤毕集，宏论满院。

其实，海灯法师在苏州西山岛上的10年修行期间，也并不是一年住到头的，他曾带着寂诚一起到过杭州玉皇山、江西云居山、陕西终南山等处弘法，还双双云游四海，朝拜名寺，结识一些武林的名家高手。期间，师徒俩一起当众表演单刀进抢、空手夺三节棍、空手对剑、少林对打、少林大刀及少林棍等充分显示少林派独特风格的武术。

在那一场场与王子平、盖叫天、宗祥生、卢振锋等武术名家的同台表演，与黄文叔、刘百川、顾留馨、郑怀贤、李雅轩、王树田、张腾蛟等后起新秀的武术竞技中，人们不难看到，海灯法师闭岛修行、刻苦磨砺的目的有所达到。

20 世纪 60 年代，海灯与王子平（中坐）等合影

别的不看，就看他在这几年中所获得的主要奖项：

1961 年 10 月，在上海华东武术比赛大会上，武术前辈和少林名家竞技，海灯法师获得"少林绝技"锦旗。当时的《新民晚报》曾有报道：海灯和尚用一只手撑地上撑了三分钟；他还表演了二指禅，用两指撑地上，撑起了身体……

对此，范应莲在他的《我的恩师海灯法师》一书中追忆道：

> 1961 年，海灯法师参加华东地区武术比赛，名人观摩表演，荣获"少林妙技"锦旗。随后又在杭州、宁波等地表演武术，在宁波军分区表演了"一指禅"。当时有一个叫黄均良的只 14 岁的青年，他很热爱武术，就站在最前面，只见海灯法师左手食指着地，双脚倒竖靠在一大柱上，右手上下挥动，两分钟后，只见手指闪闪发光。他从心底里十分佩服，心想以后一定要拜法师为师。到了 1981 年，通过上海亲戚多次介绍，海灯法师收了他为徒，满足了他的愿望。

1962 年 12 月 29 日晚上，海灯法师在上海体育宫表演了少林罗汉功。当时的《新民晚报》、《解放日报》、《文汇报》等上海报纸对海灯的武术活动作了不少报道。著名京剧表演艺术家盖叫天为此还专门写诗三首赠予海灯法师，其中一首写道：

一指禅功融万法，
少林绝技夺天人。
如师修炼谁堪比，
应是金刚再现身。

1963 年 2 月，在宁波武术表演大会上，海灯法师表演了武当对剑、空手对串子、罗汉功、空手进枪，引发轰动，《浙江日报》与《杭州日报》也均作了相关报道：

> 1963年10月，上海全国名人武术比赛。海灯法师代表江苏省武术队参加比赛。他表演的金刚锤、空手进大刀等几近失传的绝技，荣获赛事主办方颁发的“少林妙技”的锦旗。
>
> ……

据弟子们不完全统计，在这众多的公开表演与竞技中，海灯法师光表演“一指禅”就在八次以上。

此外，海灯法师还经常应西山岛上的石公、金庭、镇夏三个公社每年举办的三级干部会议与吴县政协第一、二届政协会议之邀，前往会议现场表演武术。

西山当地人士金旭岐先生曾在他所写的《海灯隐庐》一文中，忆及了当年亲眼目睹海灯法师赴会时的表演片段：

> 50年代、60年代，遇公社开会，他（海灯法师）经常在石公公社三级干部会议上表演武术。一次，我亲眼所见其表演为“一指禅”，用一指（食指）倒立，另一手持一支香，不停地画弧。人们见其卧虎功、独臂功，无不称奇；他还时常跳跃在梅花桩上，打梅花桩精拳，步法稳健，分寸不乱，在高达两米的梅花桩上，腾挪跳跃，如履平地。功夫之深，令人惊讶……1959年，他已60高龄。他代表吴县参加江苏省武术表演。回西山后，他还分别前往吴县县政府礼堂、苏州浒关镇、东山镇等地表演三指倒立、二指平衡、童子功、太极剑等。其中“一指禅”尤为精彩，掌声不绝。他在浒关镇还表演过硬气功，十块“八五砖”叠在一起，运气后，掌到砖碎，功力惊人。

对此，国家高级工艺美术师章本义先生在2012年3月7日由苏州太湖旅游发展集团有限公司举办的“海灯法师历史文化研讨会”上也有回忆：“‘文革’前，我在读高中的时候，在我求学的东山中学的操场上，我也亲眼看见海灯法师表演过‘二指禅’的。见到他单用右手的一根拇指与一根食指着地后，全身轻松倒立，可能为防有失平衡，所以两脚是靠在银杏树上的。此外，他还用一双铁筷子似的东西在手中左右盘旋绞拌，表演过筷子功。”章本义是笔者的东山镇同乡邻居，此时他也是65岁的老人了。

毕竟是血肉之躯，又毕竟是真枪实弹，所以海灯法师曾在表演“一指禅功”的时候，右手食指受过重伤。据范应莲《我的恩师海灯法师》一书中追忆：

> 应少林寺行正和尚邀请，海灯法师 1965 年回少林寺及在参驾店表演武术，深受群众欢迎。有一天，天快黑了，有一位领导干部来少林寺想看法师表演武术，再三请求，海灯不好推却，给表演了“一指禅”功。因天黑，地面不平，有一小坡，法师刚倒竖起，手指头一滑，差点跌倒，只好向上一提，指头已伤成一钝角。法师当时仍坚持表演完，但后来指伤虽经治疗，一直未好，给法师以后表演“一指禅”功造成极大困难。直到圆寂时右指头也不能弯。

1964 年 5 月间，海灯法师与寂诚来到金沙江盖叫天“燕南寄庐”寓所，专门拜访这位当代的著名京剧表演艺术家。海灯法师结识盖老已有些年头，1957 年，海灯法师在江西云居山真如寺时，一天，盖叫天在华东巡回演出路过江西，在龚义江的陪同下，专程去云居山真如寺拜访当时已有 117 岁高龄的虚云长老。当时，盖叫天亦已近 70 高龄，但他却只用了一天的时间，便徒步登上了高耸入云的山巅。当他们漫步走进云雾弥漫的寺门时，出来迎接他们的却是海灯法师。原来海灯当时正是此庙的知客僧，深得虚云长老的喜爱，为此被虚云长老视为得意门生，还专门向他单传了他所继承的禅宗五大派之一的沩仰宗。

20 世纪 60 年代，海灯与盖叫天合影

也真是有缘，当时，盖叫天与这个比他年少近 14 岁的瘦小个子的和尚一见如故，对他的那身过硬的少林真功很为佩服。所以如今两人在真如寺中不期而遇时，心心相印，畅谈甚欢，直至依依不舍而别。

这天，当海灯法师与寂诚突然出现在盖老的面前时，盖叫天高兴极了，当即与海灯法师一起切磋武艺，并实地交手。他俩当时比武切磋的场景，被随同而去的龚义江先生一一拍摄下来。直到如今，在西山石公寺中的海灯法师陈列室中，还珍藏着这两张照片。

其一是时年 76 的盖老与海灯法师双双迎面而立。海灯手持单剑横置胸前，侧视盖老作欲刺状；盖叫天则徒手以“跨虎”姿态，回首凝视海灯，既是退防又可随时回击；其二是盖老与海灯的并坐合影，两人都是神采奕奕，目光炯炯，腰背挺直，似有泰山之重。

临分手时，盖老曾应诺海灯法师，将择机专程前去太湖西山石公寺回访。然而遗憾的是两年不到，“文化大革命”开始，盖老这一打算终成泡影。不过，海灯法师居住在西山岛的时候毕竟居多，所以，前往石公寺拜访会见他的朋友自是不少。

1965年暑假，上海教师郑学弢在一位比丘尼慧净师的引导下，专程雇船渡越太湖，来到西山石公寺，盘桓了一天。与海灯法师相处的一天给郑学弢留下了深刻的印象。

那年海灯法师已是63岁，面孔清癯、双眸炯炯有神。他脚穿一双僧人的凉鞋，身着一件不用纽扣，只用一道带子拦腰系结的白色尖领麻布背心；他那裸露着的双臂，却是白皙腴润，不像一般武师那种肌肉凸现、血脉贲张的样子。慧净师与海灯法师本来就相识，所以海灯法师留下郑学弢一行五人午餐。同桌的还有一个是从上海来的叶大密居士。

在闲聊中，郑学弢得知海灯法师不久前在少林寺教授武术，体力消耗甚大。海灯法师坦率地说：“少林寺吃得太辟（pie）了！”（四川话，吃得太差了的意思）但他还是坚持教完了课程才离开。广法与寂诚正当青壮年，食量很大，定量之外，还需补充杂粮。所以，吃完饭，海灯法师笑着对大家说：“你们吃的素斋，都是我自己种的，我不收钱。不过，你们如有粮票给我，我还是要收的。”

午饭之后，海灯与广法、寂诚、叶大密居士还特意为慧净与郑先生等人表演了武术。海灯法师亮出了他那出神入化的剑术。但见他时而像金鸡独立、举剑向上；时而如游龙戏水，矫健潇洒。直看得郑学弢等人拍手叫好。

原来，舞剑乃是海灯法师自小就喜欢的武术，他15岁便立志学剑，愿做一个公孙大娘那样的剑舞能手。在海灯法师的《少林云水诗集》中，他就有自称“性好龙泉成一癖”之句。每当登临胜境，往往要舞剑寄兴。例如诗集中“惊心秋水生双腕，触目雪花洒满身”，也是他自喻舞剑疾速之势的。至于“归来更舞少林剑，豁尔顿消无限愁”，则展示了他沉浸于剑舞时的精神状态。

那天，叶大密居士还教了郑学弢一套名为“吐故纳新”的动作，是以缓慢的形体动作来加强深呼吸的。海灯法师在一边看了，认为这不是技击。于是，他又为大家表演了“鹰爪功”。他邀和郑学弢同来的东山船民向他进击。当那船民汉子迅猛地抡拳向他挥打时，海灯法师只起右手三个指头，在进击者的右臂上段对握。刚搭上指，那青年船民便酸痛难支。

海灯法师见状，即刻松手，边用手在那船民的手臂上搓揉，边连说“没事没事”。事后，直到日薄西山，那船民载着郑先生归舟时在太湖中，那个船民的手臂上还留着三点浅红的印痕。

就在这一天，郑学弢还亲眼见到好几个当地山民前来求诊于海灯法师。而海灯则让寂诚一一予以接待。诊治后，还给山民配上数帖膏药。山民要付钱，海灯执意不收，解释道：“这些中药膏贴，都是我们上山采集而来自己研制调配而成的，莫要钱，莫要钱。”

这时，郑先生才知道海灯师徒三人还会中医诊治疾病。原来，那个已在石公寺住了一段时间的叶大密居士，还是一个太极拳与按摩治病的专家呢！这回，他就是应海灯法师之邀，专程从上海来到这里，教授广法与寂诚按摩的。这两个佛家弟子个个勤奋好学，他们在海灯法师与叶大密居士的指导下，认真刻苦，一有空闲，便用双手拇指在桌面上用力地旋转和按捺，以锻炼指力，致使近边的桌面已磨得颇为光滑。

当年，叶大密居士已是60开外的老人。他说话与动作都比较缓慢，与海灯法师形成鲜明的对比。他从上海来到石公寺，吃住条件较差。但他还是十分欣然地来了，这说明他与海灯法师的为人很有契合之处。后来，郑先生听说叶大密在上海因为人治病，体力消耗太大而溘然长逝。这不由使郑先生感慨万千，由此想到了那句老话：欲观其人，先观其友。就这次短暂的接触，使郑先生看到了海灯法师身上所体现出来的利他精神。

中国有句古话，叫做“文人相轻”。其实武林也如此，而且门户之见颇深。所以当时前往拜会海灯法师的人中，也不免有这样的角色。有一次，海灯法师刚从上海回到西山，便有一个不速之客，声称自己慕名而来，要见见海灯法师。海灯见有来客，便吩咐广法沏茶伺候。岂料那人却说“不必忙了，我只想见识一下法师的武功”。原来，这人是位心意拳高手，只是心胸太狭窄了些，今番此来，是想与海灯会武，探探海灯法师的底气。海灯知道对方想会武，便推托自己年事已高，身体欠安，只让寂诚表演了几套少林五行和紫罗耶拳。但来人好像不达目的不罢休似的，仍然缠着海灯法师，并一再说道：“你徒弟的拳是打得不错，只是我还没有看到法师你的功夫呢！”

海灯法师见推托不了，只好表演了一个独臂功。但见他只用两手食指关节着地，全身倒立起来。就这样一直足足竖了四五分钟。稍事休息之后，他一时兴起，又乘兴亮出一套梅花精拳。他领着来客来到山前明月坡上。那是一大片平坦宽阔的石坡，一直伸展到烟水浩渺的太湖之中。海灯法师以明月坡为练功场，时而奔胯跳跃，时而跌扑翻滚；时而纵身一跃，窜到巨石之腹作金鸡独立之举；时而跳入危崖乱石之间，猛作黑虎推山之势；时而又在奇异的石林中，窜来窜去作鹞子入林之势。最后，海灯以一招长达15分钟的二指禅功，结束了他这场表演。

海灯法师的表演一结束，那位心意拳高手原本盛气凌人之势便荡然无存，非但比武之事闭口不提，反而连声说"佩服、佩服"。事后，这位心意拳高手背地里曾对人说，海灯法师的功夫使他惊服，没有几十年功夫不能练成。如果那天他与海灯法师交上手，万一给海灯法师手指点到，性命难保也说不定呢。

过了几天，这位心意拳高手又来拜访海灯法师了。不过，此番他不再提较量比武，只是虚心地向海灯法师请教起养生之道。海灯并不计较他前几日的鲁莽无礼，反而以诚相见，对他说："我们佛教有句话，叫做'嗔火焰焰，烧去功德之林'。楚霸王力能拔山举鼎，最后还落个乌江自刎。所以，人不能火气太大，这样对身体没好处。"接着，海灯法师这才向他传授了自己的练功修性之法，他说："上了年纪的人要少食，多动，少眠，少洗澡，千万不能动肝火。"

这位心意拳高手听了，很是感动，越发对海灯法师的品格、武德、为人钦佩之至。以后，每当海灯法师到上海时，这位心意拳高手必定前往探望海灯法师，以礼相待。这真是：

忘言得意不飞觞，
梵宫寂静见真僧。

欲知后事，且看下回。

第八回 出家人功德为本
玄妙观以武会友

前面说过,海灯法师师徒三人除云游四方外,大部分时间还是在寺里度过的。这大部分时间里,他们师徒三人就在寺院里开办素面席,设立医诊处,广结善缘,普度众生。对此,范应莲在他的著作中也有所记录:

> 法师每日除正常佛事活动外,还下地劳动,给老百姓看病。法师看病只收些本钱,无钱者,或凭大队、生产队证明都免费治疗,颇受老百姓的欢迎。1988 年法师再去石公山时,还有许多老百姓来看他,感谢法师治好了他们的病。

事实确也如此,1987 年 12 月海灯法师重返苏州太湖石公山时,便有当地山民络绎不绝地前来探望他,有一老妇甚至还提来了几十只鸡蛋,非要送给法师,以报答当年海灯法师医治好了她爱孙的顽疾之恩。

行文至此,顺便提一句,那就是海灯法师平时不沾荤食,但鸡鸭家禽的蛋类还是吃的。对此,他有打油诗诠释:

看你混沌一团糟,
又无血来又无毛。
老僧带你西天去,
免在人间吃一刀。

两个弟子中，要数寂诚的医道、武功最好。所以，海灯法师总是让他坐堂寺中，接待前来求诊问药的山民、果农、渔家。后来，自从明海因触犯佛门清规，被海灯法师驱逐出石公寺后，整个寺内坐堂应诊的事宜就几乎都落到了寂诚的身上。

有一次，寂诚替一个老渔民针灸。那渔民临走时，不知怎的，让寂诚收下了五元钱。这事当即给海灯法师知道了，他一时间大为震怒，对寂诚说："人家起早带晚，受尽风霜之苦，你怎么能一次收下人家五元钱呢？出家人以功德为本，普度众生，你劳动一下又有什么关系呢？还不快去退还给人家！"寂诚被师父训斥得无地自容，急忙追赶出去，但那渔民的船早已驰得无影无踪了。

其实，以前寂诚替老渔民针灸都是分文不取的，这一次是老渔民主动拿出来作为诊金的。可师父发火了，他哪里还敢争辩？不久，这位渔民又到了西山，又上门来请寂诚替他针灸按摩，临走时他又要掏钱。寂诚连忙摇手阻止。老渔民不解其意，还以为给得太少，就直率地："小师父，你开个价吧。不要客气。我们渔民现在有钱了。"

寂诚听了，苦笑道："哪里的话，上次收了你老的钱，师父已狠狠骂了我一顿。"话音刚落，就引得一起来看病的人都大笑了起来。

还有一次，有个学生模样的青年独自到西山岛游览，来到石公寺时，已过午饭时间。也许他饿坏了，所以一来到寺里的素面摊，他就狼吞虎咽地吃了两碗素面。临到收钱时，他这才发现身上口袋里分文没有。不过，那青年不想赖账，面红耳赤之余，他脱下了身上穿的毛线背心，以作抵押。面摊是广法主管经营的，当时他见了，倒也一时没了主张，不知收是不收。收吧，怕师父责怪；不收，白白让人吃了两碗素面，岂不吃亏？那时石公山游客稀少，他们的收入也有限，手头并不宽裕。说来也巧，正当广法为难的时候，海灯法师从外面回来，广法就把事情一五一十告诉了师父，言语中不免露出几分怨气。海灯听了，又向那青年问了几句，青年如实回答说自己没带钱，是他自愿以身上的毛衣作为抵押的。海灯法师很同情那个青年学生的处境，不但没有收他的毛衣，反而还掏出了几块钱送给他，让他作为回去的路费。

这天晚上，海灯法师在给两个弟子讲解佛经时，特地把这件事给提了出来。他对两弟子说："人若饥者与之一食，若寒者与之一衣，这是行善积德。否则还叫什么出家人慈悲为本，普度众生？所以，佛经上有句话叫做'诸恶莫作，众善奉行'。你们一定要牢牢记住。"

由于寂诚深得海灯师父真传，所以，在1962年农历八月二十五日，海灯法师与寂诚双双专程重返江西云居山真如寺，由海灯法师在真如寺里单独传法于大弟子寂诚和尚。当年，海灯法师便是在真如寺得到虚云长老的真传，成为沩仰宗第九代传人的。

沩仰宗是虚云长老所拥有的禅宗五大派中的一派。

传法接法在佛教中是十分隆重的仪式，首先要选定吉期。所以，到了农历八月二十五日那个吉日，真如寺里一派隆重肃穆的气氛：大雄宝殿门口挂牌上明白写着传法人、接法人的姓名与身份，然后由住持鸣钟击鼓，召集众僧。云居山真如寺是全国著名的庙宇，当时有好几百名僧人。钟声一响，几百名僧人全都庄重肃穆地集合在大殿两侧，鸦雀无声。

那天，在佛前供审着香花灯涂果，茶食珠宝衣；供桌上灯烛辉煌，香烟缭绕。举行诵经仪式前，先请诸山菩萨降临到场，再唱"三宝赞"；礼毕后，就请法人自报姓名、法号。接着，传法人也按历代传法的规矩，先高声唱诵一段"依法传法，代代相传，弘扬佛法，法轮长转……"之类的颂词，再亲自把一张用毛笔书写的法卷，交到接法人的手中。最后，由接法人向诸山菩萨顶礼，向师父与众位僧人致谢。至此，传法仪式才算结束。佛门相传，凡接过法的出家人便具有了当方丈的资格。

然而，遗憾的是，不等寂诚把沩仰宗再传下去，"文化大革命"便势如破竹地开始了，寂诚被迫还俗。于是，至今佛门还留下一个悬案：这份沩仰宗法卷现在哪里？按此推理，应该在寂诚和尚手中。那么，寂诚手中到底还有没有这份珍贵的法卷呢？沩仰宗会不会就此绝传了呢？

这可是佛学家或有关方面研究和考虑的事了，笔者暂时无福探讨。

且说海灯法师师徒三人就这样日复一日地在石公禅院里生活着，他们的生活很有规律：每天凌晨，他们三点钟就起身做早课，早课结束后就练武，一直到六点才吃早饭。以后就听海灯法师讲解佛经。八点后，他们师徒就奉行佛门"一日不作，一日不食"的清规戒律，一起下地劳动。海灯师徒们在石公寺四周的荒地上，到处种满了红薯、马铃薯、绿豆、蔬菜、麦子、辣椒和花果等。下午他们休息一下，两点后又继续练武，一直到天黑。

海灯法师要求徒弟们这样苦练苦功，自己也从不放松。他的练功方式很为奇特，经常是一边看书一边练功：或是贴着门槛来个大劈叉，双手捧着书本阅读；或是来个朝天蹬，人贴墙而立，一边将腿拉成上下一条直线，一边仍捧着书本阅读。他练"二指禅"功时，两脚依柱，单手食、中指撑地，另一手不断划圈，一口气要划上个三百余次。日子一长，石公禅院里，在海灯法师经常用二指撑地的那块方砖上，有了两个明显的凹洼处。可惜的是，这足显深功的地方，在 1966 年连同石公禅院一起毁于一旦。要不，这里定也会和河南少林寺千佛殿里的 48 个脚窝一样，足以供后人瞻仰了。

且说海灯法师除了教两个弟子在石公禅院中习武练功外，还经常单身一人去苏州市向俗家弟子或武术爱好者们传授武功。在苏州城中心的玄妙观三清殿前，有一帮酷爱中华武术的苏州青年，他们经常在那里习武练功。海灯法师在那里还有一位意气相投的武友王子仁。早在解放初期，海灯法师云游到苏州时，他在玄妙观前结识了王子仁，并在玄妙观附近的“郭记”饭店包席用餐。昔日的郭记饭店“小开”、今年（2012）高龄 80 岁的郭连生，对此记忆犹新。

王子仁是 1946 年来到苏州定居的，听说他年方 10 岁时，便通晓各式拳击技法，又擅骑射，年轻时曾行镖于豫、鲁、苏、皖，后为卢永祥部和西北军的骑兵教官。定居苏州后，他在玄妙观方丈殿创立了“苏州市子仁武术研究团”，门徒甚多。20 世纪 90 年代，海内外行内有人声称：“宋太祖长拳三十二势”已经失传。但在苏州，王子仁的学生洪世炳、何本钦至今仍都擅长于此法。该拳全赖于王子仁的传授才幸免于湮没。

1959 年，王子仁调到南京体育学院任武术教师，但玄妙观里的练武气氛仍不减当年，他的高足洪世炳、何本钦、彭梅林都各自带了一批徒弟坚持习武。直到 1966 年“文革”事起，他们才中止了在玄妙观内的练武活动。

海灯法师得知后，为沿袭王子仁老前辈的愿望，就经常主动地来到苏州玄妙观三清殿探望众人。

1961 年的一天清晨，海灯法师来到三清殿，看见何本钦和他的徒弟都在大汗淋漓地刻苦练武，心里不由涌过一阵激动与高兴。海灯法师走上前，兴致勃勃地向大家要求道：“我和你们一起练武好吗？”何本钦的徒弟们早就听说了很多关于海灯法师的传奇故事，他们都想亲眼看一看海灯法师的绝技，自是个个拍手叫好。这天，海灯就在三清殿的露台上作了“罗汉功”与“二指禅”的精彩表演。一时上，玄妙观三清殿前观者如堵，无不惊服。

消息传开后，各路武林同道慕名而来，于是，玄妙观练武之风更浓厚了，愈发地经久不衰。

1964 年，全国武术协会副主席王子平趁来苏州之际，专程来到在玄妙观三清殿观摩他们练武。那天，兴趣所致的王子平还以杖代剑，为大家表演了一套“青龙剑刀”。到底名不虚传，王子平的一招一式，洒脱利落；劈刺跳跃，气势逼人。特别是几下静止的姿态，在剑尖上好像凝聚着韵律优美的诗歌。

临别时，这位武术界的前辈亲切地鼓励大家：要闻鸡起舞，向群众不断推广，把少林武术继承下去！

玄妙观三清殿里的习武活动足足经历了五个寒暑。在大殿内两侧庭栏间留下了何本钦及众武术爱好者们辛勤苦练的痕迹，不少御窑方砖都因他们常年练功而磨得光亮……

但是，海灯法师怎么也没想到，正当他的俗家弟子的队伍日益壮大的时候，他的佛门弟子中却出了纰漏，那就是胖和尚明海凡心不灭，欲念难戒，居然背着师父与师兄弟们，在石公寺中做出了有违佛门清规的伤风败俗之勾当。这真是：

欲海滔滔难平填，
全凭超尘脱凡心。

欲知后事如何，且看下回分解。

第九回　光棍汉难戒欲念
明大义佛门无情

却说上次海灯法师一气之下，向陆小狗索回照片之后，曾一度想从此不再收徒，以免日后多生是非。但冷静下来一想，这不是上策。要想把中华武术发扬光大，如不将武艺代代相传下去，又如何个发扬光大呢？所以，海灯法师在后来几年中，仍就陆续地收了好几个弟子，只是在选徒时格外谨慎小心了。

这时的石公寺已与原来那个石公寺大不相同了，海灯进寺后，一有空闲，便在寺内寺外空地上遍植花果菜蔬，并取出大半辈子积蓄，将寺院整修一新：山上的古迹"归云洞"及洞前那块刻有清代顺治皇帝"敬佛"手迹的御碑，也都新翻重建，并加以木栅等予以了保护。尤其海灯法师懂医会文，心胸宽阔，待人热情和蔼，更是博得了石公山一带山民果农的一致好评与赞赏。

海灯法师的名字在西山岛上不胫而走，每日登门造访、拜师学艺、求教医道、问诊求药的人络绎不绝，就连外地一些消息灵通人士也赶来石公寺，专程慕名求教拜访。为此，吴县人民政府先后两次选举他为吴县第一届和第二届政协委员。海灯法师的工作与事业蒸蒸日上。为此，海灯曾高兴地赋诗作文，把自己的一片心情告诉世人。其中有首七绝这么写道：

夜来细雨山河新，
肥绿瘦红又暮春。
肆意尊荣一笑了，
快心不作眼前人。

但是，世界上没有十全十美的事。那回，为了明海的不规之举，海灯气得数天没有出门。

凡人纵有七情六欲，但既然做了出家人，就得戒除一切淫欲之念，做到四大皆空、六根清净。明海正值壮年，本是半路出家，尤其是佛学之念浅薄，他竟多次趁师父不在身边，对一些前来求医治病的山里妇女动手动脚。对明海有违佛门大忌之事，海灯法师有所风闻，但毕竟耳听为虚，故不能随口向明海挑明。

一天，海灯法师外出提前返回寺中，刚近得香堂，忽听得屋内有人厮打扯扭之声，倚窗望去，只见明海正嬉皮笑脸，硬是扯住一山农妇女在做轻佻之举。只因海灯法师行路素来步履轻捷，故而明海一时没有发现法师的到来。那妇女不从，却又因羞怯不敢声张，挣得满面通红，眼泪汪汪。

海灯见状，不由胸中怒火陡升，也不入内，只在门外大喊一声："明海！"明海闻声大惊，手一松，那山妇便如脱弦之箭，头发蓬松，奔出香堂，离寺而去。

这时，明海已神色慌张地来到海灯面前，强作镇静道："师，师父您，您回来了。"

海灯法师也不回答，只把冷峻的双眼盯住明海，直看得明海手足无措，额上冒出了涔涔细汗。半晌，海灯法师才开口缓缓问道："明海，身为皈依佛门之僧，这第三条是什么？"

第三条是"戒淫欲"。明海听得师父果然问及，本来就脆弱的思想防线一下子就崩溃了，他"扑通"一声跪在海灯法师面前，哀求道："师父，只因弟子一时糊涂，还望师父宽恕……"

海灯不动声色，只是拔高嗓门重复问道："现在我只问你这第三条是什么？"

"是……戒淫欲……"

"你戒了么？"

明海羞得满面通红，无言可对，只在喉咙口低声地嘟哝道："还望师父饶了弟子这一回吧。"

眼见明海当面认错，但海灯法师的心中仍是愤懑难平，左思右想，最终决定绝不能饶恕。因为饶了明海，不但自己违心亵渎了佛祖，还会就此败坏了石公寺的名声！让石公寺在世人面前抬不起头来！思忖再三，海灯法师只得眼一闭，心一横，无情地说道：“出家人出家无家，六亲不认。现在我代表佛祖，将尔驱逐出本寺！”

明海呆了，他没料到海灯如此铁面无情。还想争辩哀求，但见海灯法师已经拂袖扬长而去，便自知再求也是粉墙上刷石灰——白说(刷)，于是，他只得一边在心里暗暗咒骂海灯，一边乖乖地卷起铺盖，无可奈何地走出了石公寺院门。

明海离开石公寺院后，先在离此不远的包山寺挂了几天的单。后来，又干脆还了俗，去一个乡镇卫生院做专业医生去了。这是题外话，不必展开。

果不出海灯法师所料，逐出了明海后，事情并没因此结束，那山妇回家一番哭诉后，激怒了其丈夫、小叔一班人。第二天一大早，一帮山里汉子便气势汹汹冲进寺内，捋袖挽臂，口口声声要打死贼秃王胖。海灯法师怎容他们动武，上前赔了笑脸道了不是，并告之明海已被驱逐出寺，那帮汉子才稍稍息怒，骂骂咧咧地下山而去。

海灯自以为一场风波就此平息，但他万万没想到一场更大的风波还在后头呢！这真是：

人生自古多磨难，
平地也会起风波。

欲知后事如何，且看下回分解。

第十回　动乱波震涉古寺
师徒合力抗暴行

有道是天有不测风云，人有旦夕祸福。1966 年 6 月，一场震惊中外的“无产阶级文化大革命”在中华大地上蓬勃开展了起来。

太湖中的这个小岛，同样也不例外，“破四旧、立四新”便是这场运动的前奏曲。东河镇上那个目不识丁的王铁匠就此趁势而起，成了西山岛上这场政治运动的急先锋。他率先扯旗造反，成立了一支“西山镇手工业革命造反队”，自己沐猴而冠，当了个造反队长。“破四旧”？这小岛上的“四旧”又在哪里呢？当年唐代诗人皮日休、明代宰相王鳌和唐伯虎等文人雅士钻过的龙洞（林屋洞，即《辞海》中有条目的“天下第九洞天”）早已被湖泥淤没，禹王庙也早倒塌，这“四旧”当从哪里开刀呢？

王铁匠眼珠一转，首先喊出了“石公寺”三字。这不光是石公寺里有几尊烂泥菩萨，更主要的是有个海灯和尚。当年，东河镇上当众出丑的事，铁匠可是念念不忘、耿耿于怀呢！如今时机到了，看谁敢做那挡车的螳螂！

一个阴云密布的上午，西山镇手工业革命造反队会同石公山下西山秉汇村农民组成的星火战斗队，还有部分西山中学的“红卫兵”们，高呼着“革命无罪，造反有理”、“大破四旧，大立四新”的口号，挥舞着锄头扁担，冲向了石公寺。

出乎造反战士们的意料，这天，石公寺院大门洞开，里面还传出了袅袅香烟和朗朗诵经之声。院内空地上，海灯法师与寂诚、广法两个弟子正在练功习武；刀枪架上，十八般兵器赫然林立。

众造反者竟然一时怔在了门前，不知所措。

王铁匠见状火了：这样岂不给造反派丢脸？于是，他壮起胆子先大喝了一声：“海灯！”随着话音，他率先一脚跨进寺门内。

海灯法师闻声转头笑道：“施主有何见教？”

王铁匠理直气壮：“我们是革命造反派，今奉毛主席指示，前来‘破四旧，立四新’！你们还不快给我们滚开？”

海灯仍笑道：“‘破四旧’？怎么回事？”

“你少给我诈痴不癫！‘破四旧’，就是爷笃要砸你的石公寺！”

“那可不成！”海灯严肃起来，“石公寺是市县两级文物保护单位，有几百年历史，砸了岂不可惜？”

“什么可惜不可惜？这回先砸寺，过后还要砸烂你的狗头呢！”吼罢，王铁匠一挥手，“同志们，给我上呀！”

“谁敢动！”就在这剑拔弩张的时刻，陈桂根等几个早埋伏在大殿左右的俗家弟子再也忍耐不住，一个个勇敢地挺身而出，站了出来。

海灯法师忙伸手挡住他们，然后望定王铁匠问道：“你们这样做，有上级政府的文件吗？”

“哈哈……”王铁匠突然大笑起来，“文件？毛主席的指示就是文件！”

“我要的是明文规定。”海灯不退不让。

“什么明文规定？如今全国上下都在开展运动，你他妈是聋了耳朵还是瞎了眼睛？”王铁匠出言不逊。

陈桂根大怒，冲上前，直指铁匠的鼻子吼道：“你小子狗嘴里放干净些！”

海灯法师把桂根挡在身后，压住心头怒火，只低声向众弟子迸出四字：“继续练习！”

可是，此时陈桂根他们早已兴味索然，哪还提得起劲来。海灯法师见状只好笑道：“那只好为师献丑了。”

说罢，海灯法师亮出了一套平时他轻易不露面的“板凳拳”。

场上一条栗木板凳，原为练功之用，横阔竖长，少说也有几十斤。但见海灯法师只起右脚轻轻一挑，先把那条板凳挑在手中。接着，法师持凳在手，如同儿戏一般，把它舞得左盘右旋，上堵下戳，且越舞越欢，越舞越急。顿时，寺院里响起一片“呼呼”的风声。到后来，众人定睛看时，端的是只见板凳不见人。

众人看呆了，情不自禁发出一片“啧啧”的赞叹之声。

王铁匠见了，大为不满：这不是长敌人的志气、灭自己的威风又是什么？于是，他一面痛骂手下敌我不分、立场不稳，一边欲带头绕过海灯法师进入寺内。正这时，忽听“喀嚓”一声，众人闻声看去，不知怎的，只见那条板凳竟在海灯法师手中居中一裂为二，成了两半。

立时，满场皆惊，就连王铁匠本人也愣住了。

海灯还不罢手，叹道：“这板凳也太脆弱了。”说罢，他运气在手，抡直掌面，对准断凳连连劈杀。又只听“喀嚓喀嚓”几声脆响，那板凳顿时又在海灯手下成了一捧破碎的木片。

这可是何等强大的内功与外力呀！

人们看愣了，好半天，才齐刷刷地叫出一片“好哇——”。

海灯法师似乎兴犹未尽，干脆丢下破碎的木片，又从兵器架上轮番取下武器舞将起来。但见：

枪出一条，如蛟龙离水银蛇狂舞，
刀砍一片，似彩蝶翻飞金锣旋转。
九节棍铿锵作响，段段带风似霹雳，
八法锤左右开弓，锤锤挟雷慑魂魄。

这一舞就舞了一刻多钟。众人掌声如雷。

海灯练得兴起，干脆将他那些“五路罗汉拳”、“龙蛇虎豹鹤五行拳”、“梅花桩精拳”、“八段锦”等多套拳术都使将了出来。最后，他亮出了拿手绝招“二指禅”功。

此功是中华传统正宗少林之功，懂行者知此功必得深通气功，须将全身之力运于手指。练时，循序渐进。有两种练法，一是以一指或二指撑于墙上，人的身体逐步增加倾斜度，经过几年后，以手指能撑住最倾斜的身体为度；二是先练以双拳柱地，做全身倒立，后改单拳，再改成五指关节，最后改成五指，四指、三指、二指、一指，直到百炼成钢。如无一定的耐力与功力，是绝不可能练成的。但是，海灯法师已经水到渠成，就连“一指禅”也尽然掌握了。

只见他运气于掌，再送气于指，眼看着右手那食指与中指的形状变得粗浑发圆，肉色变得紫红发亮，接着，他一声低吼，戳向一边一只悬着的沙袋。“扑”一声，沙袋上顿时出现了眼睛似的两个小洞，里面的黄沙“哗哗”向外直泻。

门内门外再次爆发出一片惊叹之声。

这时，王铁匠再也忍不住了，豹子般地冲上几步，猛地停在海灯法师面前吼道：“停下来！滚一边去！”

海灯法师就像没有听见，只是冲他微微一笑，然后一个后翻，人就倒着立在了那里。众人定睛看时，这才发现，海灯法师竟是以一指着地的呀！

“一指禅——”顿时，满院全炸了，就连一起来的造反队员们也情不自禁失声大叫了起来。王铁匠见状，愈发狂怒，失去了理智，只见他猛冲前几步，抡圆手中扁担，“咣”一声，竟将院边那口雕有如来佛像的清末年间浇铸的荷花缸击了个四分五裂。

“‘破四旧’开始——”王铁匠歇斯底里地一声狂吼。

众队员这才如梦方醒，慢吞吞地向佛殿走去。

“谁敢？”忽然，陈桂根等弟子一拥而上，挡住了造反队员们。

“好哇！你们，竟敢阻挡‘破四旧’，阻挡革命造反！”王铁匠在这一批个个身怀武功的凡夫俗子面前，色厉内荏地步步后退。

海灯法师挡住陈桂根他们，喝声“不要鲁莽”，挺身站到王铁匠面前，冷笑道：“王师傅，这些泥塑木雕，一不向人要饭吃，二不向人要衣穿，敲掉了多可惜。依贫僧之见，还是不破为好！”

“你敢现行反革命？”

“说哪里去了，我身为吴县政协委员，能反革命吗？”

“不让‘破四旧’就是现行反革命！”

“此话是谁说的？”

“这……”王铁匠一时语塞，无以回答，只是恼羞成怒地吼道，“贼秃少油腔滑调！你说，今天这‘四旧’你到底是让破不让破？”

“我要是不让破呢？”海灯的脸色也沉峻了下来。

“你，你……好你个贼秃，你敢现行反革命……”王铁匠望着海灯法师那双犀利尖锐的双眼，不由心慌胆怯。当年东河镇上的那次教训，至今记忆犹新，他自知一旦交手，无疑是以鸡蛋去碰石头。想到这里，王铁匠眼珠一转，施了个缓兵之计，将手一挥，喝道：“大家暂且跟我回去，待我请示公社后，再

向他们算总账!”说罢,率先一溜烟出了寺门。这真是:

只因黑白被颠倒,
人妖是非都混淆。

欲知石公寺后来的命运究竟如何,且看下回分解。

第十一回　敲山震虎逼贤徒
调虎离山毁古寺

且说铁匠队长等冲击石公寺被阻后,石公禅院里倒也暂时安静了几天。但海灯法师心中明白,这安静,仅是台风到来之前的暂时的安静,一场更大、更猛烈的暴风雨就在后头呢。

昨日,从木渎镇来了一个“挂单”的沙弥,把灵岩寺被当地“红卫兵”与农民作为“四旧”全部砸毁、妙真监院上吊自杀等事都告诉了海灯法师。海灯心中有了准备,反而更显得冷静与沉着,整天打坐禅房,闭目不语。然而他的心中却犹如掀起了滔天巨浪,翻江倒海,经久不息。他想不通,好端端的怎么突然破起了“四旧”? 庙寺佛像神塑都已有千百年的历史,怎么一夜之间都变成了洪水猛兽? 而且从上到下都非破不可? 难道这些所谓的“四旧”妨碍了社会的进步与历史的发展了吗? 国家宪法上不是明白无误地写有“宗教信仰自由”的条文的吗? 沉思中,海灯法师又预感到这“破四旧”似乎是个幌子,是个前奏,在它的后面很可能还潜伏着一股更猛烈、更凶险的势头。

不知不觉中,暮色苍茫。夜幕悄悄地降临到了石公山上。广法给师父送来一碟辣椒末拌咸菜干、两个馒头和一碗薄粥,海灯法师只吃了几口,就吃不下了,心头纷乱繁杂的思绪,使他毫无胃口。山下的太湖水有节奏地拍击着堤岸，发出单调而又寂寞的“呼——哗——”声，像一个辗转反侧不能安睡的巨人，正发出一声声沉闷的叹息。

忽然，在静谧中，海灯法师似乎听到了什么声音，他警觉地睁开眼，问道：“谁在门外?”

僧房门“吱呀”打开，门口站着一个黑影。

海灯法师估计是熟人。如不是熟人，寺院里那条忠实的看院狗是首先会吠叫起来的。于是海灯法师用针拔亮油盏头，让灯光徐徐亮起，果然，门口站着神情木然的理发师陈桂根。

海灯法师欠身问道：“咦，桂根，你怎么这时候来呀? 出什么事了吗?”

陈桂根脸上勉强挤出一丝笑容：“前几天弟子没空，所以才没来看您。今晚我有时间来了，我想为您老剃头呢。”

海灯不再追问，他用手摸了摸头顶：“是该理发了，来吧。”

于是，刀剪的嚓嚓声，单一而又寂寞地响了起来。

陈桂根今天似乎特别细心，动作也显得迟缓，用了推剪，又用剃刀，直到把师父的头发剃得触摸上去没有一点毛刺刺的手感为止。他的双手在微微颤抖着，几滴湿热的水珠落在师父的头顶上。

海灯法师眼也没睁，沉吟道：“佛门云，爱不重不成婆娑。桂根，难道你忘了男儿有泪不轻弹的话了吗?”

陈桂根再也忍不住心头的悲伤与难过，停下刀剪，蹲在地下呜咽了起来：“师父，我要走了……”

“上哪去?”

“回老家去。”

“什么时候回来?”

“不能再回来了。”

“为什么?”海灯法师两眼蓦地睁开，用双手抓住陈桂根抽搐的肩头。

“狗日们斗了我，说我是什么牛鬼蛇神，破坏革命运动……明天，他们要遣送我回原籍镇江……”说到这里，陈桂根难过得再也说不下去了。他感到师父抓着他的双手像一双铁钳，捏得他的双肩阵阵酸痛。

好一会，海灯法师才松了手，回复到平静的状态。他内疚而又痛心地低着头，叹道：“桂根，是为师连累了你呀。”

“不，师父，都是那狗日的王铁匠的鬼点子，我们没得错，没得错呀！”

忽然，湖风扑开窗户，将屋里的灯火扑灭了，僧室中一片黑暗。

谁也没有想到去关窗，师徒俩就这样在黑暗中默默地坐着，久久，久久……

陈桂根要走了，海灯法师再次紧紧握住他的双肩，不肯松手。他把自己那条心爱的绳镖亲自圈在徒弟的腰间，让桂根作为纪念之物。陈桂根则给师父留下了一把推剪。

“都半夜了，师父，我该走了。您老多保重！”

“唔，是半夜了。但天总会亮的。桂根，一路上自己多多保重。等着天亮的时候吧。”海灯法师一语双关，语重心长。

陈桂根蓦地趴下，含泪向师父连磕了三头后，越墙走了。

这一晚，海灯法师再没像以往那样闭目养神，两眼始终没有合上。

翌日凌晨，海灯法师破例没去练功场练功习武。

上午九点多钟，一个臂戴红臂章的汉子骑着一辆自行车来到石公寺，找到海灯法师，说：“海灯，公社里请你去一趟，有公事商议。”

海灯法师是吴县第一、第二届政协委员，所以有时县里和公社就有关政协方面的事会要他前去列席。但这回接到通知后，海灯法师却有了一种隐隐的不祥之感，感到会有不好的事情发生。为此，临动身前，他随身带上了寺中所有的现钞积蓄，然后这才毅然离寺，步行去了西山岛上的东河镇。当时，这个与香港面积一般大小的西山岛上，有金庭、石公、建设三个人民公社，镇夏镇是石公公社所在地。

果不出海灯所料，他这回当真上了造反派们的当！

行走了半个小时的山路，来到了镇夏镇上的石公公社。然而，他问遍了公社所有部门，谁也不知道是谁把海灯请来的。公社民政助理十分诧异：“海灯法师，是谁请你来的呀？我们并没有事情把你请来呀？”

海灯的脸色一下子灰暗了下来，心中的那股不吉之兆愈发强烈了。他二话没说，掉头就走，立即赶回石公寺。

但已经迟了，石公寺中已是遍地狼藉，一副劫后余生的惨景：佛像被人断肢碎头，佛经成了灰烬，寺墙倒塌，东西僧舍翻得一塌糊涂。

广法衣衫残破，哭丧着脸迎上前来：“师父，你一走，就来了上次来过的铁匠那帮人，二话没说，冲进来，全砸了……”

海灯法师神情木然地伫立在那里，不说话也不动弹。

院中洒有一长溜彤红的鲜血，那条忠于职守10多年的护院狗，也被造反队们用利器开了膛，鲜血淋漓地挂在院中那棵石榴树上。

更让海灯法师痛心疾首的是，这几年来，他应上海顾留馨之约，一字一句写成的六种武术书，共60多个小册子、80余万字，竟也被“红卫兵”与造反派们付诸一炬，数年心血毁于一旦！

海灯法师好像一下子苍老了许多，他缓缓地走到石榴树下，久久地凝视着那条惨死于非命的护院狗。蓦地，他一声低吼，右手在空中抡了个圈，雷击电闪般地一掌砍在那根碗口粗的石榴树的树杈上。

“喀嚓”一声，树杈齐齐地断了。这真是：

正人君子坦荡荡，
难挡小人暗箭伤。

欲知后事如何，且看下回分解。

第十二回　空前浩劫受迫害
远走高飞见真情

却说王铁匠逼走海灯法师的俗家弟子陈桂根后，又施调虎离山之计摧毁了石公禅院，焚烧了寺内所有的经书与文章手稿，直把个海灯法师气得差点卧榻不起。但是，王铁匠的最终目的还没达到，他肯就此善罢甘休吗?

海灯法师料想到“红卫兵”与造反派们不会就此善罢甘休，所以当天深夜，他就把积攒了近十年的几千元钞票用塑料纸包好，令寂诚一个人神不知鬼不觉地藏在了太湖边的石头底下。

果不出所料，没几天，铁匠队长一伙重又杀进石公寺，把个石公寺里里外外贴满了大字报与大幅标语。这些大标语大字报的矛头，当然是直指向海灯法师的。于是，一些莫须有的罪名也像污水似的泼向了海灯。

“打倒美蒋特务海灯!”

“打倒现行反革命分子范无病!”

“海灯不投降，就叫他灭亡!”

……

自从石公禅院被造反派摧毁于一旦后，海灯法师更加沉默了。他每日只是从早到晚与寂诚、广法两弟子一起收拾着破碎的寺院，不再诵经习武。他们的一切兵器，也在那天被造反派们全部抢走了。

铁匠队长再也忍耐不住,他摩拳擦掌,决定揪斗海灯,把海灯置于死地而后快。但他又慑于海灯法师的武功,迟迟不敢动手。

这时,孤岛上的"革命造反"风暴越刮越猛,几乎每天都有坏消息不断传入海灯法师的耳中:初创于南朝之初的包山禅寺、人们为纪念大禹在西山治水之功绩而建造的禹王庙、始建于五代后晋天福二年(937)的罗汉寺等佛门圣地相继被砸毁;公社党委书记被打成"走资本主义道路的当权派",被造反派公开押上批斗台;公社民政助理员只因与廖沫沙有过书信来往,被打成"小三家村"……西山岛上整日锣声镗镗,口号声声,刀光剑影,红旗如林。

"海灯,你出来,接受革命群众的批判!"王铁匠不敢走近海灯,只是纠集了一批造反队员与"红卫兵",围在石公寺四周狂吼乱叫。

"哗——"几块石头砸在僧舍窗户上,把半透明的蛤蜊窗砸了个粉碎。

海灯法师冷笑着走出寺门,两眼如炬,射向王铁匠:"要斗争我砸窗户干什么呢?"

王铁匠色厉内荏:"反动海灯,我们要对你实行无产阶级专政!你必须老老实实,不准乱说乱动。否则,砸烂你的狗头!"

"来吧!"海灯法师格外冷静,一步一步走向王铁匠,"我早已做好准备。"

"上!"王铁匠一挥手,十多个不知深浅的中学生"红卫兵"一拥而上,把海灯法师围了个严严实实。

海灯法师惋惜地环顾着这些青少年,摇摇头:"我不会反抗的。我相信总有一天,一切都会水落石出的。"

"拉出去游街示众!"王铁匠龇牙咧嘴,把一顶用马粪纸糊制而成的特殊的高帽子狠狠地套在海灯法师的头上。

真是别出心裁:这顶高帽子用一张大马粪纸卷起糊就,高达1.2米左右,呈宝塔状;中间挖了个海碗大的孔,刚好露出海灯法师的脸。帽檐四周,飘飘扬扬地粘贴了一长条一长条的纸条,每张纸条上分别写着海灯法师的各种"罪名":"历史反革命"、"美蒋特务"、"国民党残渣余孽"……另有两张特别宽长的纸条,上面分别写着"坏分子寂诚"、"坏分子广法",分别表示是广法与寂诚两个徒弟。

对此,造反派们还美其名曰:披麻戴孝。

一位正直、善良而又富有才华的少林武功大师,顿时成了人民的"敌人"!

游街开始了。从石公山到镇夏镇、东河镇,沿途站满了人们。绝大多数的人们是怀着痛心与同情,前来一睹这位大名鼎鼎的海灯法师,为这位他们所尊敬的高僧默默祈祷、无声鼓励来的。只有少数人是看热闹、瞎起哄的。大多数人没有附和着王铁匠他们高举手臂，喊口号，同时大家的心中都不同程度地泛涌着各种疑问，尤其是那些平时受到海灯法师恩惠与帮助的人们。

令人发指的是，造反队员们为了防止海灯法师发功动武，有几次游街时，竟丧心病狂地用铁丝将他的手腕绑了起来。

造反队员们找来一条长凳，令海灯法师跪上去“向人民低头认罪”。海灯法师怎肯答应？他冷笑道：“我这双膝，只向父母下跪，只向佛祖下跪，还从来没有跪向凡尘呢！”

王铁匠好恶毒，将陪同海灯法师一起游街的几个“走资派”一起扣押在操场上，让太阳暴晒，还说“海灯什么时候下跪低头认罪，就什么时候收兵”！以此来要挟海灯法师下跪。

海灯法师处于矛盾之中，为了不株连更多的无辜的“罪人”因他而多受活罪，最后他还是迫不得已地跪上了那条长凳。

一跪就是一整天！

一跪就是十天半月！

无休止的长跪中，几个“地（主）、富（农）、反（革命）、坏（分子）、右（派）”或“走资派（走资本主义道路的当权派）”都受不了这非人的肉体惩罚，先后“扑通”、“扑通”地从长凳上跌下或晕倒过去。

但是，海灯法师始终无动于衷。他跪在那里就像泥塑木雕似的，纹丝不动，神色木然。原来，他把这种恶毒的体罚当做了自己锻炼身体的机会了呢！

王铁匠见海灯法师并没被他的恶作剧所整垮，不由地感到震惊与害怕。有一次，他悄悄走到海灯法师身后，出其不意地伸出脚，猛地踹向那条长凳。遗憾的是，海灯法师只是随着方凳作45度倾斜晃动，整个身体就像粘在了长凳上似的，既不动摇，更不倒下。

对于王铁匠的恶作剧，海灯法师心中充满了愤怒。所以，当后来有一次没有其他人陪跪时，面对造反派们让他再跪上一条长凳单独示众的喝令，他予以断然拒绝。王铁匠恼羞成怒，亲自督阵，棍棒交加，威逼海灯法师跪上去。无奈，海灯只得慢慢走向那长凳，然后又慢慢提起膝盖，对准长板凳跪了上去。王铁匠见状，好不得意，然而，他的一声冷笑还没发出来，只听“喀嚓”一声，众人定睛看时，那条厚达数指的栗树长凳居然在海灯法师的膝下断成了两截！与此同时，绑在海灯法师上身的铅丝，也一一崩断了！

冷场片刻，操场上居然爆发出一片喝彩声。

……

游街示众不得不告一段落，王铁匠把海灯法师看管起来，命令他作“触及灵魂”的“深刻检查”。海灯法师面无表情地拾起笔，饱蘸浓墨，以一手银钩铁划的书法，在那种足有半张方桌大小的黄裱纸上，整整写了18张的题为“我的自白”的检查书，然后自己贴在镇夏镇中心大银杏树下那个用芦苇搭起来的大批判专栏上。

说是检查，其实是海灯法师的一份真实的身世简介。至今，西山镇60岁以上年纪的人们，还清楚地记得上面所写的具体内容：

1902年，海灯法师出生于四川省江油县重华镇上一个贫困的裁缝家庭。他自幼名叫范靖鹤，后因体弱多病，改名为范无病。小海灯5岁时，亲母去世；7岁时父亲续弦，继母带来了妹妹范玉生。同年，海灯入重华小学求学。毕业后，又考入梓潼12县联立师范学校。后来，海灯回到重华，在双柏村读私塾。后来又曾参过军。在金堂县28军当了一段时间国民党的军需官，并跟随他舅舅薛久志在中江县和兴场张家湾习武。就在那时，海灯的继母令他回去和玉生结婚，海灯坚决不从。为此与继母闹翻，一气之下跑到成都考上了警监学校。

关于海灯法师的这段身世，从来一直是个谜，出于种种顾虑，平时他也总是闭口不谈，就连挚友王子平、盖叫天等也没有透露过。这回，造反派逼他写“检查”，由于寺院庙堂被彻底摧毁，个人信仰被定性为“四旧”，他的心中未免有点灰心丧气，对前程感到虚幻渺茫，所以，他才赌气似的，一一如实“交代”了出来，公布于众。

其实，有关海灯法师这段秘而不宣的人生经历，在海灯1940年8月20日写给智光法师的一封未曾寄出的信中，已有披露。此信是海灯法师圆寂后，人们在梓潼县文物管理所检阅海灯藏书时，偶尔翻到的。据该文管所潘副所长介绍说：此信是海灯法师于1940年写给成都昭觉寺方丈智光大师的，看情况当时是交由其徒果兴去成都面陈的，但不知何故夹在书中，终未发出，一直完好保存至今。虽然这是一封普通的私函，但我们却可以从中看出海灯法师在梓潼大庙任住持时的情状、心态、修养和文化水平，为我们了解和研究海灯法师提供了可靠的第一手历史资料。现不妨把全信披露如下，以飨读者：

师父大人慈鉴：

此间香会，倏尔已毕，庙上生活衣单，首事一文未增，灯油田无望。徒初发心忍苦忍怨，殚精竭虑，改正道风。现山上戒已成定规，全县僧侣略解修行。往来游人被佛化者三分有二，徒之愿力可谓稍偿矣。

徒本梓人，会住梓地，出家不久，马齿且稚，参学既阙，佛法复昧，以其昏昏，引人昏昏，个中苦困亦难言矣。且道高一尺，魔高一丈，虽曰烦恼即菩提，究之庸才非圣品。如今春，始而主讲天封，继而祷雨百塔，复兴场谈普门品，重华镇宣般若法法，先鸡鸣而作，后斗转而息。黄卷青灯，咿唔占哔，口不绝诵，手弗停披，小有暇时即持真言。赋性虽属鲁骀，夙夜不敢不勉。以为可以销旧业，以为可以离障纲。殊事与愿违，情随境迁，动而遭尤，触处是过。眷属远离，谤言丛兴。此固足以砺德业、砥道心。然人生若寄，转忽飘麈，长受环境之击荡，难无性灵之汩没。古德有学道不还乡之说，司马迁有衣锦还乡之论。以徒之鲁，方之古人，渐汗如注。徒幼读经史，长随军戎，自况不凡，虚度实久。今出家何异当家，昨舍俗今更就俗，继是以往，遗恨良多。打成一片，自愿未能。刻稍获闲，拟屏绝万务，昼夜不休，专持金刚真言四十万遍。倘仍无消息，则拟亲近光照大师，复进支那学院，或坐终南茅屋，庶不负我此生也。尚祈师父裁之。

果兴者，廉能勇毅人也。随我三载，精勤万分。惟徒等人过薄，责人太严，故使人不能乐从。九月中，到百镇讲金刚经，此经不知何注为优。此间只有光照大师金刚述记一部，大人处如有，请果兴带一部来。讲毕并同观无量寿经送滦盛寺。拨冗写此，百不达一。祈宥！并祝师父、弟均吉！

小徒海灯顶礼　　八月二十日

外：遣果兴奉上法币一百元，细面十余斤，以表敬意

从上述此信不难看出，智光法师当是对海灯法师人生经历最为了解的人之一。智光法师知道：当年海灯离开警校之后，信仰发生了根本性的变化，所以他来到新都县后，当过几年沙弥。出家后，海灯一面习文练武，一面着意佛经，从根桑、致微老格西（当时人称马普禅活佛）的门下，密修经论，并受到汝峰上人的教诲。后经新都县佛教会副会长杨作山的引荐，投身于新都的镇静庵，拜福太法师为师，继续充当沙弥，学佛经，与昭觉寺的源清和尚同吃同住。五年后的那个农历腊月初一，他又经杨作山、谢子厚禀明，由智光法师主持，在文殊院附近的五岳宫庙内（现为五岳宫街 38 号）接受智光法师的剃度，正式为僧。同时剃度的还有海珊、海慈、海迷、源清等 80 多个僧徒。隆重的受戒仪式上，智光法师亲自赐他法名为“海灯”，意即“苦海茫茫，觅寻航行之灯”。

智光法师对海灯很器重。但是，大约年余，西川旧军政要人刘湘病故之后，智光失去了支持，寺内也发生了内讧。智光应聘到绵阳市的唐汛毗胜寺任主持，海灯也随之到了绵阳万寿寺，当了个清众僧。两年后(1937)，海灯迁升为梓潼县七曲山大庙住持。

大庙是川西北的名山古刹，七曲山为剑门山余脉。古蜀道从宝鸡入川，这里是必经之路。相传，战国时秦国为了征服蜀国，开发蜀地，利用蜀王贪财好色，许嫁五名美女和"金牛"给蜀王开明十三世。在五位大力士迎娶途中，至七曲山南麓，见一巨蟒进入穴中。力士猛拉巨蟒，顿时雷电交加，暴雨倾盆，李白的"地崩山摧壮士死，然后天梯石栈相钩连"的诗，就是指的这里。大庙始建于晋，后明末起义军张献忠进川建立大西政权后，便把这里改为了"太庙"。此庙位于川陕公路要塞，游客众多，香火旺盛。能担任此大庙住持，海灯法师当年的佛门造诣也由此可见一斑了。

在海灯法师任住持时，经他提议主持并重修了大悲楼，即现在的风洞楼，塑造了佛像，供奉了白玉观音。

海灯法师在大庙住了七年之久。1946 年 3 月，他来到嵩山少林寺，在少林寺住了约半年后，开始云游名山古刹。他先于 1949 年 9 月入浙江天台县国清寺挂单，向静权老法师学习天台宗的教义教理，后又曾代静权老法师讲《楞严经》、《古文观止》。1951 年春天，天台县土改。因他是苦行僧，当地政府给他划的成分是"佛教徒"、"贫僧"，所以他在天台山塔头真觉寺分得山田三亩，躬耕而食。

1956 年农历八月至 1958 年初夏，海灯法师应江西云居山真如寺长老虚云长老所邀，前往云居寺讲经说法，担任住持。海灯法师接下来的行踪，便是太湖吴县西山石公寺任住持至今这段历史了。

……

"文化大革命"在西山岛上开始后，海灯法师就完全失去了人身的自由，白天他要前往镇上游街示众，晚上归寺后，造反队员们则不让他与两个弟子随便出入石公寺。石公禅院成了囚禁海灯师徒的牢狱。

但王铁匠还不解恨，又恶作剧地在给海灯法师用的饮食中，加上了大量的猪肉与荤油："海灯，这就是看你真心还是假心与封建迷信一刀两断了的表现了！""吃呀，你可别不识抬举呀！"王铁匠狞笑着，把荤食放到了海灯法师的面前。

海灯法师视若不见，神情木然，宁可滴水不进，粒米不沾。

“你还想反动下去吗？还想骗人吗？你以前不是偷吃过荤了吗？”王铁匠无中生有，拍桌打凳。

海灯闭上双眼，像根本没听见。近40年的佛门生活，海灯法师早已习惯了素食斋菜，食用荤食只会使他感到恶心作呕。

“好！看谁硬吧！是你们的肚皮硬，还是命硬！我们骑驴看唱本，走着瞧！”王铁匠留下荤食，怒气冲冲地走了。

深秋的夜晚，湖风透过破损的门窗，扑进佛堂。海灯法师盘膝而坐，像尊泥塑木雕。他心明如镜：倘若自己动武的话，不要说几十个人了，就是上百个人，也足可以把他们一一扫平了。但此乃革命政治，大势所趋，王铁匠这些人也只是头脑一时发昏所致，也是受蒙蔽的呀！

忽然，从窗外飞进几团东西，落在海灯法师的面前。海灯拾起一看，是几个馒头，掰开一看，里面都是菜馅。他不由感激地向窗外望了望，点了点头。他知道肯定又是哪个善良的山民，向他雪中送炭来了。整整三天了，面前案桌上的荤食海灯连碰都没碰一下，这几个素馅馒头，正好让陪着自己忍饥挨饿了多天的寂诚与广法用来充饥。

一切都成云烟散了，空旷的石公禅院，已使海灯失去了任何的留恋与希望。此时，他多想变成一只湖鸥，飞越这茫茫的三万六千顷太湖，到苏州、到上海去，到他那些自由自在的俗家弟子中去。

但是，身不由己呀！造反派与“红卫兵”还没在他身上挖到有关“美蒋特务”的线索呢，没有找到与台湾秘密联系的无线电台发报机呢！何况斯时斯地，又有哪条船、哪个人敢冒这天大的风险，把他这个“历史反革命”送过这太湖呢？

这是一个伸手不见五指的深夜。

深秋的夜晚，寒风萧瑟。造反派、“红卫兵”们在喧闹了一天后，分别在东西厢房里进入了梦乡。

突然，一条瘦小的身影，猫行鼠窜一般来到海灯的身边。

“师父！”轻轻一声唤。

海灯已听出是谁来了：“小狗，你怎么来了？”

“师父，给，快趁热吃了吧。”几个热乎乎的菜馅馒头塞到海灯法师的手中。

海灯伸手抓起一个，咬了一口，顿时，他的心头涌过一股温馨的热流。啊，一样的皮子、一样的馅，这几天来总是有人悄悄地向海灯送来素菜馒头的谜,终于得以解开了。

“难为你了,小狗。为师过去对你太严格……”

“师父别说了,弟子心里都明白。您老是为了我好呀!”

海灯没吱声,进山头一次,他湿了眼眶:还有什么能比患难中的真情更值钱,更动人呢?

“师父,您离开西山吧。趁今晚月黑风高。”

海灯法师没吭声,沉思良久。

这时,忽然“咣啷”一声,房门洞开,闯进了满面凶相的王铁匠:“好嘛,我道贼秃成仙了呢,原来是你这小贼从中捣鬼呀!”骂着,王铁匠劈手一把揪住陆小狗,“走,你这个小现行反革命,我非把你与这个贼秃一起批倒批臭不可!”

小狗吓得脸都发白了。

王铁匠一发力,竟将陆小狗提将了起来:“走呀!”

海灯忍不住了,缓缓说道:“王队长,何必与一个小孩子家过不去呢?人生在世,还是以慈悲为本的好。”

“放你贼秃的狗屁!”王铁匠大怒,哪里肯松手,拖着小狗就向门外走。海灯法师忍无可忍,上前伸出二指,只往王铁匠腰眼里一点。王铁匠当即便只感到右手发麻,不由将手一松,放了小狗。

王铁匠见海灯这罪中之人竟还敢动手,勃然大怒,对准海灯法师当胸就是一拳:“贼秃当真是要造反了不成?”

陆小狗见海灯被打,又急又气,不顾一切冲上前,挡在海灯面前怒道:“你敢打我师父?”

“嗬,你这小子今天也是吃了熊心豹子胆了!”王铁匠狞笑着,挽袖捋臂,步步逼向陆小狗,“那么,老子今天就先教训教训你再说。”骂着,王铁匠他抡起两个钵头大的拳头,对着瘦瘦小小的陆小狗的当胸就砸了过去。

然而,就在王铁匠的拳头即将触到陆小狗的胸脯的一瞬间,海灯法师敏捷地一伸手,将小狗拖到身后。王铁匠砸了个空。与此同时,海灯踏前一步,向王铁匠暴露出自己的胸脯:“来,要打朝老衲这里打。”

王铁匠怵了,他怎敢与海灯较量?不由步步后退,边退边指着海灯骂道:“好你个贼秃,真敢反革命了!你等着……”

可是迟了,海灯法师离岛出走的计划已彻底酝酿成熟了,只见他把身体一闪,挡住了王铁匠的去路,冷笑着问道:“王队长,老衲想向你借条小船一用，你能答应吗?”

“你，你大胆……”

“如此说，你是不肯借?”海灯两眼中忽地迸射出两道犀利的目光，直射向王铁匠。

王铁匠胆战心惊，步步后退：“你，你想干什么?”

“我想暂时委屈你一下。”海灯说着，从墙上取下一盘细麻绳，“再借你的船用一用。”

陆小狗顿时清醒过来，高兴地叫道：“师父，我来!”

“不，我一人做事一人当。”海灯话音未落，冷眼蓦地扫见王铁匠猛地操起了一根木棒，抡向小狗的后脑勺。说时迟，那时快，海灯法师随着一声“小心”，便已疾速出手，只一挡，就把王铁匠手中的木棒给打飞了出去。

“怎可暗箭伤人? 太不仗义了!”海灯一声冷笑，顺便将手一挥，那圈麻绳在空中划了个弧形，不偏不倚，刚好套住王铁匠的上身。王铁匠惊恐万状，拼命反抗。海灯法师将身贴近铁匠，不知又在他身上哪个穴位点了一下，那王铁匠顿时浑身上下如脱臼一般，再也用不上劲来了。

海灯法师趁势三下两下，将他捆成肉粽子一般，丢在一边。

“海灯师父，饶命哪……”至此，王铁匠只得哀求饶命了。

海灯法师敏捷地将一块毛巾塞进王铁匠的嘴中，然后从他腰间取下那串钥匙，抱拳冲王铁匠一揖，说了声“委屈你了，我们后会有期”，然后拉上陆小狗，反锁上房门，又从隔壁房间里唤出寂诚与广法。为遮人眼目，师徒三人临出门时，还各自换上一套早就准备下的当时最为“时髦”的衣服，直向茫茫一片漆黑的太湖边而去。

其实，对于今天这么一幕，海灯法师早有准备，所以早在前段日子里，他就把寺中的藤椅、碗盏等所有可用的家具，逐一分赠给了左邻右舍的农家山民。同时，他又分发给寂诚、广法两个爱徒若干钞票，以作为他俩日后回家后的费用。

夜更深了，天也更黑了。

路过太湖边的那块石头时，海灯法师接过寂诚从石头底下取出来的那几千元积蓄，全部缠在了自己的腰间。

陆小狗熟练地摇起小网船，载着海灯与寂诚、广法三人，离开了西山岛，向泛着点点白光的湖心驶去……

天明时分，他们穿过了太湖，来到了吴县胥口镇。

这时，海灯师徒三人均已换上了俗家打扮，他们的穿着打扮几乎一模一样：头戴黄军帽，上身穿件洗得发白的黄军装，下身穿条毛蓝咔叽布裤子，足蹬一双解放鞋。就连胸前佩戴着的毛泽东像章，师徒三人也一模一样，都是那种组合式的：上面一枚是五角形中间嵌有的毛泽东侧面头像的主章，下面是一枚窄长形的上面铸有"为人民服务"的毛泽东手写体的副章。唯一与两个徒弟所不同的是，海灯法师头上戴着的是一顶深灰布八角帽。他们这一身打扮，可是当时最为流行、最为"革命"的标志性服装呀！

陆小狗放下手中的橹把，随师父跳上岸，不无担忧地望着师父、师兄问道："师父，天这么黑，外头这么乱，你们上哪里去呢？"

海灯法师凄然一笑："人海茫茫，世态炎凉，为师走到哪里算哪里了。"

小狗忙道："弟子想随师父一起去呢。"

海灯法师摇头叹道："不，世上没有不散的筵席。你跟我总不能长久。这样吧，木渎镇上我有几个旧识的俗家弟子，你不如到他们那里去，学个木匠什么的手艺。"

陆小狗知道师父的脾气，自是不再纠缠，只是含泪点了点头。突然，他想起了什么，从手臂上取下那个红袖章，套上海灯法师的右臂，哽咽道："师父，带上它，如今这东西能防身用的。"

海灯也不勉强，套上那只印有"造反队"字样的大红袖章，然后不无爱怜地在陆小狗的头顶上摩挲了几下，说了声"后会有期"，便带上两个徒弟大踏步地消失在晨曦之中。

陆小狗目送师父们远去，止不住潸然泪下。冷静下来后，忽觉手中多了样东西，展开一看，原来是海灯法师当年赠送给他后又讨回去的那张照片呢！

照片背面，多了海灯法师的几行的亲笔题词，字字遒劲：

"学而不厌，锲而不舍，为民造福。"

泪水又一次涌上来，打湿了陆小狗的眼眶。这真是：

春秋大义千百条，
不及人间一点真。

欲知后事如何，且看下回分解。

第十三回　离孤岛师徒赴苏
收徒弟了却夙愿

1966 年 11 月初的一天上午。

沿着木渎镇到苏州市南门的砂石公路上，走来了三个风尘仆仆的男子。

他们一式的服装打扮：上身穿一件黄色的咔叽布军装，头戴一顶黄色的军帽或灰黑色的八角帽。就连他们三人的胸前所佩戴着的毛泽东像章，也是如出一辙。其间一个身材瘦小的男子似乎装束得更为严实，除了头戴一顶深灰色的八角帽外，瘦小的脸上还戴着一副平光眼镜，嘴上还套着一个口罩，恐怕即使是熟悉他的人与他狭路相逢，也一时间认不出他来。

读者明鉴，这个身材瘦小、装束严密的男子不是别人，正是海灯法师。紧随他一路同行的则是寂诚与广法两个爱徒。

海灯师徒三人是在胥口镇启船登岩后，又步行 30 余里地来到苏州城内的。当时从胥口镇到木渎镇，尚未通车，从木渎镇到苏州城原有班车的，但因这阵子“支”、“踢”两派武斗，交通瘫痪，已无车可乘了。

到达苏州，已是午饭时分。当海灯师徒看到苏州城里铺天盖地刷贴着的大字报、大幅标语时，他们才知道这个文化名城的革命运动比西山岛上还要闹得厉害。满街上都是"迎头痛击资产阶级反动路线"、"打倒走资本主义道路的当权派"、"踢开党委闹革命"、"火烧柳林、李执中"等大标语、大横幅，上面白底黑字红叉叉，触目惊心。一队队手执长矛，头顶柳藤帽、臂戴红袖章的造反队员杀气腾腾，如临大敌。海灯法师一行幸亏换上了这身当时最时兴的"革命服装"，所以一路行来才没人寻他们的麻烦。

但是，偌大的一个苏州城，一片混乱，人海茫茫，这时能找谁去呢？谁又是他们海灯师徒的保护人呢？

海灯法师在苏州城里，弟子众多，朋友不少。

1959 年，海灯法师赴西山岛之前，曾应虎丘寺方丈楚光邀请，在虎丘寺讲授《金刚经》。赴西山后，他还经常带着寂诚与广法，往返于城市与孤岛。

在佛门往来上，他与苏州西园的住持明开法师、监院安上法师，以及木渎灵岩寺的净持与妙真都是好友。

在传播武术上，他无私地向真心爱好武术的善良的人们传授武术，与他们切磋技艺，玄妙观三清殿前的广场上，民治路的大公园内乃至市体育馆内，都曾留下了他的足迹。

但是，在这个动乱的时候，谁又是他们师徒三人可以依靠的人呢？尤其是在被首当其冲地作为"四旧"的庙宇寺院在一夜之间全被砸烂烧毁了的情况下，谁又可以向他们师徒三人提供暂时赖以寄身的地方呢？

已是晌午时分，海灯师徒一行饥肠辘辘，他们就近向人家要了几杯白开水，取出随身带来的干馒头，权作午饭填了下肚子，然后谢过人家，便向胥门城墙口而去。

胥门城墙上下，均有头戴柳藤帽、臂缠红臂章的造反队员把持，鹰隼般的眼睛盯着每一个进城的人。一手持鬼头刀的汉子拦住海灯师徒三人，见是一个干瘪老头与两个腼腆的小伙子，也不作细问，就放他们三人进了城。

城内的情况与几年前大不一样，原来海灯知道的一些街弄巷名，如今都被人尽情刷盖，用一些极富政治色彩的"红卫弄"、"造反街"、"兴无路"、"灭资巷"等取而代之。这可一时间难为了海灯师徒们，左辨右认，竟然迷失了方向。正苦苦辨认去路之际，突然喊声雷鸣般响起："打倒苏州刮经济主义妖风的罪魁祸首！""打倒走资本主义道路的当权派茅于一！""敌人不投降，就叫他灭亡！"口号声惊天动地，滚滚而来。

惊回首时，只见一队队"红卫兵"、红小兵，一队队造反队、革命派簇拥着一长溜戴着高帽子的人们，正沿着街道浩浩荡荡而来。为首那个面色苍白、长发盖耳、弯腰弓背的老者不是别人,正是原苏州市副市长茅于一。

见状,海灯法师心中一阵难过:好端端的为人民打江山的共产党的领导,竟不知犯了什么罪,落到了这么个下场。在社会主义的和平年代,有什么话不好说?有什么理不好辩?非要用这等野蛮手段?

正胡猜乱想,游街队伍已来到海灯法师面前。海灯眯眼一望,不由地倒抽了口凉气:但见一边那几个正对着几个步伐走得稍慢了一点或颈脖抬得稍直了一点的"走资派"拳打脚踢的家伙,那出拳踢脚间的一招一式,居然有不少都是从清代潘蔚整理编辑的《易筋经十二势》中化出来的!

"易筋经"是一种内外兼练的医疗保健养生功法,相传为梁武帝时代天竺和尚达摩所创。"易筋经"就是指改变筋骨的方法,经常练习"易筋经"可以收到防治疾病、延年益寿的效果。到了清代,潘蔚整理编辑的《易筋经十二势》流传较广,他把"易筋经"分为内功与外功两种锻炼方法,各有12势。内功采用站式,以一定的姿势,借呼吸诱导,逐步加强筋脉和脏腑的功能。大多数采用静止性用力。呼吸以舒适自然为宜,不可逆气。简单地说,"易筋经"是内壮神勇、外壮神力的功法,"从骨中生出神力,久久加功,其臂、腕、指、掌,迥异寻常,以意努之硬如铁石,并其指可贯牛腹,侧其掌可断牛头"。但这些都还只是"小用之末技","外壮神力"练成后,"手托城闸,力能举鼎"都算不上奇异了。

海灯法师的"一指禅"、"二指禅"、童子功等绝活,就是从"易筋经"中的"饿虎扑食"与"豹尾式"等中化出来的。

然而,那些以往的文弱书生们,如今在海灯法师的眼里一个个都变成了走火入魔的怪异人:他们一个个肩挎大红的毛主席语录布包,臂缠大红袖章,胸前佩着毛泽东纪念章;他们一个个的嘴巴张得碗口大,口号喊得应天响,手臂挥得旗杆直,横眉竖目,跺脚咬牙,好像与那柳林、李执中等"走资派"们是前世冤家、今世对头。

顿时,海灯法师像被人劈头盖脸地猛抽了一顿似的,面孔火辣辣地发烧,心中如针扎般刺痛。把为强身健体所掌握的武术用来恃强凌弱,向来是海灯法师难以容忍的!万没想到这些乳臭未干的城里学生子,居然也把学到的些许拳脚用在了殴打无辜上!这些招式,都是谁教给他们的?在传授时,都向他们宣传教育了吗?这些学生子,他们怎么就下得了这个手?海灯法师与寂诚、广法面面相觑,百思不得其解:这场"无产阶级文化大革命"究竟要干什么?

海灯与弟子们踌躇不决，犹豫徘徊，一边沉思，一边漫无目的地向前走去。不知不觉，他们来到了苏州最热闹的市中心观前街。如今，观前街已改名为“红卫街”了，昔日的观前街已面目全非：百年老店“采芝斋”、“松鹤楼”等都已改弦更张，门楼被砸。店名改成了“工农兵饮食店”与专营毛泽东像章和毛主席语录的“宝书店”。

当天，海灯法师一行不敢到处乱走，就趁人不备，悄悄转入位处临顿路青龙桥北首沿河小楼，叩开了苏爱山居士的家，在苏家住了下来。苏爱山为苏北人氏，是个虔诚的佛教徒，是海灯法师一到西山石公寺就收下的俗家弟子。当下，师徒相见，自是悲喜交集，不作言表。

在苏爱山家中小住的时候，海灯法师作出了与广法与寂诚两个爱徒在苏州分手的决定：石公寺被毁，自己被批斗，苏州已不再是久留之地。这世上，哪有不散的筵席？现在大难当头，自己也是泥菩萨过江——自身难保，再也抱不成团了！

听得师父作出分手的决定，广法与寂诚的心中哪里舍得？但如今大势所趋，只得双双默然点头，无奈接受这痛苦的现实。海灯法师叮嘱广法与寂诚分开行动，从即日起各自岔开时间，办理迁移户口的事宜。广法把户口迁回原籍崇明县，寂诚把户口迁回原籍江苏泰州市。他自己则伺机待形势稍有缓解时，再回西山岛迁移自己的户口。

就在两个爱徒分别办理迁移户口的这段时间里，这天绝早，天还蒙蒙亮，海灯法师就顶着凛冽的寒风，怀着一个在心底盘桓已久的夙愿，一个人悄悄地离开了苏爱山家，径向不远处的观前街玄妙观走去。

玄妙观乃全国著名的道教正一丛林，始建于西晋咸宁二年(276)，称真庆道院，唐开元二年(714)改为开元宫。乾符元年(874)道士丁紫琼建文昌、张仙二殿，毁于唐末，仅剩下山门和侧殿。北宋大中祥符五年(1012)改为天庆观，皇祐年间又建殿堂，新筑山门。南宋建炎二年(1128)金兵屠戮平江，天庆观毁于大火。淳熙年间郡守陈岘、提刑赵伯肃重建正殿，始名三清殿至今。元元贞元年(1295)改名玄妙观，其时观广，大约500亩。明正统年间巡抚周忱、知府况钟建“弥罗阁”。万历三十年(1602)弥罗阁殿毁。清康熙时为避康熙帝玄烨之讳，改“玄”为“圆”，称圆妙观。康熙十三年(1674)布政史慕天颜重建弥罗阁。道光十一年(1831)玄妙观有31座殿宇。民国元年(1912)玄妙观正中及两厢尚有大小殿宇26座，连绵不绝，观内分13道房，观中心的广场上商贩与百戏杂陈。1912年弥罗宝阁失火焚烧。抗战中，祖师、灶君、八仙、寿星、水府、关帝诸殿相继圮废。1959年东岳殿焚毁。玄妙观历史悠久，建筑精美，至今尚存三清殿、正山殿、火神殿、方丈殿、雷尊殿、星宿殿、财神殿、三茅殿、三官殿、文昌殿、斗姆阁等。现存建筑分别建于宋、元、明、清和民国。故玄妙观在苏州又有建筑博物馆之称。

玄妙观与所有的庙宇道观一样，早已被人作为“四旧”，毁于一旦。大门紧闭，门上交叉贴着两条偌大的封条，上面的落款是某某“红卫兵”总司令部与某某造反指挥部等字样。但令海灯法师喜出望外的是，玄妙观三清殿前的广场上，在冬日薄薄的晨曦遮掩下，竟然还有十几个男女随着一个男子威严的口令，在那里挥拳踢腿地练功习武！

真是好大的魄力呀！在当时那种政治挂帅、革命造反、打倒一切的红色恐怖下，居然还有人胆敢逆流而上，在这里崇武练拳，也不怕被人批为走白专道路，判为顶风作案？这可是海灯法师怎么也没有想到的。窃喜中近前一看，海灯法师不由更加喜悦，但见晨曦下的三清殿前的台阶上，高高地站着一个他所熟悉的身影，那不是何本钦又是谁呀？

何本钦出生于1925年，是著名武术大师王子仁的爱徒，苏州武术协会副会长。他曾在省、市体委举办的武术赛事中担任武术裁判。1958年，他在担任海灯法师的赛事裁判时，与海灯结识。共同的志向与技盖群雄的武艺，使海灯法师与何本钦英雄惺惺相惜，成为了好朋友。早在六十年代之前，何本钦就在苏州城中领徒教艺，传授武术，带出了一批颇有建树的武术人才，在历届省、市举行的赛事中获得优秀的成绩，为国家培养了不少武术人才。对此，海灯法师早就知道。但他没想到的是，在今天这般的环境下，他居然还敢冒天下之大不韪，继续在此传授弟子，教练武术。

按着激动的心情，海灯法师走近前，叫了一声“何老师”。由于当时海灯法师戴着口罩与平光眼镜，所以何本钦一时没认出来者何人。直到海灯法师取下口罩与眼镜，他才认出原来是久违了的老朋友。当下，海灯法师与何本钦在玄妙观前的广场上久别重逢。略作寒暄，海灯法师便道出来由：“何老师，我要走了，想向你要些礼物。”

“什么礼物？”

“能不能给我几个弟子，我想把我的一些功夫留在苏州？”原来，这就是海灯法师在心底盘桓已久的夙愿呀！

这就得说到佛门中的大乘佛法与小乘佛教了。

大乘佛法是菩萨思想中的一大特色，与佛教思想中的小乘佛教有所区别。大乘教徒把菩萨的修行发放概括为“六度”、“四摄”。“六度”是指布施、持戒、忍辱、精进、禅定、智慧，他们认为这六种方法是能够脱离生死苦海，达到涅槃彼岸的通道。“四摄”是指大乘佛教徒在日常生活和活动中，在与他人相处时需要遵守的原则，具体是指布施、爱语、利行、同事。大乘佛教认为这是菩萨救度众生时所应遵守的原则和方法。为了与小乘相区别，大乘教徒把自己的思想学说称之为“菩萨思想”，把自己的修行实践称作“菩萨行”，把自己所尊奉的戒律称之为“菩萨戒”。

小乘佛教派奉释迦牟尼为教主，认为现世界只有一个佛，即释迦牟尼，不能同时有两个佛。信仰者通过“八正道”等宗教道德修养，可以达到阿罗汉果（断尽三界烦恼，超脱生死轮回）和辟支佛果，然不能成佛。

简单而又通俗点说吧，大乘佛法是出门去寻找被普度对象的，而小乘佛教是坐在庙宇里等人家上门、指点开化的。

海灯法师是大乘佛法，为此，他要走出去寻找与帮助人家。

他除了走出去传经布道外，还要以武术这种最为人们容易接受的形式，帮助被普度对象强身健体，从而达到信仰佛法的目的。

所以，他在临离开苏州时，把最后向苏州的善良之辈传授武术作为了自己一桩未了的夙愿。现在，他终于找到了机会，并向好友何本钦提了出来。

何本钦得知海灯法师的夙愿后，即慷慨地一指场上十几个学生说道：“法师你要哪个，你就自己挑吧。”

“不多，只要四五个就行了。还是何老师你推荐吧。”见何本钦接受了自己的请求，海灯法师不由向何本钦合掌一揖，表示感谢。

于是，何本钦从十几个学生子中，挑选出三男一女四个青年，领到海灯法师面前。

对于海灯法师的武功本事，这批喜爱武术的青少年们早就如雷贯耳，现在有幸被何老师推荐给海灯法师继续深造，这四位青年自是倍感荣幸，他们当即根据何本钦的指示，齐齐单膝下跪，拜倒在海灯法师面前。这其中就有长得虎头虎脑的蔡林生与秀气清丽的周文华。

蔡林生与周文华都是酷爱武术但又有着自己清晰主见的往届中学生；尤其周文华，由于她自幼身体一直不好，为此，她也跟随着王子仁的徒弟何本钦学起了武艺，想以此强身驱病。没想到练着练着，她就入了迷，一发而不可收。对于海灯法师，他们更是久仰大名，渴望有朝一日能亲聆大师的教诲。

从此，蔡林生与周文华等四人就成为了海灯法师在离开苏州时收下的最后一批俗家武林弟子。

蔡林生与周文华当时刚好都是20岁，他俩好学上进，肯吃苦耐劳。在传授中，海灯法师一再强调的是武德，他多次叮嘱弟子们：不得仗武欺人，尤其不得去参加武斗。在具体动作上，为了便于他们记和练，他还临时编了许多顺口溜。如练气功时，他就对他们说：两肋松，玉堂空，呼吸无声，气则通……

当学生们还不能掌握要领时，他就不厌烦地亲自带着他们一遍遍苦练。他们还制订了学习计划：上午专门练少林拳；下午学习扎枪。从早到晚，苦练不休。待等一天结束，一个个汗水淋漓，像从河里捞出来一样。

弟子们的武功眼看着像雨后春笋似地节节往上拔。海灯法师看在眼里，喜在心头，传授武艺的信心更足了。

周文华姑娘家住的是楼房，她每天回家时最艰难的是上楼梯。一天七八个小时的大运动量锻炼，她实在太疲劳了，两腿酸痛得抬不起，只好用两手搬动自己的大腿，一步一步跨上楼去。

可是，海灯法师还要给他们加码，他提出每人每天都要跟他打“梅花精拳”一百遍。

这要使多少劲，流多少汗？他们能吃得消吗？

蔡林生是个愣小子，他精力充沛，浑身好像有使不完的劲。但他也忍不住了，问道：“师父，为什么一套拳要练一百遍呀？”

海灯法师早看出了他的心思，便笑着答道：“你听说过千变万化这句话吗？这就是说，拳要打一千遍、一万遍才心领神会呢！”

为了鼓励弟子们练功，这天，海灯法师还从口袋里掏出了一张照片，放在虬枝苍郁的丛丛古松中。这张照片是海灯法师在1961年8月中旬应河南嵩山少林寺邀请，带了寂诚重返该寺时所拍摄下的。他要把这张自己珍藏了多年的照片作为鼓励，奖给最能刻苦发奋学武练功的弟子！

一个多月过去了，几个弟子长进得很快。为了提高他们练功的劲头，海灯还为他们示范表演“八法锤”和“九节鞭”。

一般的九节鞭，每节只有七两或九两重，不超过一斤。海灯法师的九节鞭却与众不同，它的每一节铁鞭都有小拇指那样粗，足足有三斤重。他能将这样的九节鞭缠绕在自己的脖子上甩出去，连甩一百零八下，表现出了非凡的“颈功”。

一段时间的高强度的训练下来，四个弟子只剩下了蔡林生与周文华两个人。

海灯法师向弟子们教练武功时一丝不苟,几近"残酷":你练了几遍,他练了几遍,他都在心里为你记着呢,一点也不含糊。可在生活上,他对徒弟们却爱如慈父:每天练功完毕,他总要带着俩弟子来到大公园附近的"朱鸿兴"等面店,买上两碗肉丝面或花生酱拌面,犒赏徒弟。而他自己就笑眯眯地坐在一边,看着两个爱徒狼吞虎咽。他还风趣地对爱徒们说:"练完吃饱,晚上睡好;明天加油,功夫长牢。"那时,蔡林生与周文华都还没工作,所以每顿都是师父从自己有限的积蓄中自掏腰包,请他们吃的。

好几次,在两个爱徒的一再请求下,海灯法师偶尔也会来碗阳春面(光面)。在蔡林生师兄妹吩咐与监督下,面馆厨师特意用菜油下了纯素面。但海灯法师仍不放心,每次进餐时,总要先让蔡林生闻一闻,在确定此面确实是厨师用素油做的,而且没放任何香葱与大蒜等佐料后,才享用。否则,他是要用筷子一片一片拨去后才享用的。因为在佛门中,香葱、大蒜与韭菜,都是属于荤菜的。

1966年11月23日,海灯与周文华合影于苏州观前照相馆

也许周文华是海灯法师平生所带的唯一的女徒弟,所以海灯法师特别喜欢她。1966年11月23日,海灯法师特意领着周文华来到观前街上的照相馆,留下了一张别致的师徒合影:照片上,梳着两条垂肩小辫的周文华侧面而站,摆着一个漂亮的出拳姿势;海灯法师则头戴军帽、身穿胸佩毛泽东像章的中式上衣,正面站立在周文华后面。拍完照片,都快走出照相馆了,细心的海灯法师忽然又想到了什么,特意折回去,请服务台上的人别忘了在照片上写上"八法锤. 师徒留念. 66. 11. 23"几个字,以示纪念。

这张宝贵的照片,周文华珍藏至今。

海灯法师博闻强识,记忆力与理解力超强,一本厚厚的毛主席语录与数百首毛泽东诗词,他简直可以倒背如流。有时候徒弟们考验他,随便点了几段,但只要一开头,师父就马上滔滔不绝地接下去了,而且一句不差,一字不漏。令徒弟们不无钦佩。其实,师父连那种深奥晦涩的经文都能一字不差地背诵出来,还愁当时满中国触目皆是、通俗易懂的语录与朗朗上口的诗词记不住吗?

说实话，海灯法师对“最高指示”如此烂熟于心，这也是他自我保护的一种方式，在那个年月里，谁要是不能背上几句毛主席语录的话，那就是大逆不道了。故而，有时师父穿束齐整准备出门时，还会不放心地指着佩戴在胸前的毛泽东像章，向一边的周文华或蔡林生问一声“正不正”。

从1966年11月中旬至1967年5月中旬离开苏州，海灯法师与广法、寂诚师徒三人在苏州时聚时散，时隐时现，逗留了半年有余，他们就像飘忽不定的云彩，尽管每天清晨海灯法师总是准时出现在玄妙观门前的广场上，或是出现在五卅路附近的大公园里，向蔡林生与周文华传授武术，但谁都不清楚他们每天住宿在哪里。直到1967年早春的一天，海灯法师向他俩授“五戒”时，他们才知道，原来，这个藏在小巷深处的碧云精舍，也是海灯法师他们赖以栖身的一个地方。

苏州现存的碧云精舍正门

第十四回　狡兔三窟暂栖身
绵里藏针糯苏州

碧云精舍是苏州唯一的密宗寺庵，位处市中心二郎巷之南段，又名碧缘庵，据苏州市《沧浪区志》载：该寺原为清末邮传大臣岑春煊家庵。民国十八年(1929)演藏师太(湘潭人，毕业于上海女子体育学校，传为湖南督军赵恒惕眷属)来庵住持，曾为苏州唯一密宗寺庵。岑春煊之女岑一为其弟子，法名寂敏。

碧云精舍南北向，占地近四亩。水磨青砖庵门朝东，门楣上有"碧云精舍"砖额。院中多树木花草，并有一亩多菜地。大殿供佛像，殿后为二尼起居的东西厢房。二尼信奉密宗，深居简出，认为"口诵真言"(语密)、"手结契印"(身密)、"心作观想"(意密)，"三密"同时相应，即可成佛。

庵里有一棵数百年的腊梅树，金黄色的梅花在雪天里迎寒怒放，清香馥郁。角落里还种着柿树、枣树，还有一棵"鸡爪梨"(俗名金钩子)。此树叶子与栗子树叶非常相似，结出的果子细长而弯曲，酷似鸡爪。每到深秋，成熟了的金钩子挂在树上迎风摇曳，一团团、一兜兜，弯弯曲曲的，摘一个放在嘴里嚼嚼，有股甜甜的汁水渗满齿颊。寺院里还有一棵好几百年的银杏树，每年的10月，成熟后的白果会自己从树上掉下来。

直到如今，碧云精舍内的银杏树、腊梅树还在，那口百年老井也还在，只是物是人非了。

寂敏师太祖籍广西玉林，生就一副南方女子的娇秀模样，一袭僧袍在身，仿佛就是画中的仕女。直到晚年，她的肌肤仍然白嫩细腻，一双美丽的眼睛里流露着淡淡的哀愁，与人对视即垂。

“文化大革命”开始后，寂敏被视为“剥削阶级”，与宁波阿姨一起，被街道革命委员会逐放到里弄办的玩具小厂自食其力，整日用刷子蘸着油漆，往那些木制的小玩偶上涂抹油漆。1976 年，碧云精舍被拆掉，寂敏与宁波阿姨搬迁到钟楼新村的公寓房居住。1982 年春节前，患病已久的寂敏自知来日无多，她知道师弟蔡林生对师父忠心耿耿，是个可以信任的人。所以有一天，她托人把蔡林生悄悄叫去，就在她的公寓房里，病恹恹的她挣扎着从病榻上坐起来，问蔡林生说：“你说你师父是好人还是坏人?”

“我师父是天底下最好的好人呀。”蔡林生在回答这个问题时，从师姐与以往不同的诡异的神色中隐隐感到了一种不祥之兆。

在明确得到蔡林生的答复后，寂敏师姐又问道：“师父写了点东西在我这里，你阿要?”

蔡林生连连点头：“我来供养。”

于是，寂敏师姐从一只箱子底里取出几张黄黄的纸片，双手捧着递给了蔡林生。

原来，这是师父海灯暂时栖身在碧云精舍时，亲笔书写并赠送给徒弟寂敏的几张毛笔字。共五张：

两张是分别书写在似是从 32 开的书中撕下来的空白纸上面的，一张写的是“直往莲池”，另一张写的是“真往莲池”。下面无落款，均盖着一枚篆体的“宣明海

1967 年海灯亲笔题赠蔡林生“直往莲池”

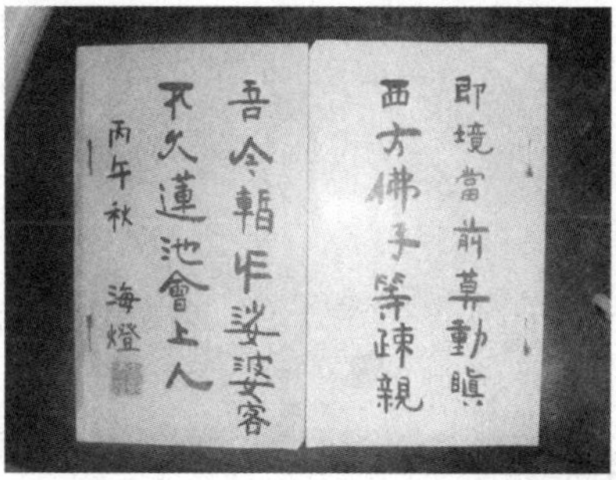

海灯亲笔留赠蔡林生离世暗语

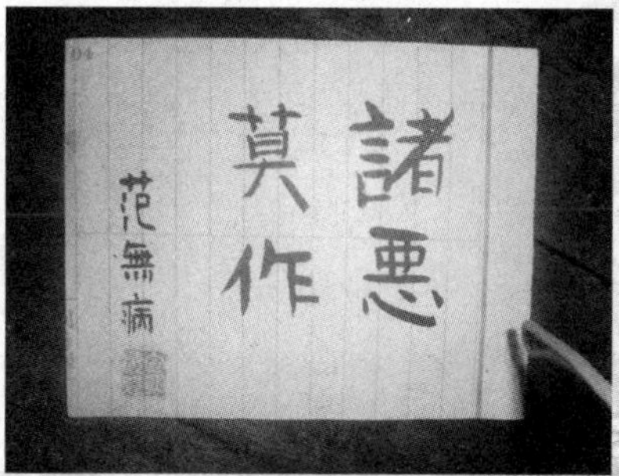

海灯亲笔题赠蔡林生“诸恶莫作”

灯"私章。

还有两张是书写在似从32开的书中撕下来的白纸上面的两副对联：

一副是："即境当前莫动嗔，西方佛子等疏亲"；

还有一副是："吾今暂作娑婆客，不久莲池会上人"；

下面落款"丙午秋，海灯"。

另有一张是写在一张竖格红线的账簿似的纸片上的，上面写着"诸恶莫作"下面落款是"范无病"。

这些落款下面，也都盖着同一枚篆体的"宣明海灯"的印章。

从这些墨宝所表达的内容中，不难看出，在当时那种瞬息万变、危机四伏的环境下，海灯法师所流露出来的随时准备前往西方极乐世界的思想意识。

海灯的书法铁划银钩，笔笔刚劲，犹如棍棒构搭，似乎透露出了他当时决绝的心情。

这五幅师父当年留下的亲笔墨宝，蔡林生视同宝贝，珍藏至今。

寂敏师太在把师父的墨宝转赠给蔡林生后没多久，就往生(逝世)了。

寂敏师太早年师从海灯法师信奉沩仰宗，是海灯法师当年在终南山讲经传法时收下的佛门弟子。当年在终南山时，海灯法师与寂敏等佛门中人有张合影，寂敏师太就坐在最后一排中。蔡林生直到如今仍珍藏着这张照片。

说起沩仰宗，又得作一番简单的解释。

沩仰宗是佛门五家七宗中最早形成的宗派，它的开创者是灵佑(771—853)及慧寂(814—890)。灵佑在沩山，慧寂在仰山，举扬一家宗风，因此后代称为沩仰宗。沩仰宗创立并兴盛于晚唐五代，在五家中开宗最先，前后传承约150年，进宋后逐渐衰微。沩仰宗的宗风是体用双彰，《五家宗旨纂要》谓："沩仰家风，父子一荚冬师资唱和，语默不露，明暗交驰，体用双彰。无译员为宗，圆相明之。"

中国佛教近代禅宗泰斗虚云长老，是沩仰宗的八世祖，他为中国佛教的传承和发展作出了巨大的贡献。他重建南华寺、云门寺、云居山，整顿鸡足山、鼓山等名山古刹。一身肩挑五宗：传临济、曹洞、续云门、法眼、沩仰，创办佛教院培育僧才，组织建立中国佛教协会，为中国佛教呕心沥血，福慧天下苍生。正如他对自己百年的总结："坐阅三朝五帝不觉沧桑几度，受尽九磨十难了知世事无常。"

前面说过，海灯法师是1956年农历六月从上海来到江西云居山真如禅寺亲近虚云长老的，又是于1958年夏季离开真如寺，前往苏州太湖西山岛的石公寺的，这中间共经历了近一年半的时间，担任过18个月的住持。当时，真如禅寺在中国佛教协会名誉会长虚云长老的主持下，修复建设工作已接近尾声，虚云也退居二线当了老和尚，寺庙方丈是由全国佛协常务理事、江西省政协常委性福和尚担任，海灯还没被后来有些人刻意渲染上武功盖世的色彩。海灯法师上山后，虚云老和尚打算在寺中创办一所佛学院，拟请海灯法师主持教务和讲经，因此决定设法把他留下来，并由他担任寺庙的方丈之职。海灯上山时，恰逢性福和尚到省里开会去了，待性福从省里开完会回来后，虚云长老将此意告诉了他。为顾全大局，性福和尚同意虚云的意见和安排。于是，便在当年的农历七月十五日举行升座仪式，由海灯法师正式担任了真如禅寺方丈。

1956年下半年，海灯法师花了四个月的时间，讲完了《楞严经》；1957年的上半年，他又用了四个月的时间，讲完了另一个大经《法华经》。若不讲经时，他每天坚持练武和放焰口（佛教仪式，为一种根据救拔焰口饿鬼陀罗尼经而举行的施食饿鬼之法事）。当时庙里常住僧众有120多人，听他讲经的除了本寺和山上山下周围小庙的僧尼之外，还有从香港和内地各处来的僧尼和男女居士等，人数最多时达300多人，一般情况下也有200多人。海灯法师对经文十分熟悉，讲解时流利自如，通俗易懂，口齿清楚，声音洪亮，叙述生动有趣，所以大家每堂课都听得津津有味，非常愿意听他讲经。为了提高寺中青年僧人的文化修养，法师在讲经之余，还以《古文观止》、《唐诗三百首》等古典名籍为教材，给大家讲授中国古典文学知识，使青年僧众受益匪浅。

对于那段日子，海灯法师曾写了一首名为《云居山讲楞严经》的诗：

农事泯诸相，
勤耕第一荣。
饱温既有得，
闲坐话无生。

此诗既写了当时在寺中讲经的情形，又体现出他十分推崇禅宗的“农禅并重”之家风。

真如禅寺属中国佛教八大宗派中的禅宗一派，一般不习武，而以参禅为主，所以庙里基本上没有什么人专门跟海灯法师习武。他只是每天清晨一个人单独练习，有时也和带来的弟子寂平一道对练。但在真如寺期间，他曾为大家表演过几场武功，给当时寺庙常住的僧人留下了极为深刻的印象。其中有他的拿手绝技“二指禅”功，还有三节棍、九节鞭、罗汉拳、梅花掌、空中射箭等。他打的三节棍能摔成一条直线，变化多端；空中射箭令人叹服不已；“二指禅功”更是令人叫绝。

前面说过，海灯法师这身博采众家之长的武功，是在他那师古不泥、不囿于门户之见的理念指导下，经过几十年刻苦磨炼形成的，几十年中，除舅舅薛久志是他的启蒙老师外，他还先后拜过朱智涵、王醴泉为师。朱智涵是道教门徒，山东泰安人，曾走南闯北遍访名师奇人，研练罗浮山道长所传九势七十二气“金钟罩”内功，探微于武当、少林、峨眉诸家武功和医理，又最长于骨伤科。海灯参师朱道人后，下苦功学得了少林南派功夫的真味“麒麟步”和“封闭掌”，此间已学得巴、拿、翻、钻、逼、捺、托、撒等能置人于败着的格斗功夫。除此之外，他还着力学习宝剑、单刀、双刀、矛、枪、棍等长短软硬器械和南北少林的进击功法。后来，经朱道人介绍，海灯法师又参师王醴泉，学习各种器械，着重学习了“双节棍”、“三节棍”。另外，他还向王醴泉学了传世的徒手套路如“三角桩”、“追风盘破”、“七八缠丝”及地上的“九步连环”、“南山折拗”、“青龙出洞”、“魁星点斗”等，同时还向王醴泉学习了使人身软如绵的柔术绝技。

此外，海灯法师还向与朱智涵、王醴泉同时在中江这个武术之乡设棚授武的广福的肖云松、龙华道士高云鹏、外来武师方纯懿、陕西武师康世杰，还有传授源自祖上宫廷御林功夫的石笋张玉麟（其高祖父曾任乾隆御林军总教头），以及以硬气功闻名四川的兴发陈止亭等武林名门参学过武艺，所以可以说，上述这些教头、教练、武师高手，就是他的第四、五、六个老师。

海灯法师在真如寺任方丈的一年半时间里，为这座千古名刹主持修建了钟楼和鼓楼两座重要建筑，现在重新修复的钟鼓二楼就是在那时的基础上重建的。登上真如禅寺的钟楼和鼓楼，仍可见正中大梁上一行“佛历二八八四年（1957）岁次丁酉夏四月初八主持海灯皆两亭大众同建”的字样。

海灯法师在云居山真如寺有着许多趣闻轶事，给僧人们留下了难忘的回忆。海灯法师徒弟寂祥法师曾对此有叙述：

> 那个农历七月十五日，海灯法师举行升座仪式当上方丈以后，当天虚云老和尚便吩咐侍者于方丈室中为他架了一张木板床，铺好了被子。但到了晚上，海灯法师却叫人把床铺拆了，被子也送回客堂，而他自己搬了一个龛子放在门边，晚上就在里面打坐休息，根本用不着躺下来睡觉。

寂祥法师回忆海灯法师十分关心僧人们的饮食起居，自己在那里生活过得很不错。他感叹地说："这可都是海灯法师他老人家的功德啊！"他还讲了一件有趣的事：海灯法师讲经时可以连续讲上两个小时不喝一口水，不走动一下，每晚讲完一坐经之后，解个小便，喝上半杯开水，接着便到大殿里去"放焰口"，精力着实充沛。

寂敏师太就是在那个时候成为海灯法师的弟子的，并有幸与师父合影留念。

海灯法师在云居山由于修持严谨、治学精勤，虚云老和尚斟酌考察之后，遂将禅宗沩仰宗法派心印传授给海灯法师，海灯于此成为虚云老和尚之法嗣，取名宣明，是为沩仰宗第九代。

1958 年初夏，海灯法师离山，真如寺则又由性福和尚重新担任方丈。此后，海灯法师曾先后于 1959 年底和 1962 年两次前往云居山真如寺朝过山。1959 年 10 月底，海灯法师在获悉虚云老和尚在真如寺圆寂的消息以后，特意赶上山去，亲自为虚云老和尚放了一堂焰口，超度这位我国近代史上著名的高僧大德早生"极乐世界"。海灯法师那次上山还应庙里僧众的请求，在大殿门前为大家作了在云居山的最后一场武术表演。1962 年那次，则是海灯法师携寂诚双双专程前往云居山真如寺，为寂诚传法沩仰宗。此外，海灯师徒在寺中留居多日，与道友们重叙别后离情。

1988 年冬，海灯法师在其病重住院期间，仍念念不忘在他人生道路上留下过美好回忆的云居山真如禅寺，他曾经几次提出要转到真如寺去住，以便最后能在真如寺圆寂。但因一方面本身病情太重，医生不同意他离开医院转往他处，另一方面因他身边的几位弟子的反对，所以未能成行。尽管如此，临终前海灯法师仍无法割舍这片故土，他在留下的遗嘱中交代，死后一定要将其四分之一的骨灰安葬到真如禅寺内，以报师恩。遵其遗愿，1989 年 1 月 13 日，时任中佛协理事、江西省佛协副会长的真如寺方丈一诚法师冒着严寒带领一名侍者坐火车、乘轮船，专程前往海灯法师的家乡江油市，迎回了法师的部分骨灰和三颗舍利子，安放在位于真如寺内明月湖东侧山坡上的海会塔中。

据《苏州市志》载："60 年代前期，海灯法师在苏提倡教化众生，不重闭关静修，曾收 10 多位居士为密宗禅宗弟子。"可见当时海灯法师在苏州除了有一班武友外，还有不少佛门的弟子。然而，海灯师徒这回流落苏州，他为什么行踪诡秘、出行谨慎，几乎谁也没有惊动，常以碧云精舍与贞净居这两个庵院为寄宿过夜处呢？原因有两个：一是寂敏师太是海灯法师在陕西终南山讲经时就收下的弟子，可以亲近；二是当时碧云精舍除了“文化大革命”“破四旧”的时候，“红卫兵”与造反派们曾光临过一次，摧毁了庵中供奉的佛像后，后来就再也没有对她们骚扰过。而且由于庵内只有三个弱不禁风、不堪一击的中老年女子（其中有个小名叫根大的居士，宁波阿姨，她是在寂敏做小姐时就跟随左右的女佣，始终与演藏、寂敏两位居住在一起），平时不为旁人注意；三是当地善良的居民的有意识的暗中保护。所以海灯法师有时候会出其不意地前去碧云精舍住上几夜，这也使得海灯法师他们有了临时栖身的地方。

但每次只住几晚，便又更换了地方。

倒并不是碧云精舍里生活非常清苦（蔡林生与周文华曾跟着师父在碧云精舍中用过便餐，当时仅一碗稀粥，连下饭的菜也没有，只有一碟薄酱），而是因为海灯法师担心再给人家增加经济上的开支负担，且只怕稍有不慎，给人家两老一少三个女子带去灾祸。所以海灯法师总是在那天色断黑的时候，才领着寂诚或广法神不知鬼不觉地进入碧云精舍的。

1967 年年底，获得了海灯法师彻底信任的蔡林生与周文华，就是在碧云精舍中，在海灯法师的指导下皈依佛门，接受了“五戒”，又成为了海灯法师的佛门弟子的。

“五戒”是皈依佛门的一种仪式，也是佛门要求皈依者人心向善的基本要求。在那个特殊的年代接受“五戒”、皈依佛门，除了授者要有一定的勇气外，被授者同样要有一定的魄力，因为谁都清楚，就在不久前全国的寺庙道观等都被视作封建迷信与“四旧”，被狂热的人们摧毁于一旦，善良而又无辜的僧人们被造反派与“红卫兵”莫名其妙地扣上各种各样莫须有罪名的大帽子，“打倒在地”，拖出去游街示众，甚至被逼自杀……

于是，面对着一炷卫生香（那时连檀香也都作为“四旧”而被迫停产绝迹了），蔡林生与周文华双双跪拜在一个枕头上，接受了海灯法师“五戒”的教诲，在海灯法师的武术弟子的身份上，又增加了一层佛门弟子的含意。

当然，在主动提出接收蔡林生与周文华为佛门俗家弟子之前，海灯法师曾多次有意识地打探过他们的过去，了解过他俩的人生观与处世观。例如：“外面都在革命造反，你们怎么不参加？”“你们有没有去参加过敲老爷（指菩萨塑像）？”“学会武功后，你们会恃强凌弱吗？”甚至还有：“碰到有人欺侮你们，你们实在忍无可忍的时候，应该怎么办？”

师父向他们问得最多的则是“你们学武练功为什么”。

师父向他们灌输得最多的则是“诸恶莫作，众善奉行”的思想。

事实上确也如此，在那个举国上下一片狂热盲从的形势下，蔡林生与周文华这两个年轻人能与众不同地保持着清醒的头脑，认清了自己人生方向，坚决不随波逐流，这在当时的年轻人中，当属凤毛麟角的。他们宁可背着“逍遥派”的黑锅，就是不参加任何有违自己良心的事情。

蔡林生与周文华至今仍记得师父向他们传授“五戒”的内容：

一是不杀生：就是不杀生而多放生、救生、保护生，对人类应常行救死扶伤、敬老怜贫，帮助残疾人，爱护幼儿，调解纠纷而少至杀生，多做社会福利、公益慈善事业，维护和平，见义勇为。对待大众也要学习古人，走路时连虫子、蚂蚁也不能伤，甚至怜蛾不点灯，随时随地行慈悲，做好事，像大慈大悲、救苦救难的观世音菩萨的心一样。

二是不偷盗：不偷盗而进行施舍，求财送财，缺衣施衣，缺食施食，求法说法。如有什么困难帮助一下，老幼跌倒扶他起来，思想不通的加以劝解，看到想行短见的设法挽救，需要帮助的人，为他出点力，做点事。行善好施，见义勇为，出钱出力，舍己利人，这些都是功德无量的好事。

三是不邪淫：不邪淫而修梵行，练功之人及出家人应全断淫欲，在家居士除正式夫妻外，不得乱来，甚至不心淫（不乱想），不斜淫（不乱看）。依戒修持，练拳练功，洁身自好，自净其意，严守三宝（精、气、神）。孝养父母，亲近良师益友，远离恶友，深信因果报应。从心里断除邪见，自行化他，同入佛道，是为梵行。

四是不妄语：就是不说假话，而说老实话。《金刚经》云：“如来是真语者、实语者、不诳语者、不异语者。”作为佛门弟子，应当常随佛学，学佛的说老实话，不说空话、假话、戏话、脏话等，也就是不打妄语，不混淆是非，不颠倒真理。

五是不饮酒：不吃酒也不劝他人吃酒。因为有酒能乱性、酒后乱语、借酒撒疯、借酒肇事等。不吃香烟，养成一个好的美德，受人尊敬。

海灯法师在向蔡林生与周文华讲了以上“五戒”后，最后提高声音问道：“能持否？”蔡林生与周文华均毫不犹豫地回答“能”……

除了碧云精舍外，贞净居也是海灯师徒曾经寄宿过的僻静之处。

贞净居也是一座尼姑庵，它位于苏州望星桥北堍与祖家桥（巷）交界处的钟楼头（明代长洲县学所建文星阁在东端苏州大学界内，俗称钟楼头）。钟楼头巷全长272米，宽3.5米。当年，钟楼头东段有寺庵三座、祠堂一座：钟楼头9号为贞净居（现庵半为托儿所，半为民居）；11号为尊胜寺（现为民居）；12号为仁寿禅院（现已废）；15号为清陕西巡抚岑春煊故居和祠堂（现归苏州大学使用)。

那段日子,寂诚为办理迁移户口等事在西山与泰州两地奔忙,海灯法师身边只有广法一个弟子。有天傍晚时分,海灯法师把一张小纸条交给蔡林生,嘱他送去贞净居,面交贞净居的德胜师太。蔡林生即遵嘱前往钟楼头巷9号贞净居,眼见四下无人,这才叩响了紧闭着的庵门。

不一会,里面传来了轻微的脚步声,接着,庵门上那个小窗洞打开了,里面露出了德胜师太的面孔。当问清来人是海灯法师的弟子并看过蔡林生递进去的海灯法师的手信后,德胜师这才通过小窗洞对蔡林生说道:"快点叫他来吧。"于是,蔡林生这才原路返回,把海灯与广法师徒俩领到贞净居的庵门前。早就等候的德胜师太神色慌张地把海灯师徒迎进门后,开口第一句就是埋怨:"你怎么来了?现在还在外头瞎跑跑。"言下之意:现在到处乱哄哄的,你这样太不安全了。海灯法师笑着直言不讳道:"我们是想来这里宿一夜的。"

事到如今,蔡林生才知道,原来德胜师太与师父也是关系不一般的朋友,要不,师父是决不会随便前去借宿的。德胜是贞净居的当家师太,常熟人,她于1984年往生。

当时,贞净居的后边院子里,已都住上了当地房管所安排住进来的居民,德胜师太和一个常年陪伴她的老太都搬进了大院前面的一间平房里。蔡林生与周文华亲眼看着德胜师太把海灯与广法师徒俩安排住在旁边一间夹厢房中,又眼看着德胜师太让那位长期跟随着她的老太挟了两条被子送进了夹厢后,他俩才双双悄悄地离开……

第二天傍晚,蔡林生偷偷地来到贞净居,看望师父。当时,广法曾悄悄地吩咐蔡林生"以后少来这里"。蔡林生心里明白,后来就当真一连几天没有再去贞净居。

大约四五天后,蔡林生按捺不住对师父的思念,就又趁着夜幕的掩护,偷偷摸摸地去了贞净居。但是,那个小小的夹厢里已是人去屋空。德胜师太告诉蔡林生说:"你的师父他们已经走了。"蔡林生问去哪里了?德胜师太却摇摇头,说她也不清楚。

翌日清晨练功的时候,当蔡林生悄悄地问师父这几晚住哪时,他才知道,原来海灯师徒又住到苏爱山居士家去了。

除了苏爱山家、碧云精舍与贞净居外,海灯法师有时还会忽然提出要分别在蔡林生与周文华两个徒弟家中住上几天的要求。

蔡林生的母亲本也是个佛教徒，新中国成立前后，家中一直供有佛堂，直到“文化大革命”时被迫拆掉。蔡家住房较大，师父来了，蔡林生的父母就把海灯师徒安排在后面一间房子里，还放了只马桶。但海灯师徒来了，住了没几天，就又忽然要换地方住了。

周文华家住临顿路南显子巷8号前门，到苏爱山的家，步行至多只有三分钟的路程。周文华的母亲虽非佛教徒，而且家中孩子众多，负担重，生活拮据，但每当女儿的师父来了后，老人家总是十分高兴。她知道海灯师徒不沾荤腥，所以就特意买些玉米回家，煮熟了给海灯师徒吃，这使得海灯法师十分感激。周文华家中有只露台，清早起来，天还没放亮，海灯法师就不知什么时候已起床了，在露台上练功习武。于是，他们师徒俩经常每天闻鸡起舞，在这不为人知的露台上挥拳踢腿练习武术。

但不管是住在蔡林生家还是周文华家，海灯法师都是不卧床而眠的。两个爱徒都曾亲眼看见师父整夜整夜盘膝面壁而坐，一动不动，就像一尊泥塑木雕似的。后来，当他俩得知原来师父这打坐中还包含着练功的内容时，他俩就请求师父向他们传授此功了。

师父自是非常乐意，他告诉爱徒们说，这种功法名叫静坐法，是“强身健体的祖宗之法，持法者应自利利他，普度众生”。当蔡林生与周文华得知此静坐功法还能治病，对哮喘病、肠胃病、心肺病、风湿病等慢性疾病有显著疗效时，他俩练习此功的信心更足了。

师父向他们传授了此功法的八句口诀：

子午功，卯酉中，端身正如不倒翁；
两肋松，玉堂空，呼吸无声气则通；
上垂帘，下守脐，吾身当在不动中；
静生动，动求静，静中自有不老功。

由于静坐法的方法很简单，易学易行，故蔡林生与周文华都很快地都学会了。后来，师父离开他们后，他们不但自己持之以恒地练习着，还向家人与亲戚传授。人们果然从静坐功中尝到了甜头。从此，一传十、十传百，海灯法师的静坐功，就悄悄地在苏州城中流传了开来。

直到云开日出的80年代，这种既能强身健体，又能治疗疾病的静坐功才正式向世人公开。为此，时为苏州市气功协会会员的蔡林生与周文华还合作撰写了一篇《海灯法师的静坐法》的文章，发表在《气功科学》杂志上。

就这样，海灯师徒在苏州的半年多的时间里，不断在碧云精舍、贞净居两个废止的庵堂里和苏爱山、蔡林生与周文华的家中变换着住宿之处，而且一般都只住上几夜后，就忽然转移了。故而有时就连两个爱徒也捉摸不透师父当晚住哪里。他们只有在白天练功时，才能见到神采依然的师父。

毋庸置疑，海灯法师这种狡兔三窟、居无定所的做法，完全是为了应付当时瞬息万变的政治形势，是为了不连累无辜善良的人们，同时也是为了有效地保护自身的安全。

在苏州逗留期间，海灯师徒还分别前往城内几个庙宇道观走了走，看看那里被“破四旧”后的劫后余生的情况。

他们先来到了观前街上的玄妙观，见到了已为清洁工的许鹤梅道长。

昔日的市政协委员与市道教协会会长，现在穿着一身不知从哪翻出来的旧工作服，手握一把竹丝扫帚，昔日那个仙风道骨、潇洒飘逸的道长形象早不知去哪里了。

见到同样改头换面了的海灯师徒一行，许鹤梅自也是一番唏嘘苦笑，他告诉海灯法师说，就在木渎镇灵岩山上的灵岩寺被砸毁的第二天，“红卫兵”与造反队们就把玄妙观给全部砸毁了。以前，许鹤梅与西园的明开住持、安上监院等，政府每月还向在编的僧人、道士发工资的，许鹤梅与明开每月工资42元，安上每月38元，就连西园一般的和尚，每月也有十多元的工资呢，但是现在每月都减剩了十几元。

从许鹤梅那口口声声的“全都砸毁了”中，海灯法师知道玄妙观肯定损失惨重。果不出所料，当海灯师徒一行通过后门，穿堂入室，来到三清殿时，却看见昔日宏伟堂皇的玄妙观已经面目全非了：供奉在大殿中的青龙、白虎、朱雀、玄武及玉皇大帝塑像都已折臂断腰……

令人感到幸运的是，大概那批造反派还有些良知，知道正中的太上老君、太乙尊神与元始天尊这三尊神像是宋代年间留下来的、用银杏木雕琢而成的珍贵文物，所以良心发现，让它们得以侥幸地保留了下来。不但如此，他们还用三夹板把这三尊神像封钉了起来，外面还贴上了书写着毛主席语录与诗词的大红纸，靠上一幅大游行时用的毛泽东的巨幅神像，使外人一时发现不了。但是，不幸的是其中那尊高大的神像还是受到了毒手，居然被人从颈脖处齐齐地锯断了，那颗“头颅”滚倒在地下的尘埃中……殿内的文物更是洗劫一空，荡然无存。

“罪过！阿弥陀佛！”海灯法师从心底发出一声长长的悲叹。

事后，海灯法师才知道，当时摧毁玄妙观的是平江区政府的一个造反组织，那个区领导为了表现自己的革命坚决性，不但率先带头"大破四旧"，还身体力行地一马当先，爬上梯子，硬是用锯子截下了那尊神像的头颅……结果，听说他后来还是得到了报应，没多久，他的一双眼睛就因病而全瞎了。"文革"结束后，这颗神像的头颅才总算"物归原处"。

灵岩寺砸毁了，玄妙观破坏了，那么全国闻名的虎丘与西园等佛门圣地的情况怎么样？于是，趁着白天到处游走的机会，他们师徒三人又先后前往了虎丘与西园等寺院。

然而使海灯师徒喜出望外的是，不但虎丘山的名胜古迹没遭到严重破坏，就连西园寺的五百尊罗汉、沧浪亭中的五百名贤石刻等，居然也因都采取了类似玄妙观里的那种方法，毫发无损，安然无恙。这功德，当然得归于苏州人那种软中带硬、以柔克刚、幽默含蓄、大智若愚的秉性。

苏州人祖祖辈辈生活在这个山清水秀、四季花果的鱼米之乡，衣食无忧，滋养得细皮嫩肉，他们知道安逸平静的生活对他们的重要性，当然也更清楚他们所处的"人间天堂"在全世界独一无二的优势。且不说他们因感恩生活而对佛教菩萨的信仰了，只说那遍布古城内外的数以千计的庙宇寺院与玲珑锦绣的园林，就给他们带来了无穷无尽的骄傲，带来了无形无状的资本。所以，面对席地卷来的"革命造反"的风暴，面对莫名其妙的"大破四旧"，历来怀着小富即安的心理的他们嘴上不说，心里却明白如镜：那些泥塑木雕碍你们什么了？那些花木假山又碍你们什么了？那些有着千百年历史的名胜古迹又碍你们什么了？破坏了它们，砸毁了它们，那还叫苏州吗？那还叫园林之城吗？那还叫千年文化古城了吗？但是，他们又不敢不逆着潮流上，尤其是当他们听说从北京来的"红卫兵"小将们冲杀到了苏州，鼓动与怂恿"温吞水"一般的苏州学生配合他们一起"破旧立新"时，情急中，他们采取了明顺暗抗、以柔克刚、将计就计的斗争，从而使这座有着千年文化历史的文明古城，得到了巧妙的保存。

穿过虎丘山正山门，二仙亭西的石壁间嵌有石刻两方，分刻"虎丘剑池"四个擘窠大字，书风雄浑，笔力雄健。方志记载，这四个铁划银钩的大字，最早出自唐代书法家颜真卿的手笔。现在这四个大字不见了，出现在海灯师徒眼前的是一片偌大的水泥墙，墙上雕刻着毛泽东手写体的"为人民服务"五个大字，每个字还涂得鲜红夺目；东侧峭壁前，原有摩崖石刻"风壑云泉"四字，结体宽博，笔致潇洒，传为米芾所书，如今也被覆盖上了一指厚的水泥，上面刻写着"斗私批修"四个大字;崖左边上有"剑池"两个相传为王羲之所书的篆体大字,却不知为什么幸运地原封不动地保存着。海灯师徒三人连忙请来摄影师,为他们在这面前留了个合影。在这两字的左边崖壁上,原有大篆镌刻的明代高启的《剑池铭》一诗。如今这些名胜古迹也都不见了,同样覆盖上了水泥层,上面刻写着毛泽东手写体的诗词《沁园春·雪》……

1967 年广法(左)、海灯(中)寂诚(右)于苏州虎丘纪念

知情者楚光法师向海灯法师偷偷耳语,向他透露了一个天大的秘密。原来,这是聪明的苏州人为保护这些苏州城市标志想出来的保护的绝招:在水泥层的覆盖下,这些珍贵的具有近千年历史的名胜古迹,都完好无损地保存着呢!

原来,当北京的"红卫兵"串联到苏州,要配合苏州的"红卫兵"一起"破四旧"的消息传开后,时任虎丘园林管理处的干部与职工可急坏了,他们立即向市园林局作了汇报。于是,在著名工匠薛福兴的带领下,当天他们就在这些位处悬崖与深池的地方,搭起了脚手架,然后点起雪亮雪亮的汽油灯,夜以继日,采取了紧急保护措施:他们先在这些名胜古迹上抹上薄薄的一层纸筋(石灰与稻草搅拌合成的粘浆,便于以后清洗),然后再在纸筋层上覆盖上一指厚的水泥。接着不等水泥干涸板结,即请美工师在上面临摹上上述的代表着最高指示的内容,当即进行镂刻雕画,弄成一幅幅漂亮的阴刻摩崖石刻。

此法之妙,不但蒙蔽了那批首都来苏州帮助造反的"红卫兵",还立即被其他园林争相模仿。沧浪亭里那个重修于道光年间的、里面供奉着千百年来值得人们尊崇的 594 位历史人物的"五百名贤"祠堂,就是仿效虎丘的绝招保护下来的。

至于位于苏州城内留园路西园寺弄里那组气势恢宏的、创建于元代至元年间的西园戒幢律寺内的五百尊罗汉,为了保护它们,苏州人可是费了番心思的,他们除了提前用三夹板把这五百尊罗汉密密地封钉起来外,还想方设法在寺门内外设置障碍,不让任何人进入……尤其令海灯法师感动与惊叹的是,西园寺内藏经楼中那七万余册经书,居然也奇迹般地一并完好无损地保存了下来,其中更有著名的宋版经书和清刻《龙藏》以及元代血书的《华严经》呢!

就连苏州的僧人们,也在这特殊的环境得到了特殊的生存:自从苏州市各庙宇寺院均被当做“四旧”破坏掉,僧人中有的与当地的农民结婚成家,还俗了;有的一门心思在寺内院外稼穑躬耕,种植蔬菜与粮食,当起了出家的僧农;至于各庙宇寺院的正副住持与监院等“领导人”,则均被刚从“红皮白心”的苏州市园林革命委员会的领导班子们一起合并到了西园寺,巧妙地被保护了起来。

然而,也有未能及时得到保护而寺毁人亡的。

那就是位于苏州城西30里地木渎镇灵岩山上的灵岩寺,它是整个苏州市园林寺庙中首当其冲受到全面摧毁的:所有的菩萨在转瞬间里被夷为泥土,所有的经书珍藏被洗劫一空;造反派逼着僧人开荤吃肉、离开寺院……该寺的监院妙真法师就因受不了这非人的折磨与冲击,悬梁自尽……到后来,灵岩寺变成了具现当年四川大地主刘文彩残酷欺压盘剥农民的“收租院”陈列馆,里面置放了一批批雕塑逼真、艺术上乘的泥塑人像。

也许正是有了灵岩寺悲惨结果这前车之鉴,所以才蓦然敲响了苏州人心中的警钟,善良的人们不约而同齐心协力地发起一场场保护古城、保护文明的自卫战。这是余话。

一方水土养一方人。这话千真万确。

城内几个重要佛门圣地走下来,海灯法师心中百感交集,他相信总有一天,乌云总会散去,黎明终将到来。

已是初冬了,一早一晚的天气明显带着寒意了。这天,海灯师徒们正压低帽檐竖起衣领在皮市街上行走,忽然身后疾步走来一个汉子,并不前不后地跟在他的身后。海灯法师正警觉地从眼角里注意着来人,忽然,那人竟然低声地喝叫:“这不是海灯法师吗?”

这一声喊,声音虽不大,但着实把海灯师徒吓了一个愣怔。

因为自从他们来到苏州城中隐住下来后,还第一次有人认出海灯法师,并这样直呼其名。这真是:

绵里藏针糯苏州,
善良毕竟在人间。

欲知后事如何,且看下回分解。

第十五回　大公园巧授拳术
博众长师古不泥

却说海灯师徒三人正在皮市街上行走，忽听有人低声喝问，闻声蓦然转脸看时，那人竟一头扑了上来，紧紧地握住了海灯法师的双手："海灯法师！果真是您呀！"

海灯法师这才认出，面前这个五短身材、皮肤黝黑、长着一手厚茧的年逾花甲的来人不是别人，竟是他阔别多年的老朋友赵子康！

赵子康是苏州有名的雕花匠，木渎镇凤凰村人，人称"雕花赵"。1927 年，还在他 23 岁时，他就以他那一手出神入化的人像木刻雕功，闻名于姑苏。不过，使他真正名扬姑苏的，还是他在 30 岁那年受聘于印光法师，修葺木渎灵岩寺院的那次。那年，印光法师从蒋介石那里募得 20 万银元，修葺灵岩寺院。当时殿宇内部装饰及佛座等雕刻，都是他一人设计和制作的。因为工程浩大，考究精工，共用了 7 位助手，先后雕刻时间达 17 年之久，直到 1949 年才完工。

古吴胜地，庙宇寺院林立，木质的菩萨罗汉、佛座莲花等，经常需要修复与塑造。所以一般有些艺术造诣的雕花匠们与佛门寺院的住持、方丈至监院等都有着密切的联系。赵子康是其中的佼佼者，他的雕刻技艺以疏朗灵活、润厚清逸、运刀含蓄而著名，凡是看过赵子康作品的行家里手都认为他的雕刻艺术除了拥有上述的共性外，还具有其“变”、“清”、“破”三大个性。海灯法师就是在木渎灵岩寺中结识赵子康的。那天，赵子康正应妙真监院之约，在灵岩寺中修复一尊明代“西方三圣”的手臂。海灯钦佩他高超的技术，而赵子康也因早就仰慕海灯法师的武术而想结识他，当下，两人一见如故，十分投机，并从此成为了好朋友。

当时，为修复石公寺内的几尊佛像，海灯法师曾慕名来到阔巷（现苏州第四人民医院旁边）赵子康的家中，聘请赵师傅前往西山岛为他担任修复。赵师傅也一口予以了答应。然而没想到的是，没多久，“文化大革命”开始了，别说佛像了，就连无辜的寺院建筑，也被一律视作了“四旧”。无奈，海灯法师只好毁约，放弃初衷。但他的心中，总似欠着赵子康的一份情，一想起来就感到十分内疚。

没想到他俩在这兵荒马乱的时候，邂逅在这里，当下，海灯与赵子康都十分高兴。应赵子康的邀请，海灯师徒三人一起来到阔巷赵家做客。

赵家有一套上乘的红木家具，上面雕花镂草，十分精细，给海灯法师留下了十分深刻的印象。然而这回踏进门去，海灯法师却傻了眼，但见这套红家具上所有的花鸟虫草都已不见踪影，取而代之的是到处雕刻着的“要斗私批修”、“为人民服务”、“反对自由主义”、“愚公移山”等一句句当时最为时髦的毛主席语录与毛泽东著作的篇名。原来，这位出身贫农的无产阶级，也因害怕人家把他的这些作品当做“四旧”来破，没收了这套价值不菲的红木家具，故而与他的儿子赵风云一起，在一夜之间把这些代表着“封资修”的花鸟虫草都铲平后，刻上了这些东西。

由于众所周知的原因，赵子康的那手本事已无用武之地，为此，当百无聊赖的他得知海灯师徒就隐居在玄妙观中时，他开心极了，当即要求海灯法师教他“八段经”、“易筋经”，以强身健体：“勿让这把老骨头荡酥了。”

听得赵子康这么要求，又见了赵家父子这套经过巧妙伪装的红木家具，他不由茅塞顿开，触类旁通，当即对赵子康点头说道：“好，好！从明天起，你就到大公园里来吧，我正在那里教拳。”

这时，赵子康的儿子赵凤云也从外面回来了，在赵子康父子俩的请求下，海灯师徒与他们一起在小天井里练了一通少林拳，并在赵家用了晚饭，约定了明天的晨练时间，这才离开赵家。

第二天，东方刚露鱼肚白，海灯法师就与寂诚、广法两个徒弟出现在了离玄妙观仅几百步路外的大公园。

大公园又称苏州公园，初名皇废基公园，又名吴县中山公园。位于市民治路 26 号，紧邻 24 号的苏州工农报报社。大公园占地面积近 10 公顷，是一座现代公园。1927 年 8 月 1 日，由法国园艺家设计的大公园在"吴子城"旧址落成开放。1930 年公园成立了"公园北部建设委员会"，开凿北部池塘，植荷养鱼，土山顶建四面厅。1932 年 7 月，在公园北部立美国上尉飞行员肖特义士纪念碑。"七七"事变，苏州沦陷，公园图书馆被炸毁，3 万册藏书毁于一旦。1947 年吴县政府收此园更名为"吴县中山公园"。1953 年 6 月，苏州市人民政府拨专款整修，疏浚荷池，重建澄虹桥及荷花池岸，植树绿化，命名为"苏州公园"。但当地的人们还是习惯地把它称作为"大公园"。

大公园是市民每日晨练的地方，以往每天东方刚鱼肚白的时候，这里就人头涌动，非常热闹了。只是"文革"开始后，这里就"门前冷落车马稀"，只有十几个市民在此伸胳膊踢腿。海灯法师把这里选为他们以后每日晨练的场所，按理说是最理想的，不管是玄妙观还是宫巷，到这里都只有几百步路，来去方便。再有，这里毕竟绿荫森森，空气清新，有的是幽静安宁的去处。然而，他们恰恰疏忽了一个重要的问题，那就是大公园紧邻原中共苏州地委，所以无形中也就成了一个政治的漩涡，当时的"支"、"踢"两派正虎视眈眈地盯着它呢！

就从那天起，海灯师徒每天闻鸡起舞，顶着启明星，来到大公园，向蔡林生、周文华及赵子康父子传授拳艺。尽管当时四下尚无他人，但他们还是自觉地把《毛主席语录》翻开，翻到把扉页上覆有半透明纸的毛泽东标准像的那面，恭恭正正地搁在高高的树杈上面，然后再面对着毛泽东的照片开始锻炼。一直练到天色大明，早起的饮食店开始营业，家庭主妇们挽着菜篮上市场采购，他们才兴犹未尽地各自识相地散去。

然而，世上没有不透风的墙，渐渐地，海灯师徒在大公园教人打拳的风声还是传了出去。1967 年 6 月初的一天清晨，练功刚结束，忽然，海灯法师在自己挂在一边树上的上衣口袋里，发现了一纸折成燕式的便条，打开一看，但见上面草草写着一行字：

法师当心，有人注意上你们了！

海灯法师见了，不由锁了双眉，摇头叹道："看来，苏州已不是久留之地了。"

众弟子听了，各自低头无语。师父的分析，事出有因：这几天来，大公园里学拳练功的人群外面，出现了几个臂套红袖章的人，他们并不进来学武练拳，而是鬼鬼祟祟在四周转悠，交头接耳地嘀咕着什么。广法甚至看见其中一人还拿着照相机，对着他们拍照。看来，海灯师徒在大公园的行踪，已被造反派们发现了。

他们决定马上离开苏州，前往上海。当天下午，海灯法师把他的决定告诉了蔡林生与周文华。两个忠心耿耿的爱徒自是不舍得离开师父，周文华甚至当场哽咽了起来。海灯见状，好言劝慰，说但等他们一到上海安顿下来后，就会马上写信通知他俩，让他们前往上海继续跟着他练武。蔡林生与周文华听了，这才勉强同意。当下，他们就如何离开苏州作了商议。

蔡林生在轮船公司有个当水手的远亲，于是，他马上与那远亲取得了联系。也是无巧不成书，当天傍晚，他远亲的船队就要驶往上海。于是，海灯法师决定事不宜迟，当晚就搭着那船队离开苏州……

汽笛长鸣，轮船徐徐离开暮霭四合的平门轮船码头。

海灯法师眺望着渐渐远去的姑苏城，心中百感交集，万浪奔涌，不知说什么好。晚风拂撩着他身上的衣裳，远远望去，就像一只迎风搏浪的苍鹰。他的双眼湿润了，一首他旧时所作的七绝脱口而出：

生成铁骨傲霜姿，
耻向人间说布施。
露冷风凄心似柏，
千霄耸翠不求知。

欲知后事如何，且看下回分解。

第十六回 忆往事隐痛刺心 离苏城悄赴上海

一条货轮离开苏州平门港，沿着大运河顺流而上。尾舱货架间的空地上，海灯师徒三人席地而坐。他们双手扶膝，缄口无言，神情木然，微闭双眼，像三尊泥塑木雕的偶像，任凭轮船颠簸起伏，任凭机声轰鸣如雷，坐在那里，纹丝不动。

昏黄的太阳徐徐西沉，把血一般的阳光洒上轮船，洒向这三位刚从刀光剑影的苏州城里逃出来的海灯师徒。此时，他们三人的衣着打扮依然如出一辙：身穿一身黄色或蓝色的衣裤，胸佩一式的毛泽东像章，头戴一顶黄军帽或八角帽，足蹬一双解放鞋，俨然是三位革命造反战士。

正襟危坐的海灯法师表面上平静如水，内心里却是疑云密布，起伏不停：苏州待不下去了，上海怎么样？此去的投奔处虽有好几处，但他们的处境怎么样？还有中国武术名家、全国武协副主席王子平先生，他也是海灯法师的诤友。万一他们那里也不太平，那……想到这里，海灯法师心中不由喟然长叹：偌大的中国，却没有几个“赤条条来去无牵挂”的和尚的安身落脚之处，可叹可悲呀！

“呜——呜呜！”轮船一声长鸣，打断了海灯纷繁的思绪。他睁开双眼，此时已晨曦微露，海灯打量着眼前两个均已跟随自己十多年的弟子，轻声道：“寂诚，广法，醒醒吧。天已经亮了。”

这是海灯法师当年在少林寺出家时练就的本事，他夜晚从不卧床而眠，总是盘膝打坐，静心养神，以锻炼自己的性情与耐力。这也是保持童子功永不衰退的练功法。在他的言传身教下，寂诚、广法两弟子也基本上学得了这身本事。现在他们听得师父轻唤，睁开双眼，向舷外看去。

舷外，朝霞在两岸高耸的建筑物涂上了一层层暗红的颜色。

“不知上海的形势如何？各位朋友的处境好过与否？”海灯法师沉思着自言自语，消瘦的脸上明显露出了忧郁的神色。

寂城、广法自也难以判断，故而谁也没有吭声，他们只一个个把双眉绞在一起，脸上浮着层层愁云。他们心里明白，这场史无前例的政治运动是全国性的，连小小的西山岛也难于幸免，难道这大上海会太平吗？不是听说前一阵已刮过一阵震动全国的“一月革命”的风暴了吗？

沉默了一会，寂诚忽然想起了苏州的何本钦等朋友，悄声问道：“师父，我们这番悄然离去，他们说不定以为我们被造反派们扣住了呢，一定会着急的。”

海灯苦笑道：“为了不连累他们，只得这么做了。到上海看情况正常的话，再给他们去封信也不迟。”

船行半日，又至黄昏。这时一个脑袋探进货舱，低声说道：“师父，上海到了，你们准备一下，等船一靠岸，就走吧，别连累了我。”

“师傅请放心，”海灯笑着，递上两张五元面值的人民币，“多谢师傅一路上照料，这点钱拿去买几包烟抽抽。”

那水手也不客气，道声“谢谢”，便伸手疾速将钱接了过去。

说话间，轮船已缓缓减速，在上海市内一个内港码头边徐徐靠岸。

当那水手再度向船舱看去时，只见舱里空空如也，那三个和尚不知什么时候竟已离船上岸而去，正疾步消失在夕阳之中。水手不由轻轻地叹了口气。这真是：

嗟叹神州天地大，
难容几个和尚身。

欲知后事如何，且看下回分解。

第十七回　黄昏夜旧友重叙 传武艺道出巧计

船抵上海，已是次日黄昏。海灯师徒三人弃船登岸，踏着冥冥暮色，直向市中心而去。

在上海市，海灯法师也有着不少的好朋友，佛门有倪学梦、陈志明等一批居士，武林有范春生、张学忠、张悦明、李春兴、俞誉万等一批俗家弟子。其中家住上海市金陵东路妇女用品商店楼上的倪学梦老居士与海灯法师的关系更是密切。所以海灯师徒一行到达上海的当晚，海灯与寂诚就先在倪老先生的家中悄悄地住了下来，广法则一人住到了俞誉万的家中。倪老先生时年已是80多岁，听说是1927年燕京大学毕业的高材生。上海人的住房之局促逼仄，人称“亭子间”，名副其实。但这批志向高远、胸怀宽广的佛门居士与爱武之人，个个豪爽侠义，都以能请到师父到自己家中居住为荣幸。于是，海灯师徒还和在苏州时一样，三人除不定期地散居在各位弟子与挚友的家中外，有时还居住在西方莲社中。

西方莲社是位处杨浦区榆林路通北路口的一座庙，以往海灯法师每到上海，经常住宿在西方莲社里，并在那里讲经说法、弘扬佛法。据海灯法师的上海武林弟子范春生回忆，当时师父在西方莲社讲经大都是在晚间进行的，师父除满腹经纶、才华横溢外，口才也特别好，他讲经说法并不刻板，总引经据典，上至天文，下至地理，远至国外，近到眼前，风趣又幽默。有时候，他甚至会结合在座的某个听众的实际情况，穿插于深奥费解的经文讲述中，常引得听众会心大笑。

范春生家住杨浦区惠民路，步行到榆林路上的西方莲社只要三分钟的时间，还在读小学的时候，范春生就酷爱体育了，是学校早操的领操员。当他听说西方莲社有个名叫海灯的和尚不但会讲经，还有着一身常人难以企及的好武功的消息后，就忍不住了，经常一个人在课余学后跑去西方莲社看新鲜。当时，海灯与寂诚师徒俩常在西方莲社的二楼练武术，单刀对练、徒手对打什么的，看得小春生乐而忘返。时间长了，海灯法师就注意上了这个虎头虎脑的男孩子了。一次，海灯法师问他："娃，你来干啥?"

范春生脱口而出："学拳。"

"学拳?"海灯打量着眼前这个10岁还不到的小男孩，"你吃得起苦?"

"吃得起。"

"你父母同意吗?"

"同意。"

"唔。"听了小春生的回答，海灯法师再次把他认真地打量了一下，然后一边用四川话对一旁的寂诚说了句"看看还得行"，一边就对范春生下令道："明天上午五点钟到后头的惠民儿童公园来。"

第二天一大早，范春生果然早早起了床，在早晨五点钟的时候准时应约去了惠民儿童公园。小小年纪有这般的决心，这使海灯法师很满意。从此，范春生就和另外几个少有大志的小男孩一起每天闻鸡起舞，跟着海灯法师学起了武术。师父从一般基本套路教起，直到后来教授打对练、打长棍，日复一日，从不间断。当时，共有五六个小男孩跟着海灯法师学武术，师父让他们每人轮流拿着三节棍上前与他对打，以便及时从中找出破绽指出修正。然而，五六个小男孩每人一遍轮下来，师父就等于一个人要练五六遍。使范春生钦佩不已的是，五六遍对打下来，师父居然大气不喘，滴汗不洒，没事人一般。

海灯训徒特别严格与严肃，每次训练时，如果他不叫停谁也不得擅自住手，毫无表情的脸上不怒自威。徒弟们玩命似的不停地打着练着，直打得汗流浃背、气喘如牛，直练得脚步浮摇、筋疲力尽，一个个用眼角偷偷看着师父，希望师父忽发善心终于叫停歇了。可是，每当这时，海灯法师总是视而不见、听而不闻，只顾自己捧着本书在一边聚精会神地看个不停。其实，师父一只眼在看书，一只眼在看着大家呢！倘若有谁想偷懒使乖，变着法子喘口气，他那一声“给我打”就准会及时准确地响起来。声音不大，却足以使耍小聪明者精神一振。

师父个子不高，人也偏瘦，但师父的中气足着呢，声音相当洪亮。尤其每当师父表演到最后，随着最后一招亮相时的“嗨”字，极有力量，可说是余音绕梁。有时，师父看着弟子训练不当，生气了，他就会两眼一瞪，操着浓重的川音喝道：“看着看着看着，你没糊涂罗?”那眼神、那呵斥声，极有威慑力，会使弟子望而生畏呢！师父的那句“你没糊涂罗”，是他常用的口头禅。

别说师父心肠硬，其实师父心眼细着呢，好容易等到师父叫停了，海灯自会亲自倒上几碗开水，然后往每只碗里放上一撮盐，以补充弟子们体内因汗水流失太多所失去的盐分。

范春生 19 岁那年，参加工作了，安排在上海火柴机械厂。刚拿到工资的第一个月，他就专程前往四川江油重华镇看望师父，想略表孝心。因为跟随师父学本事这么多年，都是师父为他花钱，就连一张体育馆观赛的门票，也都是师父买的。提及门票，又要提及海灯法师特别的训徒带教方法了。“文革”前，海灯有时会带范春生一起外出看戏（京剧）。每逢这时，海灯就会提醒范春生说：“看文戏可以睡，可看武戏可要睁大眼睛的哟！”

从此，范春生每逢节假日，只要一打听到师父在哪里，他就会一路追随而去。因范春生身怀常人无可匹敌的武功，所以厂领导让他在工厂安全保卫科工作，又知道他的师父是海灯法师，所以厂领导对他也予以特别关照，准个假或并个休什么的，都尽量予以满足。这便使得师父后来的活动，范春生几乎是能参加的都得以参加了。

1984 年冬天，范春生等几个上海弟子积攒了一些假期，相约去江油重华看师父，有了与师父朝夕相处在一起的日子。已迈入耄耋之年的师父依然亲自动手，以传统的行灶与铁锅为炊具，以柴禾木片为燃料，为弟子们做着一天的三顿。来人多了，师父就煮上满满一锅烂糊面，然后舀在碗中，上面浇上麻油，算是他招待客人的最佳美食了。但就是这短短的七八天时间，师父仍不肯放松对他们的训练。说好了明天一早五点钟闹钟一响要起床训练的，但师父却在半夜里做了手脚，偷偷地把闹铃拨到了凌晨三点钟，硬是提前了两个小时。凌晨三点钟闹钟一响，师父就挨个来到床（地铺）前催醒了：“闹铃响了，该起来练功了。”那么大冷的天，练三节棍，直练得上气不接下气，浑身大汗淋漓，里外上下没一块干处，脱剩了个光膀子。那时，范春生他们也都已是 40 岁左右的人了，毕竟力气不如以前了，所以难免动作迟滞了，不准确了，师父在一边看见了，当场就是眼一瞪，喉咙随即就响了："看你这死手！""这死脚！""死腿！""你没糊涂罗?!"其严格与严肃劲，仍像以前一个样。直把范春生练得实在筋疲力尽，干脆光着膀子躺在地下耍开了赖皮，任你师父再怎么呵斥也不起来了。于是，师父自己也忍俊不禁，扑哧一声笑了，揶揄道："你们这些老学生呀，都没得用了！"

旁人听着也许会以为这仅是一句普通的批评，然而，范春生听着却心明如镜呢，他分明从师父这句揶揄中，听出了更多的潜台词。因为师父以前曾坚决不准他结婚的，师父认为要保留住纯真元气，练好少林童子功，结婚是大忌。可是，范春生最终都没有做到像师父那样为了保住功夫一辈子不结婚。这让师父很遗憾。要知道，在上海的众多的俗家武林弟子中，海灯最喜欢范春生。别的不看，就看他的姓名的演变便可见一斑了：范春生原名潘永辉，过继给一范家后，便改姓为范了。也是巧，刚好与师父同一个姓。这也是师父对他欢喜有加的原因之一。为此，后来师父依应字辈，给他起了个范应广的法名。

在 2012 年 3 月 7 日的海灯法师历史文化研讨会上，范春生曾当着师弟范应莲的面，道出一段秘密。他说，本来，根据师父早年的计划，自己是要接师父的班，成为师父的养子的。当时，是师父主动跟他商量，要他让给范应莲的。那天，师父在有关范应莲与他之间选谁当养子一事时，曾对他说："我只能选一个(养子)嘛。你以后多支持应莲吧。"于是，范春生听从师父的安排，事事支持与配合着比自己小了 5 岁的师弟范应莲。那次从重华返回上海的前夜，范春生曾向师父提了个要求："师父，能否给我一点纪念品?"师父听了，就从里面拿出一条他贴身穿的绒裤，给了范春生。师父圆寂后，范春生又从师弟范应莲手中接过了师父临终前叮嘱转交给他的一件海青衫与一双鞋子，还有一颗舍利子……

话扯远了。

且说海灯师徒抵达上海的翌日清晨，他们三人便像以往一样早早起来了，然后挨门逐户地拜访那些德高望重的武林前辈与同道挚友。这时，天色已经放明，昨晚掩藏在暮色中的大都市市容在眼前一览无遗。

果不出海灯法师所料，这场正在举国上下轰轰烈烈开展的政治运动，在上海这个长久以来作为中国政治发源地的大都市中，更是到处充满了火药味。放眼望去，大马路小街道与高大厦低民房上，到处都贴满了触目惊心的大幅标语与大字报，直看得海灯师徒三人面面相觑，暗暗摇头。

当他们披着晨光一路来到黄陂南路街口时，只见一长溜大字报、大标语居然直贴到王子平家的大门边，上面写着斗大的字，均是些什么："打倒王子平！""王子平是反动学术权威！"海灯见状，不由暗暗摇头，想：这权威倒也好当，稍有点名气，作出些贡献的便都是"权威"，也不知王老先生犯了什么反动的罪？

海灯法师清楚记得，自己是在1953年结识这位声震海内外的武术大师的。那时，他刚夺得浙江省武术运动会上的"拳科"、"剑器"两项锦标，受上海佛教青年会所约请，在上海由太极名家、上海体育馆顾留馨主任介绍下认识王子平的。王子平老前辈与海灯一见如故，对他也十分赏识。海灯对老前辈更是仰慕已久，对于王老前辈曾几次打败外国大力士的事，他也早已听说过。

当时，旧社会政府腐败。民不聊生，衣食无着，百姓体质羸弱。洋鬼子欺我中华无人，诬我"东亚病夫"。为此，人称"神力千斤王"的王子平忍不住了。王子平从小出身于贫苦渔民家庭，祖父善"翻杠子"，父亲人称"粗胳膊王"。在家庭的熏陶下，王子平从小酷爱习武，后来功夫过人。一次，当他在济南火车站看到一个身材高大的德国人以一副特大的石磨戏弄中国人时，他义愤填膺，当即走上前将石磨盘高高举过头顶，惊得那个德国人呆若木鸡。一个美国大力士阿拉曼听说此事，很不服气，指名道姓向王子平挑战。只一个会合，王子平便将阿拉曼摔倒。阿拉曼还不服气，又找来大力士柯芝麦与王子平较量。王子平又连摔柯芝麦几个跟斗。1919年，俄国人康泰尔自称"世界大力士"，在上海民兴剧场与中国武术家宋金子交手，双方战成平局。但康泰尔并不以为然，反跑到北京，在中央公园（今中山公园）"五色土"设擂，自称天下无敌手，顾盼自豪，不可一世。接连两天，无敢应者。第三天，康泰尔得意洋洋，以手拧断直径半寸的铁链，作为示威。正在此时，王子平突然跃登台上，表示要与康泰尔决一雌雄。康泰尔傲然说道："我在全世界都无敌手，你算个什么？还是乖乖下台去吧。"

王子平忍无可忍，当即与康泰尔立下生死文契。后两人只一交手，那康泰尔便被摔了个嘴啃泥。之后，王子平还接连击败过德国人马志尼、日本柔道家宫本、美国人沙利文、英国人乔志·彼得等，大长了中华民族的志气。于是，"神力千斤王"的名声响彻海内外。

最近一次与王子平见面，正是"无产阶级文化大革命"刚开始的时候，那几天，海灯法师与寂诚一起，带领着范春生、张悦明等一班俗家弟子在上海静安公园教授武术。据范应莲回忆：当时，各革命组织都请法师去表演，最多的一次居然是由16个革命组织联合盖上公章邀请法师去表演"打倒刘少奇"的活报剧。当时,王子平武师已被革命造反派以"破四旧"为名抄了家。海灯法师见状不妙,连忙带着寂诚打道回府,回到了苏州太湖西山岛。如今一转眼,竟已是半年时间了。

一路回忆着,不觉已来到王子平武师家的小楼房。海灯正欲叫门,门开了,走出个威武俊秀的姑娘。海灯法师当即认出此乃王子平武师的女儿王菊蓉。

王菊蓉一见海灯法师,高兴极了,急忙将他们三人迎进楼下客厅。当时,王子平正端坐在那里闭目养神,听说海灯来临,这位鬓发如雪、银须拂胸的老人不由喜出望外,当即站了起来。

"王老师,你好!"海灯法师合掌深深一揖。

王子平请海灯师徒三人入座后,劈头就道:"法师,你好大胆呀!"

"怎么了?"海灯诧异地问道。

"这般光景,你还到处乱跑。就不怕人家说你划不清界限吗?"

海灯恍然大悟,不由笑道:"我们出家人无房无地,六根清净,四大皆空,怕什么?"

王子平也笑了:"你倒想得开。"

"想是想得开,只是有些不明白,这闹得是啥子名堂?"

王子平的脸色顿时黯淡了下来:"我也不明白,真好像做了一场噩梦。"

海灯见状,忙岔开话题,把话儿引上了他与王子平分手的那次武术表演会上:"王老师,自那年与您认识,已十多年了。"

忆及往事,王子平不由激动地唏嘘道:"我生于清末,至今已经历了几个朝代。我打心里明白,共产党领导的社会最好。现时为何变成这样,我虽丝毫不明白,可又觉得这日子终有尽头。说我权威,骂我反动,我都能忍受。只是说我搞武术不对,却怎么也想不通。我今年八十有五,离入土已是不远了。你年过花甲,还能有所作为。我只希望中国的武术别在我们这一代手上断了根儿。这武术的正宗,只能在中国。这正是我要拜托于法师的。"

海灯听王子平一番话情真意切,不由心头热浪翻涌,道:"王老师,中国武术一定要发扬光大。我此番来到上海,正是为了进一步普及中华武术。这些年来,我常思考这个问题,要发扬中华武术,不向人传授怎行?以前我怕教出去了于社会治安不利,如今,我倒认为反要尽快把它扩展开来、传授出去才是呢!"

王子平听了，沉思了一会，问道："敢是法师有何设想了？"

"是的，"海灯法师果断地说道，"这次我来上海，就是想最后在这里再带教徒弟，传授武术的。"

"这可不行！"王子平担忧地摇摇头，"至少现在不行。如今上海一片混乱，法师如果光明正大带徒传艺，非吃苦头不行。"

这时，广法也担心地说道："是啊，师父，在苏州您已被造反派盯上了，如再在上海抛头露面，是大为不利的。"

海灯听了，胸有成竹的笑道："这个问题，我已想过了。我想这样……"说到这里，他压低了嗓门，将主张一一道出。众人听了，不由面露喜色，频频点头称是。这真是：

只因情深到极处，
为难一片痴心人。

欲知海灯法师道出是何主张，且看下回分解。

第十八回　强汉子恃强凌弱 义海灯仗义解围

原来,海灯法师早就看好了上海城中的复兴公园与淮海公园、龙华公园这三个市民晨练的好地方,准备把在苏州用过的一套遮眼法搬到那里去,而且随机应变更换场地。他说,如果堂而皇之地带徒传艺,定然不成,不如到时候将计就计,每日清晨,让寂诚带领众徒弟,先捧上"红宝书"(毛泽东语录),高唱《东方红》,然后再喊上一通"锻炼身体、保卫祖国"之类的口号,再开始日常的练功。如能这样做,定能遮人耳目。

众人一听,合情合理又巧妙,当下一致赞成。

海灯师徒在复兴公园摆开场子、继续向有志的人们传授武术后没几天,就向苏州的蔡林生与周文华、何本钦等各写去了一封信,把自己在上海的具体落脚点告诉了他们。

且说自师父他们去上海后,一连几天没有信息。这天蔡林生正为此惦念不安的时候,忽然收到一封上面只写着自己名字而没有寄信人地址的来信。拆开一看,不由地长长松了口气。原来,此信果然是他们日思夜想的师父从上海寄来的。海灯法师刚在上海稳下身子,便应诺来信报告平安,告知了他在上海的落脚点。当下,蔡林生即持信与周文华稍一商议后,便决定按图索骥寻去上海,叩见师父,继续学武。

1967 年夏，海灯在上海淮海公园授徒

1967 年夏，海灯与苏沪武术弟子在上海复兴公园合影

只说上海市中心南京路有个淮海公园，新中国成立前称作“法国公园”。园内松柏森森，绿草成片，虽地处闹市，却是个闹中取静、练功习武的好去处。

这天清晨，海灯带领徒弟寂诚、广法及王子平女儿王菊蓉等人，来到淮海公园操练武术。尽管那时的上海城中一片混乱，到处充满了革命造反的火药味，但公园里偏僻处仍有不少人在练习太极拳、八卦掌、气功等。本来好端端的一个休息散步的好去处，如今由于无人照看，一片荒芜零乱，杂物遍地，惨不忍睹。

海灯师徒等人来到公园右角一片冬青树中间，练开了武功。先练“易筋经”和“五行内功”，后又练“梅花精拳”及“八法锤”。

一日为师，终身为父。寂诚跟随海灯 14 年了，他从一个身体孱弱、不懂事的小沙弥练起，到现在已像一尊立地金刚。师父虽然十分严厉，可对他比父母还亲，不仅把一身武艺都悉心传授于他，还教他学文化，教他学推拿、针灸和做人的道理。广法师弟是上海崇明人，也是个老实人，重于医道，把师父的一套针灸技术基本都学到了手。自从西山石公寺被砸以后，他俩仍一个心眼跟定师父，一路辗转漂泊，形影不离。

且说海灯师徒与范春生、俞誉万、张学忠等几个俗家弟子在公园一隅拉开场子，一番练习，早惊动了那些早起晨练的上海市民，他们不由一个个驻足停手，竞相观看。那“罗汉拳”、“龙蛇虎豹鹤五行拳”、“梅花桩精拳”、“八卦掌”等拳术，均从“易筋经”中化出，实乃少见。只见寂诚以单手握拳，突出中指关节，仅以此关节拄地，做全身倒立，在地下弹跳行走。有在行者知道，此乃难度较大的“金刚锤”。接着，寂诚与广法又各表演了一套“豹拳”及“蛇拳”。尤其那“豹拳”，更为稀见：寂诚出招进拳，时而卧伏在地，时而后肢紧缩，时而臀部错动，看似平静淡泊，却是静中蓄动，先蓄后发。果然，只听寂诚一声豹吼，四肢齐发，头足并用，发力如箭，出手之敏捷，令人击掌叫好。

有道是外行看热闹，内行看门道。海灯师徒的表演才一会儿，就吸引了一个身材高瘦、四十开外的戴眼镜男人，此人是上海中医院的陈一凡医师。海灯刚练完一套“梅花精拳”，陈一凡医师便情不自禁地迎上前去，突然握住海灯法师的双手，激动地说道：“师父，若在下没有看错的话，您老便是当年元旦在上海献技的海灯法师?”

海灯一愣，尚没回答，一边的广法已走近前，低声喝道：“休得瞎说，你认错人了。”

陈一凡心领神会，知广法乃为掩护师父身份而为，便不再吱声，微微一笑，站在一边去了。正在这时，忽然园中人声喧沸，并伴有大声呵斥之声，吸引了海灯师徒的注意。众人悄悄走近，举目向人群中看去，只见一个牛高马大的汉子正揪住一位须发灰白的老者在大动其怒。汉子怒道：“你这老头好无名堂，跟我学了这半月的拳，却至今一毛不拔，是何道理?”

老者颇为气愤，颤巍巍答道：“马师父，你可从没说过要收钱的呀！我也从不知道跟着学学还要付钱。再说，也并非我小气那几个钱。只因为家被人抄了，工资又扣发了，我实在拿不出钱来孝敬你呀。还望马师父多多谅解。”

“嚓！”姓马的汉子一声冷笑，“天底下有这等好事？白学功夫不付分文？你倒还有工资收入，我却靠什么吃饭呀？你别装腔作势了，给多给少是你的事，你总得付我一些学费才是。”

老者忍不住了，挣脱马汉子的纠缠，道：“别说我确实拿不出学费来，就算真的拿得出来，我也不肯给你。你教的都是些什么太极拳？套路乱，招式又错，简直是瞎来一通嘛。”

“你说什么？”马汉子闻言大怒，劈胸抓住那老者当胸，“如此说来我是骗你的钱了？娘的！看来不对你实行专政你是不领教的了！说，这钱你今天给是不给？”

老者一声冷笑，面向围观的人群：“大家评评理，看看到底谁对谁错。要是有人说我老头不讲理，我老头甘愿认输受罚。”

但令人遗憾的是，人群中没人敢站出来讲句公道话。

马汉子见状愈发胆大妄为，一声喝叫，竟将老者的双脚提浮于地，咬牙道：“老滑头，拔毛不拔毛？”

这时，寂诚再也看不下去了，在人圈外一声大喝：“不准打人！”

马汉子闻声向人圈外搜寻：“谁说的？有种的站出来！”

寂诚正要挺身而出，却被师父一把拉住。接着，海灯法师笑吟吟地走进人群，来到那汉子面前，道：“这位好汉，可不能打人喽。你看这位老同志怎经得住你这一拳头？还是宽怀大度，放了他吧。”

时值夏日，尽管海灯法师的后脑勺上已长出了长长的头发，但他仍戴着那顶深灰色的八角帽，以便遮掩头顶中的戒疤，当时他只穿一件短袖玄色衬衣，则更显得身体瘦小，不起眼。

马汉子闻声把面前的海灯上下一打量，但见原来是一个貌不惊人、又瘦又小的半老头子，不由冷笑道：“我们的事，管你卵事？识相点，滚一边去！”说着，马汉子一抬杠棒粗的胳膊，就向海灯胸前挡去。

岂料胳膊拦去，如挡在柱石上一般，非但对方依然站着纹丝不动，马汉子却因估算不当，反而向后一个趔趄。马汉子一愣，再次把胳膊扫向海灯。这回，马汉子存了心，力量自也用得大了不少，但遗憾的是，这第二下扫去，海灯法师却依然站在那里纹丝不动。马汉子当即愣怔在了那里，自知遇上了“定头货”（沪语，对头克星的意思）。

趁对方愣怔之际，海灯法师冲马汉子微微一笑，道：“你这位同志仗武索钱不谈，又仗武凌弱，这就更不该了。”

马汉子一时难以下台，不由顿时恼羞成怒，一边喝着“噜里八嗦个什么？不给你吃点辣火酱，看来你是不服帖的”，一边挥起钵头大的拳头，竟不顾一切地直向海灯当胸打去。

眼见拳到近前，海灯法师只轻轻将身一扭，那拳又砸了个空。岂料那马汉子索性性起，旋即将身一矮，亮出右腿，成半圆形扫动，来了个扫堂腿，直向海灯法师脚下扫去。没想到这回海灯却站着丝毫没有动弹。说时迟，那时快，马汉子一腿掠到，着着实实扫在海灯法师的脚踝上，只听“哎哟”一声，众人定睛看时，只见海灯法师依然站在那里，倒是那马汉子却手捧脚踝原地一通蹦跳，最后蹲在地下只顾搓揉疼痛之处了。

“害人之心不可有呀。谁让你用了那么大的劲呢？”海灯法师慢慢踱到马汉子的身边，笑道，“你怎的火气这么大？换了别人，那可要受伤了。”

马汉子恼羞威怒，忍痛站起身来，牙齿咬得“咯咯”响，眼睛里冒出了火来。海灯法师见状，笑道：“这样吧，我站着不动，任你揪住，只要你能将我放倒，我也服了你。要是放不倒，就不能再纠缠这老同志了，好吗？”

马汉子见一拳一脚竟没伤及对方一根汗毛，本已是气坏了，现听海灯法师又当着众目睽睽的面这么说，更是自感难以下台，于是叫声“你等着”，便张开蒲扇大的两掌，左手一把抓住海灯法师颈部衣领，右手一把提住海灯法师腰间的裤带，随着“嗨呀”一声发力，竟将海灯法师整个提了起来。

四周的人群中不由发出一片惊叫之声。

唯寂诚与广法无动于衷，只是双臂抱胸，站在那里冷笑。

那老者见状急坏了，连忙一把捋下左手腕上一只手表，叫道：“不要伤了人家，我给你报酬就是，赶快放手！”

马汉子哪里肯听，一发力，将海灯法师整个人用力举过头顶，随即原地一个360度的旋转，然后从丹田里发出“哼”的一声，便将海灯法师像个稻草把似的从头顶上空掼了出去。

“咚”一声，海灯法师在半空一个鹞子翻身，依然稳稳地站在了地下。

“你?!”马汉子大惊，却仍不肯认输，再次扑将上前，叉开双掌，将海灯法师从背部揪住，“嗨！”

然而，他这回再也提不动海灯法师了：任凭他使尽吃奶之力，将脸挣得通红，那海灯就如落地生根了一般，站在那里，纹丝不动。

见马汉子将力使得差不多了，海灯法师反手伸出三指，扣住马汉子腰间皮带，略一发力，便将他提将起来，转了半圈，拧到面前。

“这位同志，息息怒吧。”海灯法师微笑道。

“你，你……我……”马汉子有力使不上，自知这是遇上了真正的敌手，不由地将脸涨了个紫红，一句囫囵话也说不出来。

四下围观的人们看到这里，齐齐地哄笑起来："呕——，强人自有强中手呀！""这老头儿又干又瘦，看不出倒有几下子呢！""马兄这回可碰上死对头了！"

马汉子羞得无地自容，钻出人群，推说等会吃了早饭再来找海灯法师算账，一溜烟逃了个无影无踪。

众人一拥而上，将海灯法师围在中间。大家正七嘴八舌问长问短，忽地外面有人高叫着"师父"，奔近前来。海灯师徒一看，不是别人，乃是苏州两个俗家弟子蔡林生与周文华。原来，他俩刚到上海就赶来了。

海灯法师正欲开口，一边的广法却生气地迎将上前，拦住了那两个俗家弟子，道："哪个是你们的师父？别认错了人！"

蔡林生与周文华一听，不由双双怔在了那里。这真是：

枝头群鸟哀鸣急，
雪里素英却耐寒。

欲知后事如何，且看下回分解。

第十九回　刀枪逼迫离上海
留诗题句盼重逢

且说蔡林生、周文华两徒弟按图索骥，一路从苏州直奔上海，拜见海灯法师。也是巧，他俩刚来到淮海公园，便找到了师父，不由大喜过望，奔了前来，没想到却被广法劈头一声呵斥，弄了个丈二和尚摸不着头脑。

原来，广法只怕他们一时高兴，失口道出海灯法师的身份，惹出事来，故而抢先一步，暗示他们注意。海灯法师喜忧参半，将他俩招到僻静之处，问道："怎不见何老师？"

周文华道："何老师他们都要上班，脱不开身。我俩反正待分配，要去插队落户的，在家没事，就寻来了。"

海灯法师听了，脸色肃穆起来："也罢，既来之，则安之。就跟我们在上海进一步操练。不过，你二人得在原有基础上抓紧训练才是。"两徒弟一听，自是连连点头称是。

从此，海灯师徒一班五人，每天出现在上海淮海公园或复兴公园一带，不分早晚，刻苦训练。当时，在师父的保荐下，蔡林生与周文华分别寄宿在陈志明等两位上海的师兄弟家。

经过挑选，海灯还又收了六七个上海弟子，一起跟着训练。这其中就有那个陈一凡医师。海灯有言在先：他要求众弟子不要将他姓名传扬出去，以免暴露了他的身份，惹是生非。众弟子当然一口应允。

于是，每日练功前，众弟子便在寂诚与广法带领下，人手一本《毛主席语录》。先集中高唱《东方红》，后绕场跑步活动筋骨，边跑边喊“锻炼身体，保卫祖国”的口号，以遮人耳目。

那陈一凡医师与海灯法师很为投机，他不仅谙熟医道，还初通武功、气功，还能与海灯一起吟诗作对。不几日，便与海灯法师结为莫逆之交。通过交谈，海灯知道陈一凡现正落难，在医院里被打成“反动学术权威”，并被靠边站，不得进入门诊室，只能作为医院勤杂工，每天只是打扫医院卫生。一些根本不懂医学的工农兵大老粗，却反而掌了医务大权。为此，陈一凡一气之下干脆消极怠工，每日只来公园练功习武。

然而，海灯师徒在淮海公园指导人们练功习武的消息，最终还是被上海某区的一支造反队知道了。于是，淮海公园周围一些穿戴红臂章的人多了起来，但他们吃不准这班陌生的外地人是些什么角色，一时间难以下手。

一日中午，师徒等人正在公园一角休息，忽然，广法气喘吁吁地跑来，神色惊慌地低声说道：“师父，刚才我在厕所里看见了王阿胡子。”

“哦，”海灯不由皱起了双眉，“他看见你没有?”

“没有。”

那王阿胡子不是他人，便是当初领头砸毁石公寺、揪斗海灯法师的那个西山镇手工业造反司令部的王铁匠。如今他在上海出现，是干什么来呢? 不会是来寻找海灯法师吧? 为了不招惹是非，好让普及武术的事继续下去，海灯法师决定立即把练武场地转移到复兴公园。但是，甏口扎得拢，人口封不住。没几天，复兴公园周围，也出现了一批形迹可疑的戴红臂章的人。

这时，海灯法师到上海已有20多天了。

一天傍晚，海灯正欲鸣金收兵时，忽然，在他的那件挂在一边的上衣口袋里，掉出一封信，信封上只潦草地写了“范无病先生亲启”七个字。文华忙把信交给了师父。

海灯法师拆信一看，却是一封匿名信。信文写得十分简单，字迹也很是潦草。海灯法师读后，顿时神色肃穆，默然良久。蔡林生与周文华见状感到奇怪，忙凑过去一看，只见那信纸上写着短短几行字：

尊敬的海灯法师：

请您赶快离开上海！您在淮海公园教拳影响很大，一个群众机关对您非常注意。据了解，他们已决定对您采取强硬措施。谨此聊表敬意。

显然，这是一个关心海灯师徒们的善良人来秘密地通风报信的。看来，在上海也待不下去了，师徒三人真正分手的时候来到了！

其实，海灯法师还在苏州的时候，便有了在上海与寂诚、广法分手的主意，而且已与两位爱徒说好了。所以，那天海灯法师便带着寂诚与广法，来到观前街上宫巷口的照相馆，照了一张合影，并特别要求摄影师在照片上注明合影的日期。当时，照相馆的人根据寂诚的手书，在底片左上方写下了“欢送养父赴蜀留念. 1967 年 3 月 18 日”一行字，以示为他们师徒一场的最后留念。尽管他们早就有了分手的准备，但谁也不忍心就此劳燕分飞各东西，毕竟大家朝夕相处了十多年，师徒之间结下了不是父子胜似父子的深厚的感情呀！所以，从苏州到上海，这将近一年的时间里，海灯师徒三人是怀着能聚合一天是一天的心情，谁也不忍说再见。但是，无情而又狂热的政治风波，始终缠扰着他们，不肯放过海灯法师，为了不连累上海的朋友，海灯法师决定就此在上海与众爱徒分手。

作出分手的决定后，海灯法师即抓紧时间，请有照相机的弟子分别为自己与爱徒们分批合影留念。如今世道混乱，国无宁日，他知道此一分手，师徒们不知何时才能聚首，大家现在留个合影，用他的话来说，就是“以后牵挂大家时，也好拿出来看看，有个念想”。

1967 年 3 月 18 日，海灯与广法、寂诚合影留念

接着，海灯法师开始向上海的几位老朋友作最后的道别。

当天，海灯师徒五人心事重重，一路步行走回黄陂南路王子平家。还没进门，就见楼下大门上新贴了一条墨迹未干的大字报，通栏标题十分醒目：

勒令书

勒令反动学术权威王子平即日起去体育宫文体造反兵团报到，接受监督劳动，并立即断绝与反动恶僧海灯的往来，否则，一切后果自负！

上海卢湾区群众专政指挥部

海灯法师内心顿感无比歉疚，脚步也沉重了起来。师徒五人正在门外踌躇，王子平却笑哈哈步出大门，一把拉住海灯的手道："怎么了，难道被几声狗叫就吓住了？快进屋呀！"

海灯法师不无内疚："王老师，是我连累你了。"

王子平嗔道："什么话？兴许是我这个反动学术权威连累了你呢！去去，且不管蝼蚁叫也罢，恶狗吠也罢，我们喝几盅茶去。"说着就拉着海灯师徒进了屋……

这晚，海灯法师的心情格外沉重。尽管王菊蓉专为他们师徒三人炒了几个豆制品的素菜，但谁也没心思下口。

忽然，海灯法师想起了什么，把王菊蓉叫到身边："菊蓉，能去把那个陈一凡医师找来吗?"

"当然能。什么时候?"

"现在就去。"

"噢。"王菊蓉应命而去。

原来，为了让寂诚、广法两爱徒回家后各有个谋生的本事，海灯法师打算让他俩再跟陈一凡医师学点医术。

道出原委，寂诚却不同意，他告诉师父，说迁户口的事已办妥，他决定干脆回泰州老家去了。广法却同意先跟陈一凡医师学点医术后，再回崇明乡下。

不一会，陈一凡医师来了。海灯法师郑重地把广法推荐给他，请求陈一凡医师看在他面子上，收下已有些医疗基本功的广法，传授些医术。陈一凡医师听了，自是连声答应。

最后，海灯法师把目光落在一边的周文华。

周文华是海灯在苏州收下的唯一的女弟子。时年21岁的她秉性单纯，为人诚朴，在跟随海灯法师学武时，刻苦耐劳、勤奋好学，连一般的小伙子都难以望其项背。为此，她深得海灯法师的喜爱。尤其是她家中兄弟姐妹六个(她排行老四)，负担重，生活拮据，回苏州后，靠什么自立谋生呢？所以，她也是海灯法师最放心不下的一个"女娃"(海灯语)。

对此，海灯法师早有打算，他从怀中掏出他早就写好的一封信，放到了周文华的手中，郑重其事地叮嘱道：“文华，我最放心不下的就是你。人生一世，总得有一技之长。你回苏州后，把此信交给钱福元大夫。”

“师父……”接过师父的信，周文华感动得胸口堵塞，热泪盈眶，什么话也说不出来了，只会一个劲地连连点头。她知道钱医生也是师父的好朋友，也会武功。

信是封口的，所以周文华从离开上海回到苏州，直到把信亲手交给钱医生，都不知道师父在信中都写了些什么。但她心明如镜：信中一定是师父拜托钱医生收下自己为学生，或向自己传授些医术基本功，以便自己将来能籍此谋生等内容。但是，当她回到苏州，把信交给钱医生后，就很快接到了街道里弄发来的要她下乡插队的通知。为此，她来不及再与钱医生见上一面，就匆匆地卷起被子铺盖，在一片嘈杂而又烦心的敲锣打鼓声中，光荣地下乡落户当新农民去了。

且说王子平自知无法改变海灯的主意，只得不无伤感地问道：“那么，法师打算什么时候动身呢?”

“明天上午。”海灯法师毫不迟疑地答道。

众人闻言，又是一片唏嘘。

海灯法师却笑道：“人生何处不相逢。贫僧相信总有一天，我们会再相逢的。”说着，他取过王子平桌上的纸笔，笑着对蔡林生与周文华说：“来，你们不是经常向我要字吗？今天，为师满足你们。”

蔡林生与周文华一听，这才转悲为喜。

海灯法师铺纸提笔，略一思索，先给周文华写下一幅：

致文华：

文章不必传千口
宝剑还须惊四筵

少林海灯题

再给蔡林生写下一幅：

致林生：

十年学一剑
入山不畏虎

峨眉海灯题

陈一凡医师也就势请海灯法师为他这个才当了 20 多天的徒弟写上几句。

海灯法师想了想，当即一挥而就，写下一首题为《赠友人》的七绝，赠给陈一凡医师：

花影日高观更好，
鸟声山静听还真。
感于永断雪鸿想，
结愿长如天地春。

海灯法师文才好，诗句好，那手笔墨也好，字体龙飞凤舞，笔酣墨畅，令人叹服。但是，此时在场的所有人都提不起兴致，反而觉得心中更加悲哀凄凉，唏嘘不止……

1968 年 4 月 13 日上午，天阴云低。上海北站上空，浓云层层，似能绞出水来。

“呜——”火车一声长啸，缓缓驶入月台。分手的时刻终于到了，前来送行的朋友与弟子们围了上来，一个个依依不舍，不忍师父就此远离而去。周文华等几个女弟子更是脆弱，呜咽了起来。车站上几个善良的站务员见状，竟然破例准许十几个徒弟簇拥着海灯法师进入站台，为师父送行。

海灯法师登上车厢，寂诚也紧随师父登上车厢。海灯法师伫立在车厢门口，他环顾着前来送行的十几个徒弟，尽管神情平静，但人们还是隐隐看出了那深藏在他双眸里的痛苦。这个名扬四海的少林武师一生清贫，日常所处，仅三衣一钵，别无他物。如今他踏上归途时，也只是手提一只简陋的小竹篮和一只小网袋，身上穿着一件布衣，肩背一个小包袱。但临上火车时，他却掏出五元人民币，硬塞到周文华的手中，嘱她与蔡林生用来买返回苏州的火车票。

“记住，功夫无息，法自修。”海灯法师深情地凝视着众人，高声说道。其实，此时此刻，他的心中犹如万马奔腾，千舟竞发：离开家乡已经 20 多年了，现在却不得不回去，就像一片飘荡的秋叶，旋转了几个圈子，最后还是落在了根上。

“师父——”周文华再也按捺不住离别的伤感，放声号啕了起来，她不知道师父此去，何时再能回来？何时再能见面？

月台上，广法率先跪了下来，众弟子们也紧随着齐刷刷地跪了一地，呜咽声与号啕声，汇成一片令人心酸的声浪。

站在车厢门口，海灯法师最后再环视了一遍匍匐在地的爱徒们，然后一闭双眼，一扭头，转身走进了车厢……

列车一声长啸，缓缓启动。尽管佛门有“爱不重，不生婆娑”之祖训，但此时隔着车窗深情地望着月台上匍匐一地的弟子们的海灯法师的双眼还是湿润了。

“呜——”又一声长鸣，列车加快了速度，顷刻间就云烟似的消逝在地平线尽头了。呜呼！中国那么大，有960万平方公里；然而中国又那么小，居然没有几个和尚的立足之地！这真是：

乌云翻卷百鸟散，
慈鸿散去何时来？

欲知后事如何，且看下回分解。

第二十回　二指禅力不从心
传佛法不远万里

且说海灯法师与寂诚告别上海，登上火车，随着声声汽笛，恋恋不舍地告别了留有他们无限爱与恨的江南水乡、告别了他的那些真诚可爱的俗家弟子们后，火车在江苏泰州车站徐徐停靠，海灯与寂诚一前一后走下了火车。寂诚的家乡是泰州，尽管这年寂诚已是26岁，但海灯法师还是执意要亲自把这位他最喜爱的大弟子送回家乡才放心。广法则又在上海住了些日子，跟着陈一凡医师学了一些西医医术，然后才在石洞口码头搭乘渡轮，回到了家乡崇明，不久就被迫还了俗。

海灯法师把寂诚送回江苏泰州后，小住了两天。期间，他在寂诚的陪同下，游览了泰州公园，还主动与寂诚一起在照相馆里拍了一张合影。海灯动情地对寂诚说："以后看看照片，也好有个念想。"

寂诚与师父分手后没多久，也被迫还了俗。

与爱徒寂诚忍痛分手后，海灯法师又去江西永修县梅荣乡苦慧寺看望了寂平，并在寂平那里住了段时间。据净慧法师所作的《虚云和尚行业记——纪念虚云和尚圆寂三十周年》的回忆录中《海灯法师在禅宗的殊胜地位——沩仰宗第九祖》一文透露："'文化大革命'后期的七十年代中，海灯法师又来到江西，于永修县梅荣乡苦慧寺依徒寂平法师。苦慧寺是座小庙，坐落在偏僻的竹林之中，法师于此度过了‘文化大革命’的最后几个年头，直至国家重新安定，才返回江油重华镇故居。”

1967 年海灯与寂诚
在泰州分别留念

1968 年海灯与江油的小徒弟们

然而，据范应莲《我的恩师海灯法师》一文反映，海灯法师是在 1968 年夏季就回到家乡重华镇的，可见前文“度过了‘文化大革命’的最后几个年头”一说有误。

1968 年夏天，海灯法师独身一人回到了家乡江油重华镇，然后在镇上的火炮街找了一间破平房，住了下来。他乐观地给他那间又小又矮的旧房子起了个“本愿精舍”的名字，还写了一首诗用以抒怀：

占得恒河一点沙，
半瓢白水过生涯。
海滨抛却名人社，
山麓结成开士家。

且说日月如梭，光阴似箭，转眼间，已是 1979 年深秋。

有道是酒香不怕巷子深，尽管海灯法师自从出家为僧之后抱定宗旨与世无争，摒弃名利，一心修身养性，但是，自打香港与峨眉电影制片厂的《四川奇趣录》联合摄制组来到后，他的日子便再也安定不下来了。

摄制组慕名而来，几经往返联系，好不容易通过江油县政协说服海灯法师，请他为该片来一段精彩的“一指禅”武功表演。

海灯法师执拗不过众人的一片盛情，尤其深为大家一片弘扬中华武术的拳拳之心所感动，所以，他硬着头皮，随着爱徒范应莲、李兴友来到成都峨眉电影制片厂的摄制棚，暴露在水银灯下。

这年，海灯法师已是79岁高龄。

毕竟年事已高，所以，当摄制组向他提出要他献演他最拿手的绝技"一指禅"时，海灯法师毫不掩饰地说道："且恕老僧有言在先，只因我年近八旬，一般武功还能应付，唯独这'一指禅'恐怕力不从心，难以给诸位一个满意的答复了。"

正说到这里，爱徒范应莲快步来到师父面前，凑在海灯法师的耳朵边轻声说了些什么。海灯法师不等徒儿把话说完，便已勃然变色，严厉斥责道："怎么能这样做？这样做，与欺世盗名有何两样？"

范爱徒听了，不由面露委屈，申辩道："师父，其实这并不是弟子的意思，而是他们……"

说到这里，香港摄制组的导演连忙站起身，来到海灯法师面前，笑道："海灯法师，这不能怪罪范应莲先生的，这确实是我们摄制组全体人员商议后的一致意见。因为我们不能眼看着'一指禅'绝技就此失传。这绝对不是什么欺世盗名，而实在是全组人员的一片苦心呀。"

"对对，海灯法师，为了武林绝技'一指禅'，为了让我们中华武术发扬光大、后继有人，您老就答应了吧。"

"是呀，是呀。海灯法师，再说要拍好这一个镜头，您老至少得单指倒立一两个钟点才能完成。一两个钟头，别说是您这么一把年纪的老前辈了，就是小伙后生也吃不消呀！为了保证片子的顺利拍摄完成，您就听从我们摄制组的调度吧。"

导演的话音还没落下，其他几个香港、成都的副导演、监制等便也七嘴八舌地开了口，争着做起了海灯法师的思想工作。

海灯法师沉吟片刻，终于点了点头。

果不出摄制组几位权威人士的所料，在拍摄海灯法师的"一指禅"时，为了拍摄出满意的效果来，全组人员在导演、副导演的指挥下，整整折腾了近三个小时。

海灯法师毕竟年事已高，哪怕他当真是铁铸钢浇的，也顶不住这三个小时的倒立折腾呀！幸亏他的爱徒范应莲聪明机智，想出一法，隔墙打了个小洞，穿过一条绳子，系住了师父的脚踝，给师父助了一臂之力，才使摄制组如愿完成了这个镜头的拍摄任务。

《四川奇趣录》于1980年拍摄完成，在内地和香港放映，中央电视台也作了播映，受到观众的欢迎。在香港放映时，片名改成《四川搜秘录》，连映40天，场场爆满。个中原因，除了那天府之国的美丽景色迷人外，更令观众感兴趣的是海灯法师的“一指禅”功。

20世纪80年代，海灯表演“一指禅”

如果说是一部《四川奇趣录》使海灯法师的晚年命运发生了戏剧性的变化，从而使他声名更振、让人们得以见到他那“庐山真面目”的话，那么，可以说，1984年中央电视台现场直播的春节文艺晚会，则使海灯法师的声名达到了一个世人皆知的顶峰。

海灯法师拍完电影，抽暇撰写他的著作《六通气功》，同时被遴选为四川省第四届政协委员，得到了省委负责同志杨超的接见与鼓励。从此，海灯法师遂决定留在家乡四川，抓紧晚年有限时间，写出《梅花桩拳谱》等书，把他积累了毕生的宝贵的心得体会奉献给祖国与人民。

且说海灯法师一夜成名之后，他远在苏州与上海的俗家弟子们在深为师父高兴与骄傲之际，不免生出些许淡淡的忧愁，他们担心师父成为万人瞩目的名人后，肯定会被蜂拥而至的尘间俗事所缠绕，把他们忘了，至少无暇再与他们亲近了。其实，大家多虑了。海灯法师本是佛门高僧，他毕生的追求毕竟是传经普法，把弘扬佛法、劝人为善作为他人生的唯一追求，何况他本是大乘佛法的忠实执行者，是一个典型的行脚僧。所以，就在蔡林生与周文华不得不通过各种报刊媒体寻找师父的踪迹聊解思念之情的时候，1983年中秋节前两天，蔡林生忽然收到了一封盖有江油重华邮戳的一封平信。当下，蔡林生的心欢跳了起来，他知道师父终于又写信来了，师父没有忘记自己！怀着激动的心情拆信一看，果然，师父已应他当年在西山石公寺时结识下的东山居士叶老先生之邀，将在1983年中秋节前专程来到苏州，前往位处太湖之滨的吴县东山陆巷镇岱松村裕德堂，为那里的新老朋友们讲经说法。

蔡林生合信一看日历，居然明天就是师父在陆巷镇讲经的日子了！邮路缓慢，差点使自己失去了叩见师父的大好机会！

这真是：

莫道盛名忘旧情，
毕竟佛门行脚僧。

欲知后事如何，且看下回分解。

第二十一回　慈鸟往返传别情
千山万水视等闲

且说蔡林生收到师父姗姗来迟的信后，立即找到周文华，把喜讯告知了师妹。第二天，两人下班后连身上的工作服也顾不得换，便在苏州南门搭上长途公共汽车，直奔东山杨湾镇。当时，苏州到陆巷镇尚无直达班车，为此，师兄妹俩在杨湾镇下车后，再向十多里地外的陆巷镇岱松村步行而去。也是天公不作美，刚沿着山路走到半途，天上就下起了瓢泼大雨，顿时把毫无准备的师兄妹淋得像落汤鸡一般，待等他俩一路打听问讯来到陆巷镇上的裕德堂时，兄妹俩浑身上下、从里到外已没有一片干的地方了。

裕德堂始建于明代年间，规模很大，有门屋、大厅、住楼三进建筑，间以庭院、天井相隔。门屋面阔三间，进深五檩，大门采用将军门形式。大厅门阔三间，进深七檩；内四界后抱厦形式，大梁扁作，抬梁式，山界梁背设斗六升牌科，山尖施山雾云。前檐柱下设提灯形青石鼓墩，前后步柱下设圆鼓形花岗石柱础。明间与两厢前檐柱下设提灯形青石础，前后步柱及次间山面排柱下均设扁鼓形木鼓墩。二楼梁架为内四界前后单步形式，明间檐立于底楼双步承重之上，作退步造法，是座很有特色的古建筑。据传房屋主人姓刘。

两人走进古镇裕德堂时，已时近傍晚，待等他俩由人一路指引登上二楼，在客厅门口刚站定，身上淌下的雨水，便把地下濡湿了一片。此时，海灯法师正居中而坐，面对着满堂善男信女侃侃而谈，那口拗口而又熟悉的川音，使蔡林生与周文华听来格外亲切，他俩忙不迭地面向师父，双双跪下，两手伏地，遥对师父顶了个礼（顶礼是佛教徒最高的敬礼）。

师父一眼就看见了站在门外的两只落汤鸡，连忙刹住话头，请叶老先生快把两位客人领进客厅内侧厢房里，找来干燥的衣裤，给蔡林生与周文华换上。惜乎叶老先生找来了些许衣裤，还缺一条短裤。一位女信徒见状，索性脱下自己还带着体温的内裤，递给了周文华，这才解了燃眉之急。海灯法师见状，不由当场借题发挥，笑着说道："这就是功德无量！"

待等坐下，蔡林生师兄妹才发现，原来这次随同师父前来的还有不少川、沪两地的徒弟呢，川籍的有范应莲、李兴友、邓文金、蔡素成；沪籍的有俞誉万、范春生、张学忠等，共约20人左右。

叶老先生热情好客，用湖鲜作为菜肴，招待了远道而来的客人。席间，久别重逢的师徒们自是格外亲热，有着说不尽的心里话。

用过晚饭，稍作休息，海灯法师继续登堂入座，开示众人。师父不但精通佛经，而且精力充沛，足足讲了三四个钟点，这才歇息片刻。晚上22点左右，师父又继续开讲《止观经》，直讲到凌晨3点钟左右，方才兴犹未尽地关上话匣。在海灯法师的演讲时，有个听众不识相，居然举手示意，提出了一个令众人感到尴尬的问题，大意是：这一阵来，外面有不少对师父不利的非议，不知师父对此作何感想？

面对这个突兀而又不合时宜的提问，海灯法师当即脸色一沉，一声"多嘴"之后，旋即答道："大丈夫立身处世，向来是无谤不英雄。我再讲个故事给诸位听听。以前有个叫张宝宝的人，一世人生，一事无成。他不责怪自己，反而怨天怨命，埋怨命运不公，竟然用木棒缠着棉花，要举火烧天……"简单地说完这个典故后，海灯话锋一转，接着开示道："人家在后头怎么说，你们都不要管。我们自有我们的信仰与追求，我们只管做我们的……"

海灯法师这番深入浅出的解说，使那提问者自感羞愧，有醍醐灌顶之感，为此，他当即当众跪下，向海灯法师谢罪赔礼，用肢体语言请求海灯法师的宽恕。他这一跪，当即感染了所有在场的善男信女，顿时，满堂听众纷纷跪下，向海灯法师顶礼。

海灯法师这次千里迢迢来到太湖之滨的吴县东山讲经传法期间，蔡林生与周文华分别陪同师父一行游玩了苏州寒山寺。期间，师父一行还来到城内石匠门 7 号蔡林生家做客。从中秋节前两天抵达吴县陆巷讲经到中秋节后第三天离开苏州前往泰州，海灯一行共在苏州逗留了五天时间。师父临走前，还分别向蔡林生与周文华赠书题字留念。师父赠给周文华的是他刚出版的《少林云水诗集》，在扉页上，他题下了“文华仁者存念”；赠给蔡林生的是《少林海灯》一书，在扉页上，他题下了“林生仁者存念”。与此同时，海灯法师还分别赠送给蔡林生与周文华每人一张他表演“一指禅”时的照片。

20 世纪 70 年代，
海灯表演“九节鞭”

其实，旁人不知，蔡林生与周文华最清楚：师父自从 1967 年夏天与他们在上海分别后，他仍每隔几年就会离开重华镇，带着范应莲、李兴友等川籍的爱徒们，前来苏州与上海作故地重游，看望一下他在苏、沪两地的爱徒们的。

1974 年春节期间，师父忽然带着寂诚、范应莲与李兴友等几位爱徒，来到了苏州。蔡林生与周文华全程陪同师父与师兄弟们，游览了苏州的虎丘、西园等名胜古迹。那时，“文化大革命”已接近尾声，但空气中仍弥漫着极“左”思潮的残风，从海灯法师他们的衣着打扮上，便不难窥见：师父身穿一件黄色的旧军装，风纪扣紧锁，胸前还不忘佩戴着那组勋章式的毛泽东像章，俨然一位训练有素的老军人。当时的范应莲正值朝气蓬勃的好年华，同样衣冠整齐、一丝不苟，与身材瘦小的师父站在一起，更显得高大魁梧。

那天，他们一起游览了西园戒幢律寺后，又来到了代表着苏州形象的虎丘山。当他们一路来到著名的“点头石”前时，海灯法师抚摸着石块上当年被极“左”的人们凿砸得一片模糊的“点头石”等字迹，不由大发感慨，对着身边的爱徒们沉重地说道：“唉！顽石尚且都能被说服，对待人们却又何必非要动用武力呢？”“这人世间，有什么事情不能坐下来好好说呢?!”

1974 年春节，海灯重返苏州时在虎丘留影

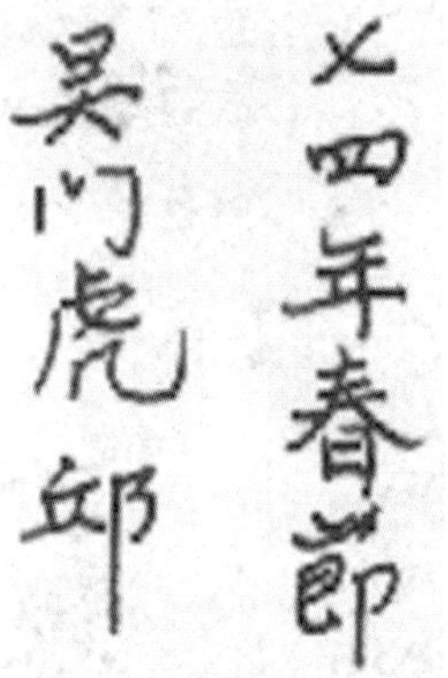

1974 年春节，海灯游虎丘照背面亲笔

1974 年春节，海灯重返苏州时与蒋林生、周文华等合影

1974 年春节，海灯重返苏州时在西园留影

1974 年春节，海灯在虎丘点头石旁

发泄了心中的痛苦与迷惑后，海灯法师还招来景点摄影员，为他们师徒几人合影留念。拍完合影后，还意犹未尽，海灯法师又单独一个人站在“点头石”前留了一个影。两张照片上，海灯法师摆出的都是昂首挺立，左手平伸搭在那块历经了千年风霜的名石上的姿势。

1979 年初夏，海灯法师又带着弟子们再度来到了苏州。他们在蔡林生与周文华的陪同下，专程前往了城郊的东山镇，并在后山观音堂前合影留念。从海灯法师身上的那袭僧服上不难看出，这时人们已排除了极"左"思潮的缠绕，国家正开始逐步走向复兴，人民的宗教信仰也得到了完全恢复。然而，此时的海灯法师已是两鬓灰白，步入古稀岁月了。

无论是压抑的极"左"时代，还是宽松的复兴时期，海灯法师都不忘旧地重游、探望故友，对此，人们不难揣摩到深藏在法师胸中的那种丰富的情感。

这便是无情未必真豪杰，怜子如何不丈夫！

除此之外，海灯法师日常生活中的一些细枝末节的小事，也能佐证他与常人无异的感情。

那是师父在苏州时的一件趣事。那天，海灯法师应邀来到市内草桥头老友苏爱山居士家中做客，蔡林生与周文华也一并应邀作陪。这天，苏居士家做糯米汤团招待各位，汤团的馅用的是白糖。众人正欢聚在一起自己动手包裹汤团的时候，一边的海灯法师也被大家欢喜的情绪所感染，竟然提出了"你们一边坐着，让我来包些"的要求。众人知道，海灯法师难得做家务，尤其是从未见他包过汤团，所以，喜出望外之际，众人不由齐齐拍手叫好，干脆散去一边说笑起来，任由师父尽兴发挥。于是，海灯法师也不客气，挽袖捋臂，当真捏起糯米粉团，亲自包裹了起来。

当时，案板上放着一罐白糖与一罐食盐，颜色都是白色的。师父毕竟不是做家务的行家里手，在捏像一只糯米粉团后，既不问青红皂白，也不尝尝是甜是咸，从盐罐里舀起满满一勺勺白色的食盐，填充进了一个个糯米粉团之中……

不一会，糯米汤团起锅了。真令人不敢恭维，师父做的汤圆，个个都像孩子的小拳头那么大，只只足有一两重。更令人哭笑不得的是，一口咬下去，满口那个咸呀，苦涩得令人实在难以下咽。这时，众人这才知道师父把冬瓜缠在茄门里，把食盐当做白糖了！

偏偏师父还不知情，还在一边不无得意地问大家："好吃吧？"

大家知道师父节俭成习的秉性，再不好吃，也不敢浪费，只好一个个违心地直点头，然后苦着脸，连嘴巴也不敢多咂巴，硬着头皮皱着眉，把这些咸得要命的汤团囫囵吞枣般地几口咽了下去。

1979年春，海灯重返苏州时与蔡林生合影于苏州园林

1983年中秋前一天，海灯与众俗家弟子在太湖东山观音堂前合影

1983年中秋前一天，海灯重返苏州时与蔡林生摄于东山观音堂前

1983年中秋前一天，海灯重返苏州时与周文华摄于东山观音堂前

直至此刻，师父才从众徒弟那千篇一律的表情上，悟出自己似乎在哪里弄错了。直到蔡林生壮起胆子问了一声“师父，你有没有放错脱”，他才恍然大悟，自己确实错把食盐当白糖了。于是，师父的脸上也露出了啼笑皆非的表情……

这几年中，除了师父自天而降地出现在苏州外，他的弟子们也曾怀着对师父的思念之情，专程前往四川江油叩见过师父。

周文华清楚地记得，那是1984年中秋节前的几天，当时，她已身怀六甲，挺着个大肚子。但她还是怀着对师父的思念之情，应上海的范春生、李春华、俞誉万等师兄弟妹之约，带着几盒伊斯兰素月饼，与大家一起专程前往江油重华镇叩见了师父。当时，蔡林生在铁路的货车室工作，工作忙，走不开，未能成行。

中秋节前的那天，周文华一班徒弟们自天而降，出现在江油重华镇海灯法师的家中。师父自是格外欢喜，他不但专门让徒弟去外面小吃店给周文华下了碗素馄饨，晚上还让周文华一人睡在外间一张新制的禅床上。尽管这张禅床仅桌子大，躺在上面手脚都舒展不直，但周文华已心满意足了，因为与她同行的范春生等师兄弟，只好打地铺，席地而卧……

在师父家做客的那几天里，周文华挺着大肚子，非要帮师父洗涮衣被。师父尽管有名了，但仍像以前那样节俭朴素，所用的衣被尽管均已补丁累累，却仍然用着；淘米的水从不倒掉，留着下面条用；下过面条了，还舍不得倒掉，用来洗涮碗筷，使周文华深为感动。

入夜，师徒们围坐在一起闲聊，抚今追昔，有着说不完的知心话。期间，周文华调皮地指着自己的大肚子问海灯：“师父，您说我是生男的还是女的?”海灯淡淡一笑，不假思索地答道：“是个女娃子。”

也是神！师父的猜测一点也没有错，周文华回到苏州20多天后，就生产了，一看，果然是个漂漂亮亮的女孩子！至此，周文华对师父更是佩服得五体投地了，更加认为师父不是凡人，是神仙。

在师父家做客的那几天，徒弟们再次亲眼目睹海灯法师彻夜不眠的事实。师父整个晚上就盘膝打坐在内室那张禅床上，眼观鼻，鼻观心，纹丝不动，像尊泥塑木雕的菩萨。只是在夜半时分，他才会悄悄地走到外间，察看他的爱徒们睡得好不好。然后在凌晨三点钟的时候，又一个人来到外面院子里，挥拳踢腿，练起了功。

次日，范春生与俞誉万等师弟兄在师父建议下，前往峨眉山朝佛进香。惜乎周文华怀有身孕，行动不便，只好割爱了……

1984年夏天，范春生跟着海灯法师来到妙峰山。这天下午，天气炎热，忽然有一男子满头大汗地来到了妙峰寺，用一口纯真的普通话向正在外间的范春生问道："请问师傅，海灯法师在吗？"范春生问他找海灯法师有什么事？那男子便拿出了自己的记者证，告诉范春生说，他是中央电视台的记者，为寻找海灯法师，已一路从宁波、无锡、苏州与上海寻找到这里，想请海灯法师出席今年春节文艺晚会。范春生听了，连忙进内向师父汇报。海灯法师听了，略一沉吟道："人家跑得这么辛苦，就让他进来吧。"于是，范春生把那位记者领进了内室。不料那记者很懂礼数，见到海灯法师，二话没说，先趴在地下朝着海灯法师磕了三个头，这才一五一十说明来意。海灯法师略一思考，就以一句"可以"的回答，点头同意了中央电视台的邀请。那记者喜出望外，连忙表态说"到时我们来接您"。

长话短说，且说一转眼就到了1984年的春节，中央电视台春节文艺联欢晚会把海灯法师请上了荧屏。当时，海灯法师抑制不住高兴的心情，即兴创作七律诗二首：

欣逢盛会当春节，
亿万英豪乐晚游。
北国风沙增胆气，
清曾热血涌心头。
千红万紫春光好，
林下水边景色丽。
同德同心同四化，
尧天舜日在神州。

乍见今宵喜欲狂，
江山如画胜天堂。
俱新百废东风力，
复始一元岁月长。
老幼心情皆自得，
林泉草木尽含香。
于今四化齐加力，
毕竟干戈化麻桑。

全国性的春节文艺晚会的魅力真大，自从海灯法师在荧屏亮相后，一个既会做诗，又会武功绝技的和尚的形象，于一夜之间走进了全国亿万人家，海灯法师的声名响遍了海内外。

于是，海灯法师的“童子功”、“梅花精拳”和席卷神州的“少林热”，一浪高过一浪，以海灯法师为题材的电影、电视如《海灯传奇》、《海灯法师》、《少林海灯法师》、《少林武术在军营》等故事片与纪录片一起竞相拍摄放映，在全国掀起了一股股高潮。

与此同时，江油人民政府拨款一万元的“本愿精舍”也在海灯法师的故居重华镇上修建落成……

1985 年秋的一个下午，海灯法师刚为他那部五万余字的著作《六通气功》作了最后一遍修改，忽然，爱徒范应莲手拿一封信件，踌躇不决地来到他的面前说道：“师父，您的信，是美国来的。”

海灯法师接过信拆开一看，原来又是美国报恩寺法云住持的亲笔来信，信中同时还附了一份金黄色的聘请书，上面写道：

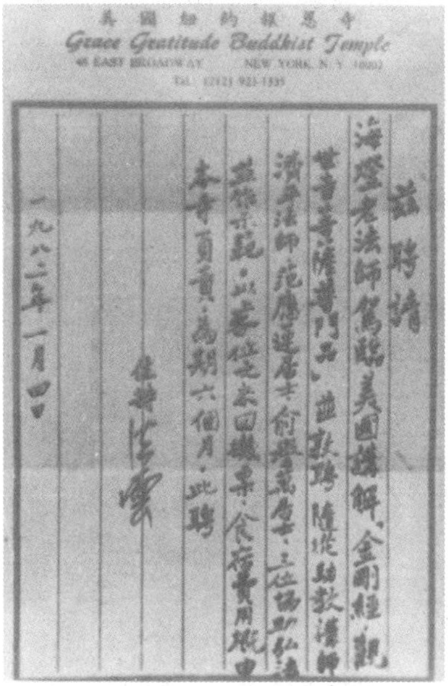
美國紐約報恩寺
Grace Gratitude Buddhist Temple
NEW YORK, N.Y.

茲聘請
海燈老法師駕臨美國講解、金剛經、觀
世音菩薩普門品，並敦聘隨從助教講師
寂平法師、范應蓮居士、俞譽萬居士、三位協助弘法
並作示範，以上各位之來回機票、食宿費用概由
本寺負責，為期六個月，此聘
住持 法雲
一九八二年一月四日

1982 美国纽约法云邀请函

> 兹再诚邀海灯老法师，驾临美国讲解《金刚经》，并敦聘随从助教三人，协助弘法，并作示范。以上各位之来回机票、食宿费用，概由本寺负责，为期……

读罢报恩寺的聘请书，海灯法师再次陷入沉思。

早在 1982 年元月 4 日，美国报恩寺住持法云便以报恩寺的名义，给海灯法师寄来了聘请书，请求他带上随从弟子三人，去美国弘法讲经。直到如今，海灯法师仍保存着这纸用繁体正楷竖写的聘请书，全文如下：

> 兹聘请
>
> 海灯法师驾临美国讲解《金刚经》，并敦聘随从助讲师寂平法师、范应莲居士、俞誉万居士三位协助弘法，并作示范。以上各位来回机票、食宿费用概由本寺负责。为期六个月。
>
> 此聘
>
> 住持　法云
>
> 一九八二年一月四日

当时,海灯法师一心扑在少林寺上,没有时间。所以,他让范应莲代他回信,婉言谢绝了美国报恩寺的邀请。如今美国报恩寺的再次来信诚邀,使海灯法师不得不陷入了深深的沉思之中。

究竟是去还是不去呢? 都已是85岁的人了,再不去,可能今生今世里也没这个机会了,盛情难却呀!

经过几天的思考,海灯法师终于作出决定:应承报恩寺的一片盛情,去美国讲经弘法,让我中华佛学、少林武术走向世界,让异国的佛信徒、武林爱好者们具体地、客观地见识见识……

听得师父作出去美国传经弘法的决定后,爱徒范应莲与李兴友都高兴地笑了:这个倔脾气犟牛筋的师父呀,总算让他想通了!

这真是:

弘法传经无国门,
天下佛门是一家。

欲知海灯法师师徒究竟是否去了美国,还看下回分解。

第二十二回　绝世神功惊异国 慧日高悬遍华界

1985 年 12 月 20 日。

层峦染丹，碧空澄澈。

一架“波音 747”巨型客机从北京首都机场腾空起飞，直飞向异乡他国美利坚合众国。

“一片白雪生脚底，几多大事生心头。”85 岁高龄的海灯法师俯瞰着机翼下的千重云山、万顷碧水，不由心中感慨万千。是呀，他从一个自幼贫困多病的穷孩子，历经了人生的苦难，如今终于在他所倾心的佛教、武术事业上有所收获，并能把平生积累的点滴贡献给人民，受到党和政府的高度重视，让他这样一个历经沧桑的武子佛人，备受社会重视，前不久还当选为全国政协委员，参加管理国政，这叫他怎能不心潮起伏、激动不已呢！

经过十多个小时的飞行，“波音 747”终于到达美国，停降在洛杉矶机场。

当海灯法师与范应莲等一应弟子步下舱门，刚在舷梯上站定，忽见机场上一片黄云翻腾，欢呼声此起彼伏。原来，数百名美国僧侣风闻海灯法师莅临美国，已纷纷从四面八方赶来洛杉矶，静候于机场，迎接大师的到来。顿时，涌动的人潮把海灯法师淹没在鲜花与镁光灯的海洋中。

“请教海灯法师，‘一指禅’是什么？”

“海灯法师，练童子功有什么作用?”

“据说您60年不睡，趺膝坐禅，是否真有此事?”

“海灯法师，梅花桩是什么?”

“法师，您在美国期间，有把少林真传点穴法传诸于世的想法吗?”

一大群记者蜂拥而上，各种摄像机的镜头、录音话筒一齐举起，各种各样的提问更是像连珠炮似的迎向海灯。邀请海灯一行访美的美国龙城电影机构的代表满头是汗，怎么也挤不进圈子里去。

最难缠的是各大报刊、电视台、电台的记者，他们一定要法师谈感想、留佛音……面对浓浓的异国盛情，深受感动的海灯法师回宾馆后，即口占七绝一首，嘱范应莲笔录：

弹指流光八十年，
和风照我到人间。
东来西往天涯客，
只弹康寿不弹禅。

终于，海灯法师一行在机场警察的协助下，才得以脱身离开机场，坐上前来迎接的轿车，直向下榻的林肯饭店而去。

海灯法师的到来，又在美国这块现代化程度较高的太平洋彼岸的辽阔国土上，掀起了一股强大的中国少林功夫热潮。《世界时报》、《时代报》、《星岛日报》、《金山日报》、《纽约时报》、《华侨日报》、《中报》等报刊以及电视台、广播电台，均以显著的位置、醒目的标题报导和盛赞了海灯法师莅美以及少林神功在美国大显威风的消息：

“一指神功融万法，少林绝技谁堪比!”

“海灯法师访问纽约，华埠掀起少林旋风!”

“中华武士名不虚传，气功表演洋人折服!”

“海灯绝技震撼金山，观众争睹法师丰采!”

“弘扬国粹海灯莅美，朝拜活佛从天而降!”

……

海灯法师莅美当晚，洛市胜利剧院便举办了《少林海灯法师》一片的首映式，海灯法师将在首映式上亮相。这消息使洛杉矶观众欣喜若狂，入场券被抢购一空，剧院门口的黑市票价一涨再涨。

傍晚七时整，首映式开始，主人致辞，团长答谢之后，便由海灯法师讲话。

当海灯法师身披玄色上衣，内穿褐色金刚衫，虎步鹰视走上台时，全场掌声雷动，经久不息。海灯法师首先祝愿美国人民和在座的侨胞朋友圣诞节快乐、四时吉祥、光明无量、寿辰无量。接着，他向大家介绍了少林武术对强健身体、防身自卫和延年益寿的好处。他还欢迎美国朋友和广大侨胞到中国大陆旅游观光，交流武术，增进友谊。最后，海灯法师祝福大家心身健康、鹏程万里。

海灯讲毕，全场观众全体起立，长时间地鼓掌，并一致要求海灯法师当场献技。

主持人拗不过广大观众的强烈要求，正为难时，在海灯法师示意下，他的爱徒范应莲雄赳赳气昂昂、疾风般步至台中。

范应莲端得是个彪形大汉，虎背熊腰，豹眼炯炯，刚在台上一露面，就博得了掌声一片，来了个先声夺人。范应莲双手抱拳，揖告广大观众："少林武术乃中国国宝，正当少林武术风靡全球之际，我随师父来到贵国。我们是为增进中美两国人民友谊而来，我们是为光大中华民族威武而来。吾师年届八十有余，大家一定要我们登场献技，只好徒儿先行了。"

话音刚落，范应莲即摆步亮腕，打了一套少林正宗梅花拳。但见他时而"丹凤朝阳"，时而"大鹏展翅"，时而"霸王卸甲"，把精、气、神、骨汇于一体，行至一线，时刚时柔、时实时虚、至雄至健、至善至美，顿时赢得了全场一阵阵掌声。接着，他又表演了师父真传的防身内功——"铁布衫"。

有专著介绍此功："铁布衫"为硬功外壮。如兼习内壮童子功，则称"金钟罩"。能成功殊非易事也，苟非决心到底，则无以成，是故能之者甚鲜。"铁布衫"练习之法，先用软布环束胸背间，缠绕数匝，然后用手着力搓摩。又时将肘、臂屈伸，使胸部作翕之状。夜间宜用坚硬之木板为榻，使骨骼时与坚硬物体相接触，日久渐至坚实。初习颇苦之，习之既久，筋肉骨骼坚韧矣。然后立铁杠于庭前，下作浅坑，铺尺许细砂，每日晨昏，就铁杠练习种种姿势。于下杠之时，是以上身各部，如肩、背、胸、腹、臂等部，故向砂中跌扑，使上身各部，与砂接触二次为度，如是行之三年，将缠绕之软布除之，以木锤捶击之，渐渐易以铁锤击之，并运气拟神敛力以佐之。更三年，则上身各部绵软如棉，"铁布衫"功成矣。用时运气敛力，则坚如铁石，而拳械不能伤矣。

闲话少扯，且说正当范应莲刚运气在身，尚未运动，忽地，从台下跃上一人，要求与范应莲一试。

来人是一美籍华人，姓禾，名焕章，他身虽仅高 1.68 米，但浑厚敦实，体重达80多公斤，长得更是臂圆腰阔，肌肉突现。

范应莲正要还礼，又见一妇人跳上台来，拉着禾焕章便要下台，口中连连说："打不得，打不得，若他还手，你可没命了！"

范应莲听了，对那女士笑道："这位女士请放心，'铁布衫'功只是由他打我，我不还手的。"那女士听了，这才放心，连连向范应莲伸出拇指直夸"OK，OK"，这才放心地走下台去。

范应莲站定，任由那禾焕章挥拳向他出击。

那禾焕章乃一华人拳师，习武经年，颇通拳经，一出拳便向范应莲的"七坎穴"打来。他时而"黑虎掏心"，时而"金猴抠月"，杀气腾腾，大有欲置范应莲于死地而后快之势。无奈范应莲巧使师父秘传于他的少林内功护体，无损毫毛。

那禾焕章见状，又巧使计谋：欲打前腹，却拳落后背；力逼颈脖，却举步身腰。然而，范应莲就像通体穿了钢布铁衫似的，全身上下浑如铁桶一般，任凭禾焕章凶猛打击，他只是无事人一般，岿然不动，面不改色，大气不喘。

禾焕章终于打得手软，不得不住手，伸出大拇指对着麦克风说道："真功夫，真功夫！佩服，佩服！"

范应莲刚握手送下禾焕章，冷不防一边又跳上一个小伙子。后来才知道，这小伙子乃马来西亚人，平素酷爱拳击。这小伙子跃上台后，率先猛击范应莲五拳，他想趁范应莲尚未喘过气来，突出奇兵制服范应莲。

然而，范应莲依然无事人一样，任由那马来西亚小伙子暴捶猛打。

范应莲暗自揣摩着对方雨点般击来的拳头的分量，微笑着鼓励那小伙子道："你是一位出色的拳击家吧？有点分量，放开胆子打。"

年轻的马来西亚拳击家点点头，又把心思与力气全放在了挥拳进击上，随着一声声狂吼，力暴如雷，连擂带击足足打了二十多拳，直打得手软无力为止。然而，这位拳击家意犹未尽，一边用拳头抹去额上的汗珠，一边又问范应莲：可不可以用脚踢？范应莲点头示可。

于是，马来西亚拳击家又奋起双脚，左右开弓，猛踢了范应莲几脚。

遗憾的是，范应莲依然丝毫未动。

小伙子服了，不由钦服地问道："请问高手，刚才你所发的是何神功？"

"我刚才用的是著名的少林武功绝技之一'铁布衫'功。它与'一指禅'、童子功、梅花桩等均为少林武功之绝技。"范应莲笑答。

年轻的马来西亚拳击家闻言，当即连连拱手称谢，说："我这个苦练了13

年的拳击手，今天才真正领教了正宗少林武功！天下武功源自中国，一点不假。”

一场《少林海灯法师》首映式，高徒范应莲先声夺人，小施绝技，再次轰动了美国。于是，各地武术团体与人民群众也纷纷要求海灯法师与其高徒们到当地表演。

圣诞节的美国纽约之夜，星光灿烂，灯红酒绿。由于海灯法师一行应邀来到纽约新声剧场献演，所以这天的新声剧场门口人山人海，人头攒动，1200个座位早已爆满，就连走道上也挤满了加座的人。

纽约武术界早已得到消息，相应做了谋划与准备，一班人马雄赳赳坐在台下第一排，乍一看，个个豪杰英雄，大有剑拔弩张之势。

大幕徐徐拉开，仍由范应莲先上台打了一套“梅花精拳”，表演了少林兵器“白鹤单刀”。那“白鹤单刀”，就像一道白光紧紧缠住了范应莲的身腰，但见他进退闪转，刀随身换，力随步移，无论是劈、砍、撩、刺，还是扎、斩、扫、截，都是但闻其风不见其形，真个是水泼不进。套路将近一半，范应莲来了个“雪花盖顶”，岂料刚起势，突然，只见刀在他头上挽了一个圈后，带着一道寒光，直愣愣竟向后台飞去，“咚”一声，钉在了台上！顿时，满场大哗，观众们一个个吓得大叫了起来。

原来，海灯法师这回随中国电影代表团出访，没带任何兵器，要表演只好临时借用美国武术团体的器具。刚才范应莲用力过猛，居然将刀柄上的铆钉甩脱，致使刀身与刀柄分家，让大家虚惊了一场。

好险，要是刀刃飞向台下，后果真是不堪设想。

范应莲放下刀械，正欲拱手向观众表示歉意，突然从第一排正中跃上一条大汉，极不服气地要与范应莲比武。范应莲正色道：“此次我们为友谊而来，恕不与人较量，先生既然上台了，我便先让先生打我十拳，然后让我回敬一拳，如何？”

那人身手矫健，拳大如斗，明眼人一看就知道他是个拳坛骁将。果然不出所料，来者不善，此人名叫迈克尔，是美国著名黑人拳击家，现任美国某大学武术教授。迈克尔听说让他先下手，且是十拳之内不还手，不由喜形于色，说声“OK”，便挥拳砸向了对方。

但是，他的第一拳好像击在沙发上，第二拳仿佛击在了木板上，第三拳俨然砸在了铁壁上。三五拳未果，迈克尔便不顾章法，乱劈乱砍，暴拳如雨，每拳足有三百来斤，且一拳重于一拳，气势如电击雷轰。顿时，看得台下的观众咋舌,第一排的美国拳坛英雄们也为此趾高气扬了起来。

主持人见迈克尔已失约,打了几十拳,生怕再如此下去,恐有不测,便示意停止。没想到迈克尔打得性起,根本不予理会,反而更加手狠。主持人见状,只好跳到台中,大呼暂停。

这时,坐在一边的海灯法师笑着制止了主持人,轻声道:"放心,我这徒儿深得少林武功之精髓,不会为中国人丢脸的。"

这时,台上的迈克尔发疯似的撒开了野,但见他把全身的力气都集中在了两只粗壮的胳膊上,两拳交替猛击,轮番狠捅。他见拳击不下,便改用肩靠肘撞,膝顶脚踢。

好一个范应莲,依然英雄本色,固若金汤,但见他大气不喘,毛汗不出,稳稳当当地站在那里。

迈克尔几番拳脚交替,亦不知擂踢了几多回合,他非但无法撼动范应莲一根汗毛,反而把自己的手打得红肿了起来,再也握不成实心拳了。于是,他不得不臣伏,并由衷说道:"少林武功神奇,我服了,我服了!"

范应莲笑道:"有言在先,现在该我回敬你一拳了吧?"

迈克尔见状,以为范应莲真的要还手,不由"扑通"一下跪倒在地,连连抱拳作揖道:"挨不起,挨不起!你那招式,只怕给我一拳,我就没命了!"

海灯法师见状,忙严肃地喝住范应莲:"徒儿不得嚣张。"

迈克尔又转身谢了法师,接着,他高高举起一双擂红了的正在发抖的双拳,转过身,对全场观众叫道:"今天,我算是真正尝到了中国少林武功的厉害。"

……

海灯法师师徒赴美已有些日子了,但是,由于人们还没亲眼目睹海灯法师的绝技表演,所以,始终牵制着广大美国观众的心。为此,要求海灯法师亲自登台献艺的愿望越来越强烈。尽管主持人再三解释法师年高且来美不易,恐有差错闪失。但屡经善言,亦未能平息日益高涨的呼声。

时年85岁的海灯法师为美国观众的精诚所深为感动,于是,他决定亲自登台表演少林内功"金钟罩"。

"金钟罩"为硬功外壮,属阳刚之劲,兼内壮之劲,为72艺硬功中最要之功夫,其练法稍繁难。初练时,需用白布成一锤,在周身上前后捶击之。初则是甚觉痛楚,击之既久,渐不觉痛,再换木锤;木锤击而不觉痛时,再换铁锤;铁锤亦不觉痛时,便用揭谛功之方法,及"铁布衫"之方法,并铁牛功之方法,如法练习二三年，胸背坚如铁石。莫论拳脚不能及，即棍棒亦难伤损。练成“金钟罩”功夫之人，胸背等处之骨骼，皆能合起来，并在一起，如天生独块相似；若在赤臂之时，功夫也一望而知。

“金钟罩”也是禅家护身之法，海灯法师当年从汝峰上人那里继承而来后，几十年探幽索隐，钩深致远，发扬光大，成了自成一格的少林秘功。尤其是海灯法师几十年昼习夜练，尚未向外披露过，所以说美国观众能得以一饱眼福，着实不枉虔诚一番。

在雷鸣般的掌声与欢呼声中，海灯法师着玄色金刚衫健步登台。

“少林武功旨在强身健体，少练可促其健康发育，老练可使其益寿延年，中年人练则可强筋壮骨，利于工作，利于学习，亦可防身自卫。朋友们今天一定要我表演，不便推托，贫僧就告谢了。”说完，海灯法师一变八旬老翁之态，气随神运，浑身上下顿时成了铁桶一般。

范应莲深知师父运用的是“混元一气排打功”，即寻来美国武器“虎尾三节棍”，“蹬蹬蹬”大步上台，向着观众与师父分别施礼后，抖棍便打。

范应莲旁若无人，使出浑身解数，发出惊天动地的喊声，打出惊心动魄的棍影，疾风骤雨般地直打向师父的胸、背、肩、臂等各个部位。

海灯法师两目炯炯，稳如静松。

这惊心动魄的一幕，顿时使台下大乱，有人不卒忍睹，情不自禁地高声叫喊起来：“不要打啦，不要打啦！他是老人，他是老人呀！”

主持人也急忙上前阻止，但是，海灯法师一个释虑的眼神，让他又提心吊胆地退了下去。

范应莲越打越狠，只见他气运丹田，力生双臂，大叫三声，如雷霆炸响，声落棍起，电激雷崩。此时，全场的观众紧张到了极点，场上已有更多的人不敢正目相视了。

突然，“啪”的一声，三节棍的第一节居然被打断，观众愕然，全场陡地冷场。

范应莲却早已打红了眼，仍四处寻找器械，无奈场中一时寻找不到，只好罢手。

观众再看海灯法师，只见他的姿态依然故我，不由爆发出一阵排山倒海般的掌声。端坐在前排的美国武术界人士们，更是一个个惊得目瞪口呆，上前惊问海灯法师受伤没有。海灯法师一抖金刚衫，笑着用四川话幽默地说道：“没来头，没来头。只是损坏了贵方的器械，理应照价赔偿才是。”

全场雷动，人们交口称誉说：“我看到了真正的中国武功，并非花拳绣腿，架势好看。”“这样的中国功夫，真是天下无敌！”“中国伟大，中华民族伟大！”

海灯法师在美国逗留的日子里，还乘兴游览了美国西北部的好莱坞影片生产基地，游玩了位处阿姆海姆的号称世界第一乐园的迪斯尼乐园，并居然蒙混过了服务员的眼睛，以他八旬高龄，乘坐了该园的模拟太空船。

然而，海灯法师做梦也没想到，就在那天游玩了迪尼斯乐园回到下榻处后，他居然遇上了一个分别了40多年的人。这真是：

人生就像大舞台，
有缘总能再相逢。

欲知来人是谁，且看下回分解。

第二十三回　讲经说法传国粹 舌战群儒护国威

却说海灯法师自游玩迪尼斯乐园，刚回到下榻处，正准备稍事休息后备佛课，忽有服务员进门传话，说是外面有美国万佛城住持度轮法师求见。

“度轮?”这个名字好耳熟，可惜海灯法师毕竟年事已高，记忆衰退，一时想不起这度轮是谁了。于是，海灯法师在徒儿们的陪同下，步出房间。

刚走出房间，只见众多美国佛教徒簇拥着一位年迈僧人，居然不乘电梯，一跪一拜地拜上六楼。海灯法师见状甚为感动，急忙上前扶住老者，道：“劳驾了，劳驾了。”

当海灯法师扶起老者，他有些吃惊：此人如此面熟，是在哪里见过的呢?

两位老人四目相视，半晌，海灯才发问道：“敢问你是……”

那和尚答道：“法师，我是度轮呀!”

海灯若有所悟：“你老家是辽宁吗?”

度轮点头答道：“正是。”

顿时，海灯法师热泪盈眶，双手合十，他那记忆的闸门轰然开启了：“善哉，善哉。”

原来，这度轮和尚早年曾与海灯法师同在江西云居寺，拜中国佛教协会名誉会长高僧虚云长老为师。同学数载，两位佛教徒于1945年分手。度轮与海灯分手后，先是到了加拿大，后又到了美国定居。目前，度轮法师是美国佛教法界总会主席、法界佛教大学校长、国际译经学院院长、妙觉山万佛城如来寺住持。

同学佛子异国他乡不期而遇，倍觉亲热，稍叙友情后，度轮便对海灯说："这些天我正在做法事，原定七日，现已三天，大法师驾临美国，美国佛众恭请你去讲经，如何？"

"前次不是说定在24日吗？"海灯法师略为不解。

"广大佛徒瞻仰少林活佛心切，众望归一，等不及后天，所以今天特来恭请活佛明天光临。"

这时，一边同跪的黑人教徒也连声附和："早见活佛，寸心早安。"

这两位黑人佛徒一名叫衡朝，一名叫衡实，是加拿大人。他们听说海灯大法师到了美国，两人便相约开着自己的小车，专程从加拿大赶来美国拜见海灯。衡朝说："大法师，楼下尚有数百名佛徒五体投地，跪在饭店门口，等候瞻仰法相呢！"

五体投地，即"五轮投地"，乃佛家的最高礼节。海灯听后心中很为感动，便不再推辞，欣然同意明日赴寺讲经。他诙谐地说道："看来，此行美国不可能'只谈康寿不谈禅'了。"

次日一早，度轮便派三辆轿车前来接迎海灯法师去万佛城讲经。

妙觉山万佛城如来寺在旧金山外一百公里的地方，大殿之内精雕细塑了一万余尊释迦牟尼佛像。依山造势，垒若城堡，故名万佛城。海灯法师健步步入辉煌的佛堂，穿过两旁跪拜迎接的佛徒长列，登台讲经。他讲的是《大佛顶如来密因修正了义诸菩萨万行首楞严经》，开宗明义讲了"一切世间诸所有物，皆即菩提妙明无心；心精偏圆，含裹十方"，众生不明自心"性净妙体"，故流转生死，当修禅定，以破各种颠倒之见，通过由低到高的修行阶次，以达到"方尽妙觉，成无上道"。

海灯法师深入浅出、明白透彻的讲解，使广大听众无不心悦诚服。特别是讲到"方尽妙觉，成无上道"时，他巧妙地用讲经所在地妙觉山之名人作譬喻，更是使得美国广大佛众会心而悟。

度轮法师为感谢海灯法师来寺讲经，特备素宴招待，并当场赠送海灯法师一尊玉观音，还于席间唱诗一首：

慧日高悬遍华界，
海灯普照满大千。
众生获度皆离苦，
抖擞精神造乐园。

海灯法师一行即将离开美国了，这天，在记者招待会上，海灯法师更是妙语连珠，以他那浩然正气弹压下了满堂蝉噪。

在美国这块“自由乐土”上，各方记者的提问也是相当随便的，有的甚至可以用“放肆”来形容。

有一位记者，劈头就向海灯法师提了一个尖刻的问题：“中共在大陆灭佛灭教，真有此事吗？”

全国政协委员海灯法师答道：“我，即为一佛子，潜心佛学，一意修行，对社会并无造化，然政府 1984 年专门拨款一万元，为老衲修建‘本愿精舍’，前中共四川省委书记，今省政协主席杨超还亲笔题写了门匾，这是中共灭佛吗？去年观音会时，老衲身体欠安，政府专门派人料理，待余稍好，即请我到观雾山极乐堂主持法事，讲解佛理，这是中共灭教吗？”

又一记者问：“听说‘文革’时，少林寺被毁。少林武术已是后继无人，此话当真？”

海灯法师双手合十，说道：“‘文革’期间，造反派确有炸寺之举。幸得周恩来总理申令保护，以至少林寺基本无损。1977 年至今，为重建少林寺正殿、藏经楼等，政府已耗资一千多万元。诸位记者想想，当今世界，哪一个国家、哪一个政党能有如此举动？”少顷，海灯法师又说：“少林武术源在中国，盛在中国，继往开来，亦当在我中国。目下老衲尚健，为发扬国术，振兴武林，愿尽残息，除在少林寺教授少林功夫外，省市县各级政府又拿出一百五十万元，在吾老家四川江油县修建了海灯法师武馆，国家副主席乌兰夫亲题了馆名。修成之后，又让我广招门徒，传播少林正宗武术，以振奋民族精神。就拿眼下来说吧，中央新闻电影制片厂还耗巨资拍摄《少林海灯法师》一片，并让老衲前往贵国参加首映式，这不是弘扬少林武术又是什么？老衲百年之后，若说少林武术后继无人，那又要问，谁与我徒儿一试？”

面对记者们的谗谤訾议，法师连连反诘，弄得记者下不了台，在事实面前不得不承认我国开明的宗教政策。

突然，一记者不死心，跳出来向海灯法师提出了更为尖刻的问题：“风闻法师与高徒范应莲分别担任中国成都军区武术集训队总顾问与总教练，在军人中传播少林拳法，不知可有此事？”

海灯法师连连点头称是。

那记者好像抓住了什么把柄：“据说你教武的成都军区，担负了打越南的任务，那些军人学了少林拳法去与越南兵杀戮，岂不犯了佛门杀戒？”

翻译话音刚落，海灯法师便双目微闭，双手合十。稍稍施毕佛礼后，他流利地答道：“朋友此言须作些修正，勿能称打越南，而只能说自卫反击。此其一。其二，越南与吾国相邻，乃唇齿之邦，众所周知，我国政府给予越南诸多援助。但越南当局得鱼忘筌，忘恩负义，妄图称霸一方而犯我边疆，扰我安宁，中国军队忍无可忍，出师自卫反击，岂能称之谓打越南乎？佛家常以顺理为义，惩恶扬善亦为佛本。贼人忘恩负义，杀我无辜，吾为佛徒，岂能坐视不理？君不闻十三棍僧救唐王之事乎？扬善惩恶，在我少林古已有之，中国军人护民卫国，乃再现之罗汉，深受黎民百姓之信赖。本僧愿效绵薄之力，略尽寸心，岂有铸错之理？”

海灯法师一席话，掷地有声，入耳生根，成百记者连呼：“有理有理！”就连两位台湾记者也情不自禁地叫道：“华夏有人，岂能侮我?！打得好，打得好！”

话音刚落，又一美国记者问道：“法师说，中国军队值得信赖，有何根据？”

“敝人坐守佛门，天下之事了解很少，实属坎井之蛙。不过对中国军人之德行，吾还有一点发言权，”海灯法师环顾一下全场记者，谦虚地说道，“别的不说，仅就耳闻目睹之事作一简介。如上所述，惩治越寇，保卫山河，中国军人抛头洒血，在所不辞，吃尽苦头，也心甘情愿，此为一宗；1981 年四川发大水，良田房屋惨遭淹没，妇孺老幼，危在旦夕。正值存亡之秋，忽然千军万马犹如天兵天将，迅即赶来救援，普度众生，此乃第二宗；为庶民生活更上一层楼，几千军人和民兵活跃在李白故乡四川江油青莲乡，修建水电站……”海灯法师如数家珍，一口气列举了 23 宗中国军队为国为民义举，然后闭目合十，喃喃细语，“此德无量，善哉，善哉”。

海灯与范应莲师徒在美国访问将近 20 天。1986 年元月 10 日，海灯法师应美国万佛城如来寺邀请，前往访问，与如来寺法师合影。如来寺打出了“欢迎中华人民共和国武术高僧海灯老法师”及“中央电影制片厂代表团莅临”的黄色横幅；元月 15 日，海灯法师又应美国旧金山报恩寺邀请，前往讲经。

海灯法师访美期间，各家华文和英文报刊争相报道相关新闻，华人、华裔更是自豪地四处传扬：海灯大法师为炎黄子孙争了面子！增了光彩！旧金山华埠新声戏院陈总经理特赠海灯法师一幅题词，上书“一指超群”。

海灯法师访美期间，共举行了三次记者招待会，老人学识渊博，思路清晰，言谈恳切，风度翩然，给记者们留下了深刻的印象，被评为“不愧为一代爱国高僧”。这真是：

理字不多重，
万人担不动。
武夫不讲理，
艺高难服众。

欲知后事如何，且看下回分解。

1986年元旦，美国纽约各界人士在欢迎海灯法师座谈会上留影

1986年元月10日，海灯法师应邀访问美国万佛城如来寺

1986 年元月 15 日，海灯法师在美国旧金山报恩寺讲经，左 1 为度轮法师

第二十四回　应聘总参当教头
自忖不胜荐爱徒

1986年4月下旬的一天，两位身穿上衣有着四只口袋的中国人民解放军军官制服的部队首长在几位江油县政府领导的陪同下，忽然来到重华镇火炮街上当地政府重新拨款修建的“本愿精舍”，找到海灯法师。未等海灯法师开口询问，其中一位首长便把一个上面印有大红的“中国人民解放军总参谋部”字样的厚厚的信封恭恭敬敬放到了他的手中。海灯法师一边招呼客人入座，一边拆开信封抽出里面的信纸。一看，这信纸竟是一张四周套着红色花纹边框的“聘书”，上面用一手漂亮的毛笔小楷清清楚楚地填写着：

1985 全军总参侦察兵武术集训合影

兹聘请海灯法师为我军侦察兵武术骨干集训队总指导

中国人民解放军总参谋部　一九八六年四月十五日

聘字第2201号

原来，这是中国人民解放军总参谋部前来聘请海灯法师去当他们的武术总教练了！海灯法师见状，不由心头涌过一阵欣慰。因为平时他常说：爱国是我们习武之人最大的武德。

至于中国人民解放军总参谋部何以会来聘请海灯法师担任他们的侦察兵武术总指导，这事情的起因还得追溯到成都军区的政委万海峰：1985年，万政委为增强军区侦察兵擒拿格斗的本领，特提请海灯法师为成都军区侦察兵搞训练，首次在军队中倡导与开展了将传统武功传授给人民子弟兵的实验。海灯法师欣然前往时，还特意带上了爱徒范应莲。于是，从10月15日开始到12月14日，海灯师徒俩仅仅用了两个月的时间，就把他们认为最实用的几套擒拿格斗的功法，全部精心地传授给了从西南各军抽来的100余名侦察兵战士。这批侦察兵在学会了古老的武功武法和防卫进击术后，如虎添翼，反映良好。

前不久，“总参”首长在观摩了成都军区侦察骨干的演习后，大感兴趣，认为这些传统的擒拿格斗法，确实能在近距离的对敌短兵相接中，起到快速简便、克敌制胜的效果，尤其是每场战斗打响之前身先士卒的侦察兵战士更得首先予以掌握。于是，“总参”决定在全军侦察兵武术骨干中推广成都军区的做法，先在山东济南举办一期全军侦察兵骨干武术集训班，然后有的放矢地在全军侦察兵骨干中推开。当然，这次集训，仍然得请海灯法师担任总教练。

但是，毕竟年纪大了，无论是内功还是外力，海灯法师都感到有点力不从心了。所以面对中国人民解放军总参谋部的首长亲自上门呈送的“聘书”，他面露难色，摆手谢绝道：“不行不行，各位首长，实不相瞒，我年纪大了，功力减退，实在难以胜任呀。”

来客料到海灯法师会谢绝，所以不等海灯法师话音落地，众人便你一言我一语地开导劝说了起来：“行的行的。法师您肯定行的。”“没关系，看得出来，您老的筋骨耐力都强健着呢。”

“其实，我们也不要法师太劳累，只要您届时在节骨眼上给我们的侦察员战士们点拨几下，教他们几招杀手锏，就行了。”其中一位首长诚恳地说道。

“是的，”另一位部队首长也忙着补充道，“海灯法师，您老也许知道，自从我们在去年扣帽山对越作战之后，我们部队就在总参谋长迟浩田上将的命令下，掀起了部队习武的高潮。坦白告诉您老吧，这次我们专程前来向您发出聘请，就是迟浩田上将的指示，他要求我们务必设法把您这位赫赫有名的武林高僧请去济南军区，指导全军侦察兵骨干武术训练。"

可是，海灯法师听了，仍然缓缓地摇了摇头，没有同意。他心明如镜：向保家卫国的人民子弟兵教授武术，尤其是向身先士卒、冲锋陷阵的解放军侦察兵传授武术绝招，那可不是一般的武术表演与竞技，因为他们一旦走上战场，随时随地面对的是凶神恶煞的敌人，随时随地面临着生死的考验，这可万万马虎不得呀！

见海灯法师仍然不允，一边的江油县的领导也急了，说道："法师您就不要客气了，去年年底，您还应上海武警部队邀请，去为他们指导气功呢。"

海灯法师沉默了一会，直截了当地建议道："各位首长不要误会，说实话，我确实年迈体弱，恐难胜任了。为了不耽搁战士们，我建议再增设一个武术总教练，由我的徒弟范应莲具体传授教练。我呢，就当个真正意义上的总指导，各位意下如何?"

"好呀！好呀！""法师这个建议很好。"首长们一听，不由连连称好。

海灯法师见状，连忙补充道："我的徒弟范应莲，他是我所收的武功传人中最为了得的，而且已基本上得到了我的真传，有着一身比较过硬的'铁布衫'功。他完全可以担当起武术总教练这个重任。"

总参的两位首长不知范应莲是何许人也，但江油政府的几位领导却了如指掌，知道在海灯法师在川的所有徒弟中，确实有个名叫范应莲的人，已跟着海灯法师练出了一身过硬的本事，而且已在1982年成都军区侦察兵武术训练时，具体担任过武术教练。

范应莲担任具体的武术教练，应该说是当之无愧的。

范应莲未到少林寺前，有一日本团体前往少林寺参观，其中一人自称会少林武术，公开挑战，要人同他比武。当时居然因没人敢上前应战。然而当他得知海灯法师的高徒范应莲就在少林寺时，顿时吓得连忙收敛了嚣张的气焰，灰溜溜地离开了少林寺。

当时，副总理方毅看了范应莲的武术表演后，夸他"功夫不错"。国家副主席乌兰夫后来看了范应莲表演的"铁布衫"等真功夫后，亲自为他挥毫题字"青年武术家范应莲"。

范应莲身怀"铁布衫"功，犹如身上穿了一件金属制就的衣裳，任凭别人拳打脚踢，都不能损伤他的皮肉。他从师父那里学到的一套"八法锤"拳路，练成了远距离突击擒敌的拳术套路，以及在两米左右距离一招制敌于死地的“绝杀手”。

英雄终于有用武之地了。在成都军区的这期武术集训班上，范应莲受命于师父，担任了武术总教练，有着不俗的表现，尤其是他那固若金汤的“铁布衫”，更是使得部队首长与学员们拍案叫绝。之后，他又形影不离地跟随着师父出现在后来连着举办的几期解放军武术集训或培训班上。

空军保卫部警卫处的干事李保国，曾奉命担任空军安全警卫干部集训队的队长，率50余名武术骨干接受范应莲的训练。集训队员将来都是反劫机部队的骨干，肩负重任。近两个月的训练，范应莲使集训队员初步练成以下的本领：“铁布衫”功，经受重量级的拳击手击打全身各部；“八法锤”，两三米内一招制敌；“梅花精拳”，贴身近敌制胜；功力练习，学员出拳发劲达200公斤；擒拿反擒拿，一对一时有绝对把握拿住敌人；少林棍，枪中无子弹时可当棍来用……集训队员汇报表演时，大家都不相信，这些队员在20天内能练成“铁布衫”功。

一位瘦长个子的军人，在一个身材矮小的集训队员面前站定，突然，急风暴雨似的用拳猛击这矮小队员的小腹部，打累了，又用脚向那队员的肝部、脾部、心口蹬踹，这队员仍然岿然如山。大家无不佩服范应莲传教有方。

两位总参的首长听了海灯法师的介绍后，频频点头，同意了海灯法师的这个建议。

就这样，没过几天，一辆军用吉普车载着海灯法师与范应莲、李兴友师徒三人，驶离了重华镇，然后转乘火车，直奔山东济南。在那泰山脚下，有一个中国人民解放军总参谋部常年开设的侦察兵武术骨干秘密集训的场所。

范应莲与李兴友，确实是海灯法师回到四川老家后所收的一对俗家武术高徒。1967年初，当海灯法师孤身一人返回四川江油重华镇老家，刚在火炮街找了一间破房权且安身下来时，时为中学“红卫兵”的范应莲与李兴友就对海灯法师表现出了不一般的热情，他们不但主动帮助这个又干又瘦的年老和尚担水，劈柴，料理杂事，还从家中带来粮菜油盐，无偿送与海灯法师度日，从而与海灯法师建立了感情与友谊。海灯法师也对这两个与众不同的学生娃颇有好感，久而久之，在对范应莲与李兴友有了基本了解之后，海灯法师就应他俩的要求，开始循序渐进地向他俩教授武功了。不知不觉中，将近20年过去，范应莲与李兴友在海灯法师的言传身教下，从练眼功、打沙袋、撞木桩、举石锁开始，逐步学会了“龙虎豹蛇鹤五行拳”，并又从这“五行拳”中，悟出了神、骨、力、气、精这五点真谛，掌握了拳家的创劲、攻劲、崩劲与粘劲这四种基本技法；最后，他们又从效仿海灯法师所拥有的童子功、梅花桩与一指禅功这三大绝技开始，化短手与长手（器械），练起了由气功为前导的轻功……现在，两位爱徒经过多年的磨炼与锤打，已经可以说是粗通气功，精通拳术，贯通短手与长手，纵然有七八条横蛮的汉子，也一时轻易近不了其中一人的身呢。

1986 年 5 月 15 日上午 8 时许，由中国人民解放军总参谋部主办的全军侦察兵骨干武术集训队开学典礼在济南军区后勤部大礼堂隆重举行，连官带兵共有 200 多人参加了开学典礼。济南军区司令员等部队首长前往祝贺。部队首长介绍说：本期集训主要是学习中国传统的少林武术，为此，我们专门聘请了中国佛教协会理事、全国政协委员、著名的少林武术大师海灯法师担任总教练……

尽管军队有着严明的纪律，但当首长刚说到这里，下面的学员中还是发出了一阵因激动和兴奋而引起的窃窃私语之声。因为这两年来，海灯法师那高深莫测的武功和颇具传奇色彩的英雄故事，通过影视作品早已是家喻户晓、妇孺皆知，法师他那不畏列强、誓死捍卫民族尊严的英勇气概在中华大地上广为传唱，经久不衰……

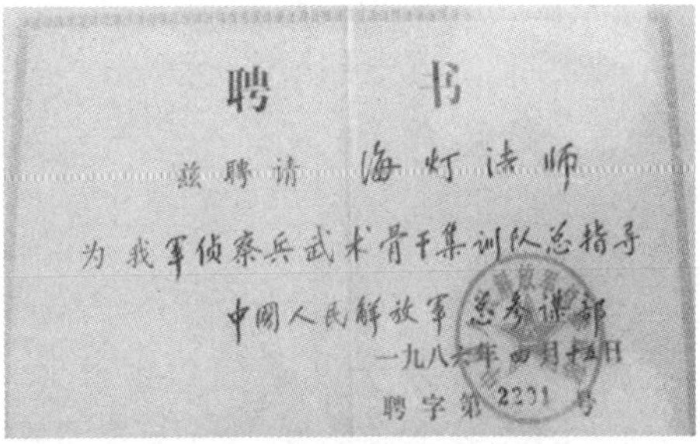
聘书
兹聘请 海灯法师
为我军侦察兵武术骨干集训队总指导
中国人民解放军总参谋部
一九八六年四月十五日
聘字第 2231 号

解放总参谋部聘请海灯的聘书

范应莲在全军侦察兵集训时教授“铁布衫”

海灯师徒在空军武术集训队上

海灯师徒在全军武术集训上传授武术

首长开场白讲毕，一位个子不高、身材消瘦、穿着绛色长衫的老人便健步走上了主席台，这就是大名鼎鼎的海灯法师！与影视作品里的海灯法师形神毕肖，甚至可以说现实中的海灯法师更显得超凡脱俗。顿时，会场掌声雷动，经久不息。在掌声中，海灯法师发言了。然而，海灯法师那口浓重的四川口音，让一些南方来的学员听起来感到费劲。海灯法师说道："我是个出家人，亦是个武林中人。不过，出家人也是国家人，国家人理应爱国。爱国拥军乃是出家人的天职。昔日少林爱国高僧如云似雨，不可胜数。如今前线将士浴血奋战，惩恶扬善，我少林弟子岂能袖手旁观？帮助子弟兵发展国防武术，抵御外寇，守好边疆，让少林之花在军内结果，乃余平生之心愿也……古人云，武以定国，文以安邦。这武者，乃指兵也，亦军也。《孙子兵法》亦云：'兵者，国家大事，死生之地，存亡之道，不可不察也。'《吴子兵法》亦论述道：'修德广武，以灭其国；恃众好勇，丧其社稷；明主鉴兹，必内修文德，外治武备。'古人还云，'国不可一日无防'，'国家兴亡，匹夫有责'。当今我国国歌中不是还有'用我们的血肉，筑成我们新的长城'之唱词吗？而绵延于中华神州大地上，兀立于阴山之巅，逶迤于大河之滨，横断于莽莽荒凉，联结于千万里河之古长城，正是我中华民族炎黄子孙抵御外侵，英勇不屈性格之化身，亦是我东方巨龙之铮铮脊梁……"

如果说海灯法师这段开场白因引经据典再加上浓重的方言使学员们一时听不太懂的话，那么后来他放慢语速，一字一顿所介绍的那年他与范应莲所教练出来的成都军区学员在学成回队后的实践事例，却让学员们听得格外津津有味：

> 任何战争，无论它拥有再先进、再尖端的武器装备，最终仍离不开、缺不了敌我双方短兵相接之巷自为战，人自为战。而我中华少林武功正可在短兵相接、格斗肉搏之时显著所长，以亮其风采，展其巨大威力。纵观当今世界一些国家之军队，装备武器远比我中华先进，但他们一刻也不放松格斗、擒拿之训练。而我军将士，无论在解放战争，还是抗美援朝战争，或是在对越自卫还击战争中，均都弘扬了我中华传统武术，运用十分广泛，为我中华赢得了荣誉。进而证实了能否一招制敌乃捕俘格斗成败之关键。
>
> 前不久，老山前线12侦察大队特工四连连长来信说，"由于自己学会并运用少林虎爪功，采取先打后招的技法，先发制人的战术，在格斗捕俘中立了功"；另一战士也来信说，"训练班结束后，回到前线，任第一捕

俘手。在捕俘中夺枪时,巧用'八法锤',先给其头部猛击两飞拳后,速别其臂,再扫一飞腿,便将其生擒押回指挥所了”……这些事例,正说明了中华传统武术在当今战争中之作用及地位,亦证实了普及中华武术、弘扬爱军尚武之必要……

海灯法师的学前动员,再次博得了全体学员与首长们的热烈掌声。

有关海灯师徒如何在泰山总参侦察兵骨干集训时的情况,虽然当时的《解放军报》等报刊都作了相关的报道,但那都是平面的,缺乏立体感与现场感。倒是当时总参宣传部门现场拍摄的一部录像,为人们作了最直观、最真实的重现。画面中,五大三粗的范应莲手持一柄24磅大铁锤,当着200多位侦察兵武术骨干的面,抡圆了向其师父全身砸击的一幕,令所有观者惊心动魄、触目惊心。

就在海灯师徒在济南泰山脚下专心致志向总参侦察兵骨干传授武功的时候,有两位男女正在赶赴山东济南军区,求见海灯法师。

一个是海灯法师在苏州收纳的唯一的一位不爱红装爱武装的苏州姑娘、俗家弟子周文华;还有一个则是从小就仰慕海灯法师武功的崇拜者,时为苏州吴县城建局园林管理处的刚过不惑之年的机关干部马祖铭。

还在马祖铭年方弱冠的时候,他就曾多次在苏州玄妙观、大公园及西山岛石公寺等地有幸亲眼目睹过海灯法师武术表演,对法师几近传奇的武术造诣不无钦服。所以,这次当海灯师徒三人在山东泰山向我总参侦察兵武术骨干传授武功的消息传开后,马祖铭就按捺不住心中的好奇与崇拜心情,有意专程奔赴山东泰山集训现场,一探虚实,一开眼界,无奈公务缠身,一时分身无法,难以成行。为此,马祖铭只得暗暗在心里着急。就在这时候,一次公派的机会自天而降,居然让他如愿以偿。这真是:

耳听风闻总是虚,
眼见为实才是真。

欲知后事如何,且看下回分解。

第二十五回　探真假专程赴鲁
出人才壮我国威

学剑读书三十年，
心同明月量同天。
生福万家凭二字，
不要功名不要钱。

此乃海灯法师1986年5月受中国人民解放军总参谋部之聘，任全军侦察兵骨干武术集训队总指导时，部队首长在给他发放报酬时，他当场婉拒并即兴吟诵一首作于早年的七绝。

且说1986年5月底，苏州市吴县城建局园林管理处干部马祖铭从报上得知海灯正在济南军区帮助全军侦察兵骨干进行武术训练消息，有心前去泰山集训地一探虚实、一开眼界，却为自己当时公务缠身、分身无术而暗暗着急的时候，忽然，一个来自江苏省太湖风景区建设委员会的长途电话打到吴县城建局，指名道姓召他马上前去，说有事相商。局长即向马祖铭传达了上级的电话指示。

江苏省太湖风景区建设委员会是江苏省人民政府为开发建设太湖风景、发展太湖旅游事业而于1985年刚组建成立的一个官方组织。办公地点设在无锡市青山路。委员会主任不是别人，就是曾先后担任过苏州市委书记与江苏省省委书记的柳林同志。柳林是山东文登人，1936年3

月参加革命，1938 年 8 月加入中国共产党，历任黄县县委宣传部长，北海地区青年部长、民运部长，胶东青联社会部长，平（度）招（远）莱（阳）掖（县）边区工作团的大队长、副团长，西海地区各界救国联合会会长，平度县委书记，莱阳城区工委书记，昌南县委书记，西海地委副书记兼西海专员公署专员等职。

新中国成立后，柳林先后任山东莱阳专员公署专员，徐州市委副书记、副市长，南京市委副书记兼工业部部长，市委书记处书记，江苏省委工业部副部长，徐州市委书记，苏州市委书记。“文化大革命”中，他长时期遭受打击和迫害。粉碎“四人帮”后，他蒙受的不白之冤得以彻底平反，先后任江苏省委驻南京铁路分局工作组组长，省计委副主任、党组副书记。1977 年起，他先后任江苏省委常委、副省长兼省基本建设委员会主任，南京市委第一书记、江苏省委第二书记。1983 年，他拥护中央关于建立干部退休制度、实现干部新老交替的重要决策，主动提出退居二线，筹备江苏省顾问委员会。1983 年 3 月，党中央任命他为中共江苏省顾问委员会主任。因他曾担任过苏州市委书记，谙熟太湖地区的情况，江苏省人民代表大会所以还委任他为江苏省太湖风景区建设委员会主任。2001 年 12 月 3 日，柳林因病医治无效在南京逝世，享年 84 岁。胡锦涛、曾庆红、丁光训、彭冲、谷牧等党和国家的领导人以不同方式对柳林同志的逝世表示哀悼，对其家属表示慰问。

且说马祖铭接到上级的通知后，即日启程，赶往南京市，来到了西康路 51 号柳林的家中。当时，柳林主任已在专门等候他了，一见到马祖铭匆匆赶到，见四下没人，便笑着打趣道：“小和尚你怎么现在才到呀?”

原来，柳林主任与马祖铭是一对老相熟与忘年交呢！这声“小和尚”的亲昵的称呼，佐证了柳林对马祖铭这个海灯法师崇拜者的了解。同时也可见柳林的平易近人、和蔼可亲，还可见他俩之间的亲密程度。

几句寒暄后，柳林主任就单刀直入地向马祖铭下达了一个任务。原来，这位时年 69 岁的老革命老骥伏枥、壮心不已，决心在有生之年还要继续发挥余热，在其位、谋其政，为振兴太湖地区的风景旅游事业作出自己最大的努力呢！柳林主任打算特派小马代表江苏人民前往济南军区我军侦察兵武术骨干集训队，设法邀请海灯法师重返苏州西山岛，趁着这股举国上下掀起的“海灯热”，以当年海灯法师曾在太湖西山岛隐居 10 年的历史为契机，提高太湖风景区的知名度，进一步推动太湖地区旅游经济的发展。

面对省委领导的信任，马祖铭是既高兴，又担心。高兴的是他可以“假公济私”地前往济南一开眼界了；担心的是自己对海灯法师仅是一种神交，自己充其量算是他的私淑弟子，没有与海灯法师有过直接接触，不知法师买不买自己的账。尤其是海灯法师在“十年动乱”中，在苏州吴县的西山岛上受到了不公正的待遇与莫须有的冲击，他对吴县还有好感否？弄不好，反而会因此激起法师心中的宿怨，把自己轰出门外也说不定呢！

柳林主任毕竟是久经沙场、经验丰富的老领导，他从马祖铭那犹豫不决的神色中，知道了马祖铭心中的顾虑。于是，他笑着拍了拍马祖铭的肩膀鼓励道：“小和尚，你不是天不怕地不怕的吗？怎么现在也有怕的时候了？你要知道，组织选派你去济南约请海灯法师，可是我反复考虑后才决定的。你去济南有三个有利条件，一是你本来就是吴县园林管理处的一名干部，担当此任务是名正言顺的分内事；二是你从小就热爱武术，对武术略知一二，还是海灯法师的同道好友王子仁的徒弟，与海灯法师有着共同的语言；三是你这小子鉴貌辨色，特别机灵，一张嘴巴更是能说会道。”说到这里，柳林还担心马祖铭有顾虑，便压低嗓音向他招了招手：“来来来，小和尚不要过多顾虑，我这里还有机宜向你面授呢！”说着，柳林凑在马祖铭的耳朵边，向马祖铭说出一番他早就深思熟虑好了的、届时见到海灯法师后如何进言说服动员的台词，直说得马祖铭皱着的眉头渐渐松开，胸中顿时升起一股舍我其谁的激情。

见马祖铭同意接受组织的委派前往济南了，柳林很是高兴，当即拿起电话筒，分别向苏州、吴县两地政协的有关领导下达了相关指示，并不无调皮地向马祖铭眨了眨眼睛笑道：“看见了吗？这就叫先斩后奏，越俎代庖！你小子这下在苏州、吴县两地政协领导的眼睛里，可是持有尚方宝剑的钦差大臣啦！”

回到苏州的第二天，马祖铭即前往西山岛，向正在西山镇政府开会的市、县政协的林瑞章、施建农、徐彦同、张从先、蔡福泉等正副主席汇报，并征求领导们的指示。指示中，领导们强调了这次邀约的重要性，要求马祖铭无论如何也要尽最大的努力把海灯法师请到苏州来，请他重返西山岛石公山，为已初具规模的石公寺提提意见，最好请法师能就此长期定居在石公寺。

面对领导们满怀希望的要求，更为了增加邀约的成功率，马祖铭甩出了他的“急令牌”，试探领导们的意见，他说，为使邀约成功，他准备当场跪拜海灯法师为师父。

领导们听了，顿时面面相觑，谁也没吭声。

马祖铭见状，干脆趁机“狡猾”地提醒道：“按武林拜师习俗，跪拜师父可是要五体投地的呀！我是一个共产党员，这样做，以后会不会说我是搞迷信呀?”

这个问题尖锐、突兀而又现实,是诸位领导都没有想到的,当时,还没完全走出极“左”思潮阴影的领导们只是相互交流着眼神,谁也不敢先表态。

冷场一两分钟后,苏州市政协主席林瑞章首先果断地表态道:“没关系,此事我特批了!”

林主席话音刚落,其他领导当即异口同声地也一致表示了同意。

在得到了领导们的明确表示后,马祖铭这才松了口气,打消了心中最后一点的顾虑。

当时,马祖铭那70多岁的养母已身患肝癌而病入膏肓,卧床不起,危在旦夕,医生判断至多只有半个月的时间了。吴县城建局的领导得知马祖铭家中的具体情况时,深为感动,问小马对组织上有什么要求,只要条件许可,可由组织上尽量帮助解决。马祖铭想了想,苦笑着向局长说道:“万一我老娘过世,我想向单位里借辆面包车一用。”局长听了,当即一口答应。要知道,上世纪80年代中期,政府机关里,能拥有一辆可供代步的汽车的单位还真不多呢!

任务接下来了,但马祖铭还是因自己从没有与海灯法师有过直接接触,海灯法师也对自己根本没有印象而感到有点忐忑不安,为此,他打算邀约海灯法师在苏州收下的两个俗家弟子蔡林生与周文华一路同行,届时请他们作为自己叩见法师的引荐人。

回到苏州后的当天,也就是1986年5月26日的傍晚,马祖铭当即来到蔡林生家,向蔡林生求援。

时年40岁的蔡林生热情地接待了马祖铭。

马祖铭与蔡林生的武术师父何本钦是师兄弟,所以从辈分上说,马祖铭还是蔡林生的师叔呢。现在一听师叔要前奉命前往济南面见海灯,邀请师父重返太湖西山,在石公寺内筹划成立海灯法师陈列室一事时,蔡林生自是正中下怀。为有的放矢,不白跑一趟,蔡林生打算先拍个电报到济南军区,征求海灯法师的同意。

原来,这段时间里,蔡林生也在一直试着与师父联系呢,他和周文华曾先后于当年四五月间分别向江油重华镇的海灯法师去过两次信,惜乎师父都没回信。直到近期的《新民晚报》上披露了海灯师徒正受国家总参谋部之邀,在山东济南军区培训侦察兵干部的新闻后,他才恍然大悟。为此,蔡林生与马祖铭决定先拍个电报去济南军区,来个投石问路。

细心的蔡林生至今仍保留着这封电报的原文稿:

师父:我们曾有过两信给您,不知收到否?望接电后,将您目前的确切地址电我,我们将和江苏省和吴县政府部门派的人一起前来看您。

第二天(星期二),马祖铭即以电报形式,把电文拍到山东济南军区。

第三天(星期三),蔡林生即收到了范应莲发回的电报:

我们在济南军区。应莲。

蔡林生即将范应莲的回电,送给了马祖铭,并商议一路同行济南事宜。

星期四(1986年5月29日),马祖铭专程前往蔡林生供职的苏州火车站货运室,向站领导商议暂借蔡林生几天的事宜。站领导没有同意。

蔡林生知道自己在铁路上工作的特殊性,难以请假。所以,蔡林生当即建议:改换师妹周文华陪同马祖铭前往济南。

马祖铭根据蔡林生的建议,当即前往苏州电冰箱厂,向该厂领导商借周文华。但是,厂领导也不肯准假。幸好马祖铭与该厂的一位姓王的负责人相熟,于是,凭着私交,马祖铭终于帮助周文华请到了一个星期的假。

商借周文华成功了,蔡林生如释重负,并当即购买了第二天前往济南的火车票两张。对此,他在这两天的日记中高兴地作了详细的记录:

上午,忙于借周,并买好车票,为5月30日的232次上海到青岛的列车,18点44分开,票价15元8角。携带礼品:碧螺春茶一斤,茶点若干,共约40元。

送马、周上车毕,即去电报局发电:"省和吴县政府派人和周文华乘30日232次车来济南。"

一切准备就绪,就要出发了。马祖铭来到母亲的病榻前,向母亲告别。

知道儿子要出远门,养母拉着儿子的双手,久久不肯放,她多么希望儿子能在这种时候须臾不离左右,忠实履行儿子的职责,随时为她养老送终呀!而作为家中唯一的儿子,马祖铭又何曾不想日夜守护在养母的身边,陪伴养母走完这人生屈指可数的时间呢?但是为了公务,为了省市县三级领导的殷切重托,他还是不得不硬着心肠,在养母再次陷入昏迷的时候,忍痛含泪离开了家门。

当时从苏州到济南的火车票格外紧张,就连在铁路上工作的蔡林生,也只买到了两张没有座位的"站票"。这下苦了马祖铭与周文华,那年月从上海到济南,燃料式火车得两天一夜的行程,刚上车时,瘦小的他在拥挤的旅客人流中不得不“金鸡独立”，好几次在旅客上下车的时候，还差点被人把眼镜都给挤掉了。期间因他实在疲劳，就站在那里靠着车厢壁打个盹的时候，被小偷用小刀割破上衣口袋，偷走了几十元钱。幸亏他事先有所准备，把钱分几个地方藏在内衣与裤袋里，才不至于连回家的路费也没有。后来，要不是他急中生智地在车厢衔接处找到一块巴掌大的地方，得以与周文华席地而坐，他俩还真不知怎么熬过这段漫长而又痛苦的旅程呢。

第三天中午时分，火车终于抵达济南市，马祖铭与周文华一下火车，就坐上了一辆出租车，于中午12点多钟到达了位于济南城中的军区司令部驻地。

时值盛夏，天气酷热。没想到当马祖铭与周文华一起马不停蹄、汗流浃背地来到军区门卫处，值勤军人看了他递上的那张盖有“江苏省太湖风景区建设委员会”印章的介绍信后，一口予以了拒绝。理由很简单：军事重地，闲人莫入。尤其是海灯师徒指导军人演练武术的现场，更是属于军事秘密。

犹如数九寒天兜头泼来的一桶冷水，当即把马祖铭的心都浇得凉了。这时，马祖铭那张铁嘴的功夫得到了充分地发挥。他居然声色俱厉、字正腔圆地对着人家值勤战士反复强调道：我们是江苏人民派来的代表，是专程前来看望海灯法师的；海灯法师因在我们江苏苏州西山岛住过十年，与我们江苏人民结下了深厚的友谊，我们江苏人民想念他；都说军民一家，如今你们却把我们两个千里迢迢专程赶来的江苏代表拒之门外，叫我们如何回去向全省人民交代？江苏人民是要不高兴的！然而，值班军人听了，仍不为所动。这时，周文华见状，鼓起勇气向那值班军人问道：“能不能让我跟我师父通个电话呢？就告诉他，苏州的文华来了。”那值班军人想了想，便拨通了电话，然后把电话交给了周文华。

话筒里面，传来了海灯法师那熟悉的声音，他在话筒那边亲切地说道：“文华，不要走开，我马上派车子来接你们。”

这下，马祖铭那颗悬在半空的心，这才放了下来。他不由向着周文华连连点头，心里想：幸亏邀上了文华同行，要不，自己这一趟很可能就是白跑了呢！

当时已是下午12点30分了，一路颠簸，马祖铭与周文华早已饥肠辘辘，所以他俩就军区门卫处附近一家小吃店买了两碗水饺与一瓶啤酒，草草果了腹，这才匆匆回到军区门卫处。

他俩刚回到部队门卫处，便见一辆深蓝色的上海牌轿车停在了门卫处，范应莲已端坐在门卫处等候他俩呢！

大约一个小时左右，范应莲就接了马祖铭与周文华，来到了泰山脚下的部队训练场，走进了一长排平房式的营房中。

在一间门口挂有“总教练室”牌子的营房里，海灯法师正在用午餐，一见到这位他在苏州收下的唯一的女弟子，就欣喜地站了起来，用一口浓重的川音问道：“文华，吃饭了吗？”“吃过了，师父您好！”周文华双手抱拳，向着师父深深一揖，行过弟子礼后，这才把身后的马祖铭介绍给海灯法师说：“师父，是他专门让我陪着他来见您的。”

“他？”海灯法师闻声抬眼认真端详了下面前的马祖铭，再看了看桌上放着的那纸介绍信，幽默地笑道，“想必你就是江苏人民派来的代表喽？”

马祖铭见状，即忙机灵地双手合十，上前向海灯法师深深作了一揖，恭敬地说道：“回法师话，我叫马祖铭，20 多年前，我就和几个师兄弟一起专程到西山石公寺拜访过您的，可能您记不得了。”

海灯法师闻言，端详了一下眼前这位戴着一副眼镜、身上散发着书生气的中年人，摇了摇头，道：“我见过的人太多了，确实记不起了，对不起。”

马祖铭见状，连忙说道：“法师，除此外，我还有一重身份呢。”

“什么身份？”

“我还是苏州玄妙观王子仁武师的徒弟。”

“哦？”一听到自己这个昔日老友的名字，海灯法师不由来了兴致，忙一边指了指面前的两条长凳，示意马祖铭与周文华坐下，一边笑道，“来来，坐下，我们坐着摆龙门阵吧。”

马祖铭所言不虚，王子仁确实是他的武术师父。

马祖铭出身于一个小康家庭，住苏州市阊门内下塘仓桥浜。母亲在生下他之后，因患上了产后褥而在儿子六个月的时候，不幸早逝。之后，先后有两个养母抚养过马祖铭，邻居都知道他是“三房合一子”，绰号“金橄榄”。惜乎尽管父母们像珍爱掌上明珠般地百般呵护着他，可是他就是不争气，眼看都年近 10 岁了，仍骨瘦如柴，体弱多病，长得像根一掐就断的又瘦又长的绿豆芽似的。小孩子们，不懂事，弱肉强食，小祖铭因此常受到小伙伴们的武力欺侮。1952 年的一天，当小祖铭再次受到小伙伴的无辜殴打、把胃中的宿食都呕了出来后，本就一直担心这个宝贝儿子养不大的父亲见了，心痛欲裂，忍无可忍，居然把对方的家长告到了桃花坞公安派出所。接着，父亲又一狠心，把这个“手臂也掐得断”的宝贝儿子送到了玄妙观赫赫有名的“子仁武术研究团”，直接拜素有“中国末代镖师”之名的王子仁为师，学习“少林拳”。说来也好笑，马祖铭的父亲唯恐儿子吃不了练武的苦，还专门拜托玄妙观的道长为马祖铭“记账”：马祖铭前去练一次功，就签一次到。然后父亲就根据儿子的报到情况，每次奖励马祖铭一毛钱，可买一碗阳春面或10只牛肉包子。此为余话。

1957年春，苏州市一班爱好武术的人们在市体委的关心指导下，成立了“苏州市业余武术协会筹备委员会”，众人推选既作得一手好书画，又打得一手不错的太极拳的费新我为主席，王子仁为副主席，尚在中学求学的马祖铭被吸收为会员。同时，父亲还利用家中那块将近篮球场大小的用于绸缎上浆时必需的院场，邀请业余武术协会的会员们，前往到他家中打拳练武，交流经验。到1958年前后，马祖铭所学的少林拳已练得很有几分功架，身体也渐渐强壮了起来。为此，1958年冬，在镇江举办的全省青少年武术选拔赛中，马祖铭还差点被赛事组委会留下，当专业运动员。

1959年，王子仁被江苏省体委聘为首任武术教练，调去了南京。此为余话。

马祖铭有自知之明，他知道自己那些拳脚，均是花架子，是他平时一有空就对着穿衣镜摆出来的，中看不中用。所以他婉言拒绝了组委会领导的一片好意，继续求学，并于1964年于江苏师范学院政教系毕业。

当时，海灯法师经常出现在苏州大公园西亭的市业余武术协会，与王子仁见面，切磋武艺。马祖铭就在那个时候，认识了海灯法师。可惜囿门户之见，聪明的马祖铭始终不敢上前叩见海灯法师，致使海灯法师没有注意到这个年纪轻轻的小武术爱好者。1962年夏天，正在江苏师范学院求学的马祖铭趁学校放暑假的时候，邀上了几位志同道合的武友一起，专程摆渡来到西山岛上的石公寺，观看过海灯法师与寂诚的练武。

马祖铭还向海灯法师列举了一则王子仁爱徒如子的亲身经历：那是马祖铭刚跟王子仁学武没多久的时候，一天，苏州一个小有名声的拳师谢某居然对又瘦又小的马祖铭说道：“小马，要不要跟我学几招八卦掌？”马祖铭信以为真，上前跟着学习，谢某转着转着，速度越转越急，然后突然一出手，竟把已转得全身疲软的马祖铭重重地甩在了地下，半天也爬不起来。师父王子仁见了，十分生气，当场操着一口浓重的开封口音怒斥谢某道：“你欺侮我小徒弟算什么本事？有本事与我的大弟子比试比试！”谢某自知理亏，连忙冲着王子仁抱拳一揖，嘴中说着“对不起”，溜之大吉。

马祖铭以这段往事来巧妙地向海灯法师佐证他与师父王子仁这段师徒

感情时，听得海灯法师不禁笑了起来……

就这样，马祖铭巧妙地借助王子仁与海灯法师之间的相识，利用海灯法师重友谊、讲交情的处世特点，从他与王子仁等苏州武术界名人的个人私交友情入手，很快就巧妙地把话题引到了来意上。同时，他遵照柳林主任临行前的密嘱，先就十年动乱中海灯法师在西山岛受到不公待遇，他代表吴县人民向海灯法师作赔礼道歉说起，再向法师比较详细地介绍了石公山及石公寺这几年中翻天覆地的变化，阐述了吴县人民将在重修的石公寺中，专门辟出海灯法师旧居作为陈列馆、建造东吴武术馆、拟聘请法师为名誉馆长等打算，最后，他更是言辞诚恳地表示：吴县乃至苏州人民十分想念海灯法师，都热切地盼望法师择日重返苏州太湖西山，一解当地人民思念之渴，为正在建设中的石公山与石公寺作出指导与提出意见等。

有道是话不投机半句多，酒逢知己千杯少。这个文质彬彬的戴着一副眼镜的白面书生，很快勾起了海灯法师浓厚的兴趣。

那天他们会面时，海灯法师是一面啃着馒头，一面与这两位来自他第二故乡的客人交谈的。当海灯法师听到石公山、林屋洞已整修开放，东山与西山两岛之间有了轮渡，苏州市20路公共汽车可以直达东山陆巷码头时，他不由高兴地停止咀嚼说道："政府造福于民，功德无量，老衲万分拥护，想必将来的西山孤岛，定会更加可观。西山是我第二故乡，我在那里生活了整整十个春秋，我一定要再回去看看大家的。"

马祖铭那一番舌底翻澜、嘴吐莲花的抚今追昔与动员，直把海灯法师听得聚精会神，心潮起伏。

言谈中，马祖铭见海灯法师的右手中食两指都因练武而弯曲变形，成了一对钩子状，他抚摸着师父的手指不无怜惜地说道："法师，你练功把手指都练得变形了！"

"那是我练'二指禅'练出来的"，海灯一边答着，还一边撩起裤管，向马祖铭露出自己结实的大腿，"马师傅你瞧，我这大腿多结实。"马祖铭闻言轻轻地按了一下，果见海灯的大腿肌肉结实，坚硬如木，他当即情不自禁地向海灯竖起了大拇指。

当天，马祖铭与周文华便得到海灯法师的特别允准，在集训队的招待所里住了下来。周文华独住一室，马祖铭则与一《解放军画报》的记者同住一房。

晚饭后，马祖铭与周文华来到海灯法师的宿舍。海灯法师余兴未尽，继续与马祖铭“摆龙门阵”。于是，马祖铭就把自己在武术上学到的些许皮毛作为本钱，请教于海灯法师。

他俩正聊得投机，忽有位穿着四个衣袋的解放军干部前来请示：“法师，有位女同志，趁出差之便来看她的男人，您看怎么安排？”

“练武的人不能近女色！”海灯法师想都没想，回答得干脆利落。

第二天一早，马祖铭又见那位解放军干部前来汇报，说：“那女的一大清早就走了，面条都没有吃！”海灯法师听了，只是点了点头。

事后，马祖铭才知道，那女的是正在参加集训的解放军某部侦察连连长的夫人，她得知丈夫正在济南参加集训，便特意买了些营养食品，专程从家乡赶来济南，欲与丈夫相会。岂料作为集训队总指导的海灯法师铁面无私，将她无情地拒之门外。那连长夫人委屈伤心地哭了半夜，一大早，留下那包食品就不告而辞、打道回府了。

早饭后，马祖铭与周文华又征得军队首长的同意，特地前往训练场观摩。

操场上黑压压一片，站着近200号解放军侦察兵骨干。

范应莲与李兴友两位正站在队列前作示范，纠偏差。

两位战士闻令出列，开始对练（打）。马祖铭早年跟王子仁等法师学过几招，知道他们对练的是少林精拳。

然而，两战士刚对练没几个回合，范应莲便一声断喝叫停。他走到两战士面前，严肃地说道：“踢人下盘，往往无效；若出腿高了，对方轻轻一拨，便颓然倒地了。像你刚才这样才打了两三记拳头就贸然出脚，尽管你踹中了对方的大腿与小腹，但力量弱，而且出腿高，把整个身体的重心偏移了，不稳了。如果对方抓住此机会反击一下，在你脸上打上一两拳头，就可以轻易地把你放倒了……”

晚饭仍是在部队的大食堂里用的。由于白天训练辛苦，首长在十几桌餐席上都加了猪肉鱼鸭等荤菜，还每桌放了一瓶白酒。马祖铭、周文华是客人，与海灯师徒三人同坐一桌。服务员懂得一些出家人的习俗，建议海灯法师单独在旁边另开一席。海灯却笑着朝服务员摇了摇手说道：“不妨不妨。那样就太麻烦了。我不反对大家吃荤喝酒，而且一个桌就餐便于交流感情。你吃你的，我吃我的，我不计较的。”服务员听了，又递过菜单，让海灯法师点菜。海灯依然向对方摇手笑道：“不必不必。两菜一汤，一小碗大米饭，就足够了。一个菜是豆芽，一个菜是豆腐。汤要鸡蛋海菜汤。”

就在马祖铭与周文华在泰山观摩侦察兵集训的那几天中，有山东梁山县县委的正副书记专程前来拜访海灯法师，他们准备在梁山修建一个梁山武术馆，聘请海灯担任该馆的馆长。海灯法师对此表示了较大的兴趣，他与梁山县的正副书记聊了好久。客人担心眼前这位耄耋老人累了，请他休息。他却目光炯炯地说道："我不需要休息，咱们一块议议梁山武术如何快速发展。梁山武术，天下有名哪！谁真正重视它，谁将受到后人的尊重。梁山是'水浒'的故乡，应该在山脚下建立一个较大规模、较高档次的武术馆……"面对梁山县县委邀请他担任梁山武术馆馆长的要求，海灯法师频频点头，表示赞同……

一转眼，眼看周文华的几天休假期即将过去。那天晚上，马祖铭与周文华向海灯法师辞行。海灯法师却劝道："不急不急，既然来了，你们何不去泰山走走看看，再住一晚也无妨嘛。"

事到如今，马祖铭不得不向海灯法师实话实说："法师，明天我们就要回苏州了。因为一是文华的并休假期已到，二是我的老娘因肝癌晚期，医生说至多只有半个月的时间了。我要回去办丧事了。"

就这时，一件令马祖铭至今仍百思不得其解的事情出现了。

但见海灯法师听了马祖铭的话，闭着眼睛想了想后，竟当即不假思索地说道："你气色很好，你母亲是暂时不会走的，至少还有半年时间。"

马祖铭大惑不解，不由担忧地问道："该不会是回光返照吧？"

"不是的。"海灯法师果断地答道。

接着，似乎担心马祖铭还不信他的话，所以海灯法师又两眼一眨不眨地望着马祖铭说道："你有两个儿子，都很争气。尽管你没有官运，但你福气得很。不过，你七十岁以后，可要注意自己的身体。"

尽管这样，马祖铭还是以为这只不过是海灯法师的随便猜测，没往心里去。直到他后来回到苏州，他的养母果然又足足捱了六个月后才撒手西归时，他才猛然意识到海灯法师半年前的那判断，并非是空穴来风。尤其使老马五体投地的是，如今，他的两个儿子都是园林建筑方面的老板，确实都事业有成呢！

眼见马祖铭他们执意要第二天走，海灯法师也不再执意挽留，他告诉马祖铭与周文华说："江油武馆要到明年才能开馆，占地26亩的武馆即将造好，但内部尚未布置。我就是要去苏州，也得在今年秋天去了。"说着，他取出两盒北京蜜饯送给马祖铭，并特意关照说：一盒是送给你母亲的，一盒则是请你转送给吴县的领导。

马祖铭听了，双手合掌，向海灯法师连连作揖道谢。

“不过，”海灯说到这里，话锋一转，脸色也沉穆了不少，“你回去后要提醒吴县的领导们，我海灯重返第二故乡，坚决反对大操大办，吃就不提了；这住，我只要住招待所就可以了，切不可为此铺张浪费，以后把账都算到我的头上……”

海灯法师在济南军区的训练场上指导我军侦察兵骨干开展武术集训的时候，正值酷暑之夏。为了不辜负国家和人民的重望，实现“要在有生之年把自己的武功传给子弟兵”的诺言，马祖铭他们看到海灯法师每天鸡鸣前起身，顶着酷暑烈日教子弟兵苦练武艺，直到华灯初上才歇息。部队首长为了感谢他对子弟兵的这片赤诚，特地规定他的伙食费为每天七元钱，以便多做一些好的素菜，增加营养，确保法师身体健康。然而，海灯法师还是跟往常一样只吃一个素菜，并再三关照不要将端回去的菜倒掉。吃饭时，部队特地做了不少好菜招待马祖铭与周文华，而海灯法师自己仍是啃着馒头，不动杯筷。

就在马祖铭与周文华买了火车票准备打道回府的那天上午，海灯法师亲自为侦察兵武术骨干传授少林鹰爪功，这下可把马祖铭给乐坏了，庆幸自己运气不错，居然能在临别的时候还能再开一次眼界，亲眼目睹师父这套以往轻易不露的功夫。

鹰爪功是擒拿法的深度演变。擒拿对基本功的要求是多方面的，包括手眼身法步、肩肘腕胯膝等各部之基础功法，其中首要者是指功和腕力，亦即“爪功”，又叫“鹰爪功”或“鹰爪力”，所以此功即手上的抓握功夫，以练手指的抓力为主，并练掌指的握力及掌腕的屈旋力。爪功不同于单一的掌功或指功，从功法特点而论，掌功作用于拍打劈斩，指功作用于点击戳插，此皆为直劲。爪功则练屈指和握劲，虽然都是手上功夫，但功法特点迥然不同，爪功之所以称鹰爪功，并非取形，实为取势，系取鹰之利爪所特有的甚为强劲的一抓之势。明朝戚继光对“山东鹰爪功王”十分赞赏，足见早在五百多年前，擒拿法即以鹰爪功著称了。

所以，练习爪功，不只是锻炼腕掌指之劲力，更重要的是必须练就符合擒拿实用之劲力特点，其基本要求是：指力坚实，握力沉韧，掌指灵活，能刚能柔，屈转自如，劲力多变。切不可弄得手指僵硬，失却爪功的应用效力。

海灯法师在向众学员上完简短的理论课后，便召上范应莲，亲自向学员们示范鹰爪功的几种练习方法。他们师徒先后向大家介绍了“铁牛耕地”、“抓砂袋”、“抓石球”、“抓坛子”、“夜解绳结”、“悬体揪椽”之后，为演示其鹰爪功的功力，令范应莲取来一根长26公分、直径6公分的栗木树棍，然后用双手握住木棍的两端，直臂向上举于头顶，然后深呼吸一口气，使握棍双手顺屈腕向前同轴分左右用力一个拧转。“卡”的一声，但见那根坚硬牢固的栗树棍顷刻间从中卷裂，分成了两截。

这天上午，海灯法师又与范应莲双双合作，示范了克抓胸、掐喉咙的“倒抓犁把”、克左手倒抓腕法的“屈肘压腕”与克右手擒拿法的“天王托塔”、克抓胸旋臂扭顶法的“搓背反掌”等多招高难度但又经常用得上的擒拿实战应用技法，博得了众学员一阵又一阵热烈的掌声。让马祖铭与周文华直恨休假时间太少，不能更多地观摩与领略师父的真功夫。

海灯师徒训练战士时几近苛刻，当时马祖铭曾听说有学员在高强度的训练时体力不支而昏厥过去，就是每天洗澡用的也都是冷水。不过，当海灯法师看到侦察兵骨干经过两周的集训，效果甚为明显时，海灯法师当场即兴赋诗，喜而志庆：

闻道边疆吹战尘，
我亦欲现将军身。
青萍磨得寒光闪，
宏愿更超旭日升。
上国衣冠誓不改，
中原豪俊岂沉沦。
金刚一怒驱强寇，
展望河山指日新。

从 1986 年 5 月 15 日到 1986 年 8 月 15 日，这期“总参”组织的为期整整三个月的侦察骨干武术集训班，共训练人数达 200 多。海灯法师在这期训练中，又在成都军区的训练基础上增加了新的项目。

那么，海灯师徒又是如何具体教授侦察兵学员骨干的呢？在这期武术集训中，他们又都向解放军侦察兵学员骨干传授了哪些擒拿格斗的武功绝技？而我们的侦察员学员又都从中获得了多少直接成效呢？

根据课程安排，海灯法师担任集训队的武术总指导，他的高徒和义子范应莲、李兴友担任武术教练，传授武功。每周两节理论课，每节课一个小时。理论课基本有海灯法师讲授，实践课则由范应莲和李兴友作出示范演练。但海灯法师每周也至少给学员们上一节诸如铁布衫、梅花桩、擒拿等功法的实践课。当时我国正值对越自卫反击战，来此集训的学员大都上过老山前线，且准备学成后再去南国边境保家卫国。南国多山，海灯法师就教学员练习虎爪功，目的是学以致用，便于在峭壁耸谷的前线攀援爬越时身手敏捷、行动迅速。

海灯法师授课，深入浅出，再深奥晦涩的理论经他解析，都能变得通俗易懂。他说："习武之人，当以德为要，以德服人，立身处世崇尚武德。学武术是为了强身健体，以防不测，切莫恃强逞能、仗势欺人。"他还给学员讲述练武的心得体会，他说，习武重在眼到、心到，要用心去练，方能事半功倍，功德圆满。他主张"拳打万遍，运法自如"。此外，他除了教授学员掌握中国传统的擒拿功、排打功外，还教大家练少林梅花桩、火头棍、八卦锤、铁布衫、童子功等绝技。他和范应莲在台上表演配套动作，范应莲运足力气向师父当胸猛击一拳，海灯法师只是纹丝不动；而他只要用食指和弯曲的中指轻轻朝着范应莲胸前一点，范应莲便连连踉跄后退了，直看得全体学员目瞪口呆。

事后，范应莲告诉学员们说，他这一拳至少有800磅重，而海灯法师就更是力拔千斤了。那年，有一前来观摩的法国青年似乎不信，他壮起胆子，朝着范应莲的当胸连使三招"黑虎掏心"。范应莲纹丝不动，倒是那法国青年打得自己手指骨节疼痛，再也不敢恋战，连忙捂着双手逃走了。

尽管海灯法师当时已是耄耋老人，但他依然耳聪目明、身手敏捷、精神抖擞、健步如飞，常人无法企及。集训结束前夕，海灯法师应学员们的要求，带领大家攀登东岳泰山，夜里10点率队从一地点一起出发，当学员们于次日清晨气喘吁吁地抵达南天门时，海灯法师已在那里打坐多时。

据后来解放军《侦察武术报》公布的考核得奖项目与得奖名次，就可以知道海灯师徒为军队训练了一些什么主要项目：得考核奖第一名的有济南部队梅花桩精拳；成都军区杜登武的铁布衫功；兰州军区任民的虎爪功；广州军区的黎惠光的单侧掌；等等。当然还有第二名、第三名的得奖者，这里就不一一列述了。因为公布的目的是为了略知其训练的武功项目而已。

至于海灯师徒为军队培训武功，它在部队的实战效应上又是如何？只需看曾参加过这期集训班的侦察员武术骨干们在集训结束回到各自的战斗岗位上后的出色表现，读者便可略知一斑了。

三个月的集训，海灯法师的谆谆教诲与关键之处的示范，范应莲手把手的言传身教，使全体学员掌握了虎爪功、独臂功、罗汉抱拳、三体式、白鹤展翅、老和尚爬山、行地无还、翻江倒海、丹凤朝阳、海底捞月、推山填海等许多武术套路，使全体学员受益匪浅，武艺大为长进。

曾任湖北省武汉市新洲县阳逻街派出所巡逻中队长的郑宏平，就是其中一位。1986 年 4 月，郑宏平作为某野战军的武术尖子，被挑选进总参侦察兵武术骨干集训队受训。期间，他得到了范应莲的悉心指导，还幸运地得到了海灯法师的亲自指点。1987 年，郑宏平参加某集团军主办的侦察兵擂台赛，在赛中他初露锋芒，获得大赛优秀奖。从这时开始，不断有军内外武术高手向郑宏平下战书，他均欣然应战。一年内，他相继迎战 21 名军内外武术高手，鲜有败绩。

1988 年，郑宏平在河南洛阳市的散打格斗大赛中捧得 56 公斤桂冠，征尘未洗，他又参加了全国首届军警格斗大赛，取得了优秀的成绩，他所在的集团军为他记了一等功。

1990 年，郑宏平光荣退役，因为他曾多次获得过武术比赛殊荣，所以当即分配到新洲县公安局刑警大队当了一名刑警。期间，有一天，郑宏平因办案和同事一起前往广州出差。途中巧遇一位在当地做生意的新洲籍的胡老板。当时，与胡老板一起的还有一位佛山籍的陈老板。陈老板的陶瓷生意做得很大，特意聘请了两位身高 1.80 米的山东大汉做保镖，时刻不离左右。

胡老板向陈老板介绍："这是我们新洲的警方名探与武术高手，你别看他不起眼，他可曾经在全国夺得过散打比赛的冠军呢！"

看着小个头的郑宏平，陈老板显然有点不相信，他暗中给保镖使了个眼色，示意让他们"试试"郑宏平。

于是，一番寒暄后，郑宏平与胡、陈老板二人道别后，准备离开了。谁知他没走出两步，就听到身后虎虎生风，多年习武的敏感让他顿时警觉起来：有人想从背后偷袭自己！

说时迟，那时快，郑宏平闻声轻轻一跃，躲过了后面袭来的扫堂腿，紧接着一个后蹬腿，正中后面那个山东大汉保镖的前胸。这猝不及防的一击，对方顿时应声倒地，躺在地下捂着胸口直哼哼。而另一个准备上前偷袭的保镖被这阵势所吓倒，愣在原地不敢上前了。

被这一幕镇得五体投地的陈老板见状，当场开出三万元的月薪，要聘请郑宏平当保镖。可是被郑宏平谢绝了。陈老板以为郑宏平是嫌钱少，便执意让郑宏平开个价。郑宏平实话实说道："对不起，我还是适合做一名警察。"

2005 年，郑宏平调至阳逻派出所巡逻中队任中队长。就这年五月的一天，正在休假的郑宏平接到一位"的士"司机的报警：有三名手提着砍刀的男青年正在阳逻菜场四处找人寻仇。郑宏平闻讯急忙赶到菜场。这时，正是菜市场最热闹的时候，郑宏平拨开围观的人群，只见果真有三名年轻的男子各自提着一把尺来长的砍刀，正在四处搜寻着什么人，狰狞的神情与杀气腾腾的架势，吓得没有一人敢靠近他们。

“放下凶器！”身穿警服的郑宏平大喝一声，走上前。

那三人见来者是一个赤手空拳的小个头警察，不但露出满不在乎的神情，其中一人甚至挥着砍刀二话不说地就向郑宏平扑了过来。郑宏平眼疾手快，迅速抬起左手来了一个“隔档近身”，紧接着转身一个背摔，眨眼间就将来者摔倒在地上。歹徒手中的砍刀还没脱手，两手腕上就套了郑宏平及时送上的手铐。这迅雷不及掩耳的一连串擒拿术，当场吓得其他两名男子落荒而逃。但得到鼓舞的周边围观的群众岂肯容他们逃窜，大家一拥而上，合力将他们制服了。

像这样和犯罪嫌疑人短兵相接的经历，在郑宏平的工作中时常发生，然而面对歹徒的凶残，郑宏平总能凭借当年集训时学到的真本事，化险为夷。

1988 年 7 月 1 日的《解放军报》曾经以两篇分别题为《越特工遇“铁布衫”一命归天》及《海灯法师再传弟子　铁布衫老山显神威》的报道，介绍了解放军某部某连一班长李宝东在前线勇擒顽敌的故事。

为什么说李宝东是海灯法师的再传弟子呢？因为 1987 年全军在北京开展侦察兵武术培训，执教的是海灯法师的高徒范应莲。李宝东参加了这次集训，因此也就和海灯法师挂了边。在训练中，他刻苦认真，在毕业比武中，有几个项目获得了不错的成绩。

练就一身硬功夫的李宝东，在后来的侦察作战中大显身手。其中有一个他徒手制敌的故事，几近传奇。

长期的哨所生活让李宝东平时无暇修饰自己，一脸的大胡子看上去与他的实际年龄有很大的差异。因此，战友们都亲昵地称他为“大胡子”。一天，李宝东在哨所得到一个重要情报，说是两个越南特工要到边境线和线人接头，企图收集我方的情报。得到这一情报后，李宝东一边马上向上级作出汇报，一边迅速在脑海中酝酿出一个大胆的计划：策反线人，再由自己带人化装成线人，将计就计地抓捕敌人特工。

上级迅速研究，同意了他的作战方案。

到了接头的那一天，李宝东带上亲自挑选的精干人员，在向导的带领下，借着夜色出发了。

亚热带的气候是多变的，在当地就有“一山分四季，十里不同天”的谚语。

小分队出发的时候，天还是晴朗的，但走着走着就下起了小雨点。原本崎岖的山路又变得湿滑了起来。战士们在泥泞的山路上行走，脚下直打滑。脸上画的迷彩在雨水中变得更花乱了。

在快要接近国境线的地方，大家行进的速度慢了起来。到了潜伏的地点后，李宝东发现离接头的时间还有一个多小时，他马上布置潜伏，并且按照制订的方案进行分工。几分钟后，小分队的人员就全部悄无声息地消失在了草丛里。

时间在一分一秒地过去，战士们在潮湿的草丛里趴着，任凭雨水和夜风的侵犯。眼看接头的时间就要到了，李宝东检查了一下自己的手枪，推弹上膛，又摸了摸插在鞋子里的匕首，拿着手中的文件袋和向导钻出草丛，等候敌人特工的到来（文件袋里装的是报纸。当时，越南方面为了收集我方的情况，对中国的报纸乃至乡政府的文件以及军事资料都是用高价来收买的）。

时间到了，可是敌方的特工还没有出现。难道他们觉察到了什么了吗？或者是线人不可靠，谎报情报吗？正当李宝东琢磨的时候，远处的山路上传来了草丛响动的声音，紧接着，对面又传来几声异样的鸟儿的鸣叫声。李宝东闻听这接头暗号声，不由浑身一震，知道敌人的特工出洞了！他立即示意向导作出回应。果然，几分钟后，两个黑影躲躲闪闪地出现在前方。

这时，李宝东勇敢地迎将上前。但他不能开口说话，因为一开口说话，他就暴露了。为了稳住对方，他扬了扬手中的文件袋，示意他们要的文件都在这里。果然，心急的敌特加快了步伐，一步一步地迎上前来了。就在双方接近的时候，敌特看清楚了来者并非是他们的线人，意识到情况不妙并发现上当时，他们飞速地拔出手枪，对准了李宝东。

然而他们慢了一秒钟，就在敌特举枪的一刹那，李宝东已先发制人，一个箭步窜上前，伸出虎钳似的大手，只一拧，便把敌特的胳膊扭住了。“扑”一下，敌特手中的枪应声掉在地下。与此同时，李宝东飞起一脚，用力踹在另一个敌特的当胸，一下子就把对方给踹了个四脚朝天。这时，他身后的小分队战士们已经闻声冲到近前，敌特喘息未定，就被战士们全部予以了控制……

像郑宏平、李宝东这样武艺高强的侦察兵，还有时任侦察排长的钟国好、邓又根等，他们经过海灯师徒三个月的“魔鬼般、美国西点军校式的训练”（迟浩田司令语），都如愿地获得了海灯师徒授予的擒拿格斗的绝招。在弘扬国防武术与后来的工作岗位中，不但出色地发挥了各自的长处与优势，还继续传授与培养出一批又一批优秀的军队武术人才。

例如，武警某部的邓又根从总参集训队结业回队后，于1987年4月受命担任了广西军区侦察武术集训队队长兼总教练，由于他认真执教，队员们长进很快，得到了原军区司令员、少将肖旭初的表扬；1989年，邓又根在解放军南京国际关系学院侦察系学习期间，多次为总部首长表演武功，并担任学院的业余武术教练；1990年7月，八一电影制片厂借调邓又根参与电影《西南侦察兵》的拍摄工作，并使其担任临时武术指导；1991年，在邓又根休假期间，湖南省军区零陵军分区的刘清良司令员三顾茅庐（前两次邓又根不在家），请他为集训的民兵骨干教授武功，邓又根教授他们硬气功与散打……邓又根不仅武艺超群，带兵也是响当当的。他当排长时，全排是有名的“铁拳排”；他当队长、股长时，侦察队人人练就一对铁拳头；他担任副营长、营长期间，全营官兵个个精通武艺，军事科目项项优秀；邓又根提任营长后，营队防区内发生了巨大的变化，中越通关，防区内一夜之间出现许许多多星罗棋布的贸易点。金钱的交易下面隐藏着许许多多的罪恶。邓又根自然而然地成为了不法分子糖衣炮弹攻击的目标。然而邓又根不为金钱所动，再醉人的诱惑都无法从他身上打开一道缺口，他所在营的官兵，个个正义凛然，武功高强，成了不法之徒的“克星”。几年中，邓营长和他的战友们帮助地方破获大案要案18起，查获大量枪支、毒品等走私物品，累计价值25万元……类似邓又根这样的英雄，在当时泰山受训于海灯师徒的200多名武术骨干中，还有不少，像精通少林拳及八卦掌，后任武警武术总教练、中央警备部队武术教练兼中央最高领导人贴身保卫的程理贤，前公安武术教练、教授马传旭等，都是从泰山脚下第一期全军武警侦察兵骨干武术集训队中走出去的。

在这期侦察兵武术骨干中，有一个名叫孙高让的学员最善于总结。

1982年10月，18岁的孙高让虽与大学失之交臂，但却光荣地成为了一名中国人民解放军战士，在新疆军区守备一师二团特务连服役。年后，他被调到11师32团特务连侦察排任排长，期间他曾荣立三等功三次，受到部队首长的器重，于1986年五月被选送山东济南参加全军侦察兵武术骨干集训队，接受为期三个月的海灯师徒的进一步的武术传授。

在孙高让的眼中，海灯法师为人和善，和蔼可敬，所以有事没事，他都爱与学员们一起去海灯法师的住所坐上一会，向法师请教一些问题。

尽管那是海灯法师的临时住所，但仍不难可以看出他的生活极其简朴：三个月中总是只穿着一袭绛色长衫，一日三餐更是清淡简单，卧具就是一顶蚊帐，最奢侈的要算是那对沙发了。尤其让人难忘的是，他屋里的条桌上的佛学语录、先哲语录、武术精要等报刊书籍，堆得就像一座小山似的。有些书已被他翻得起了毛边，甚至掉了，可见大师平时的用功程度。

面对学员们的课外请教，海灯法师总是一丝不苟，不厌其烦，从不敷衍推诿。一天晚上，孙高让因练习"铁布衫"不得要领而导致身体不适，忍不住去向海灯法师请教时，熄灯号已经吹响。但海灯法师二话没说，就和孙高让一起来到练兵场，凭借着漫天星斗散发出来的微弱的光亮，用轻功为孙高让松筋活脉、化淤止痛，然后再一招一式地为孙高让做示范，直到夜里 11 点多钟，孙高让身上的不适感渐渐消除，他们这才打道回府。

三个月的朝夕相处，学员们都与海灯法师结下了浓厚的感情。结业前，海灯法师除了和学员们一起合影留念外，还与每个学员逐一合影留念。临分手时，海灯法师还向每个学员赠送了一张他练功的照片。大家相互留下了通讯地址，这才依依不舍地话别。

孙高让回部队后，还和海灯法师通过几次书信，互相问候与祝福。1988 年年底，海灯法师及范应莲写信给孙高让，约他到成都叙旧。惜乎孙高让军务繁忙，未能成行。岂料仅隔半个月后，也就是 1989 年 1 月 10 日，孙高让就悲痛万分地惊闻海灯法师在成都市圆寂的噩耗，他为在恩师临终前未能见上一面而后悔、愧恨与惋惜。那段时间，孙高让的心情变得异常哀伤与灰暗，以至于在梦中常常与恩师相会……

当时，因假期等关系，马祖铭与周文华在泰山集训队只住了两天，期间还应海灯法师的建议，前往大明湖走马观花地浏览了一遍，然后，这才依依不舍地告别海灯法师，打道回府。

马祖铭回到苏州后，对海灯法师的崇拜与敬仰，已达到了无以复加的程度，他密切地关注着海灯法师的行踪，然而，遗憾的是，马祖铭把每天的大小报纸都翻遍了，都再没有见到相关的新闻与报道。原来，这种特殊的军事训练是军事秘密，除了《解放军报》等军队的报刊外，面向社会公开发行的媒体是不会那么随意刊载的。

其实马祖铭与周文华离开济南后不久，海灯法师就于 8 月 15 日结束了"总参"在济南举办的侦察兵集训总指导工作，把现场的教练与实践，交给了爱徒范应莲与李兴友，然后自己又紧接着应四川省军区、成都警察司令部和绵阳军分区之邀请，为他们从山东、河北、云南、贵州、四川等地挑选出来的 11 名侦察兵骨干，进行传统武术的指导了。

事后，马祖铭才知道，当时海灯法师受命委托的那 11 名侦察兵战士，都有一定的武术功底，培训后将回去作为骨干，以点带面，扩展培训其他战士呢。整个培训时间为38天。集训地点就选在观雾山极乐寺。

当时，海灯法师年事已高，身体不太好，又正为着江油海灯武馆的开馆筹备操劳。但接到家乡部队首长的邀请后，他仍毅然答应了下来。

由于范应莲与李兴友仍在济南执教，所以这回海灯法师挑了另一个徒弟邓文金当助手。

时间紧迫，海灯法师亲自上阵担任了总教练。训练时，他早上5点刚过即起床，中午练到12点，下午从两点半练到6点。晴天在小天井里练，雨天在祖师殿（即大雄宝殿）石阶上练。练习时，海灯法师一直在旁指导与示范。他主要教拳术，拳术套路、器械套路、散打和气功等。有时由弟子邓文金教。在见到个别人不认真时，海灯法师也不直接批评，而是主动地示范帮助改正。有战士见他站得那么久，请他坐着指导。但他不肯坐，坚持以身作则，给学员作出榜样。海灯法师还主张在训练时不休息，要轮流练，以锻炼毅力与耐力。海灯常对学员们说“拳打万遍，身法自然”，强调以多练为主。

集训期中，海灯法师在生活上则仍然与以往那样用素食。领导多次关心地要他吃好一点，但海灯依然严守着佛家的清规戒律，回答说：“要生活好就不要当和尚。”

但是对于学员，他却十分关心。他曾关照寺里的厨师：对解放军的生活要照顾，他们年轻，是出林笋子，家里生活好，学武苦。观雾山吃素，练武体力消耗大，拖垮了不好；他们是来习武、保卫国家的，不是信佛，不能照佛家的要求。为此，海灯法师特许学员们每天在寺院外吃一次肉。北方人爱吃馒头，他就让厨师每天蒸一次馒头……

然而，半年过去了，海灯法师还没有应约重返苏州，马祖铭急了。于是，他决定前往四川，再次当面约请海灯法师。

这真是：

名师手下出高徒，
国防武术添基础。
更有粉丝痴情汉，
跟踪追访遂夙愿。

要知后事如何，且看下回继续。

第二十六回　祖铭单身赴江油
当了五天清苦僧

马祖铭幼时体弱多病，父母怕养不大，所以在他读小学五年级时，就把他送到了苏州玄妙观王子仁武师那里去练拳。他学了几套少林拳，以后还参加过几次武术表演和比赛。1957年，苏州市业余武术协会筹备委员会成立，当时还是初中学生的马祖铭成了最年轻的会员。从那时起，他就听到了一些有关海灯法师的传闻：海灯法师是吴县石公寺的和尚，在苏州城中也收过凌跃华、蔡林生、周文华等几个俗家弟子。有时，海灯法师还会一个人悄悄地来到苏州城内，在苏州大公园教人家几招。作为吴县政协委员的海灯法师，也常会在会议期间应邀为与会代表与委员进行武术表演，为会议增添一些欢乐的气氛。

1981年起，马祖铭因工作需要，经常要往东山与西山两个岛上跑，所以他听到有关海灯法师的故事也更多了。他常骄傲地对同事说："你们别看海灯法师长得又瘦又矮，但他每次从石公山到镇夏镇来回的路上疾步如飞，你们休想跟得上。""他们师徒几人的生活很清苦，国家每月只给十多元生活费。平时他们在山上种些蔬菜，卖卖素面，贴补生活。""海灯师徒还能治病，当地农民凡是跌打损伤，经常找他们，或推拿或针灸，都是免费治疗，有时还送医送药上门，人缘很好。""有次，海灯被造反派斗得实在没有办法，只好把他所有的几百元钞票都交出来。你阿晓得钞票藏在哪里？就塞在房子檐口的瓦楞里，两三米高，然而他只轻轻一跳就拿到了，不用梯子。”

由此可见，这马祖铭早就是个十足的海灯迷了。

然而，半年时间过去了，一直关注着海灯法师动向的马祖铭见法师还没有重返苏州的动静，这下，他急了。

1986 年 11 月下旬，马祖铭决定再次当面邀请海灯法师重返苏州。

闲话少说，且说马祖铭征得单位领导同意，作出先前往江油县拜访海灯法师打个前站的决定后，为来去自由，可以多在海灯法师身边待些时间，所以他这次决定单枪匹马，一人独行。决定一下，当即行动。当天，马祖铭即前往观前街几家百年名店，采购了满满一行李包的麻酥糖、果酥、粽子糖、麻油、乳腐等苏州土特产，然后购买了一张次日一早从苏州发往成都的火车票，经过三日两夜的长途跋涉，来到了成都市。他在成都市一家小旅馆里住了一夜，翌日就风尘仆仆地搭上长途公共汽车，直达海灯法师的故乡重华镇。

下得长途汽车，马祖铭便提着沉甸甸的行李，一路打听问讯地直奔火炮街海灯法师的住处。

海灯法师住的是一座当地政府在他原来那间自题为“本愿精舍”的破平房的原址上重新建造的，现由两排六间平房组成的房屋，扩大了的住房面积，可以接待一些慕名而来的客人留宿了。不过，人非草木，孰能无情，纵然铁骨铮铮的海灯法师也不例外，所以当江油政府在为他重修“本愿精舍”时，他要求在动工前，按照其父亲范绍安当年的裁缝店的原样，重新设计，把住房的沿街房屋建成商店门面的式样，怀旧之情显而易见。新屋重修落成后，四川省委书记杨超还为新屋题写了“本愿精舍”四个大字。

这天，当马祖铭一路打听问讯地寻到重华镇火炮街，来到“本愿精舍”住房前时，却见大门紧闭着。他敲了几分钟的门，还不见有人出来开门。倒是他的敲门声惊动了“本愿精舍”隔壁的一位邻居。那邻居老头听着马祖铭的异乡口音，知道这又是一位从外地专程来拜访海灯的来客，那老头居然对着马祖铭说道：“你们为何如此崇拜这个老头子，他有什么本领的？他以前还结过婚呢，结婚的时候一看新娘一脸大麻子，就气得去做和尚了，后来那新娘也去当了尼姑，就在对面山上。”一边说着，那邻居老头还是一边指点马祖铭走后门，进入海灯法师的“本愿精舍”。

听了那邻居老头的一番话，马祖铭不由又气又好笑，心里嘀咕道：这就叫人以群分，物以类聚。懂行者远在万里也要不辞辛苦赶来拜师学艺，而门外汉却近在咫尺也一叶障目百思不解。大概这就是人们常说的缘分吧?

重华镇的冬天似乎要比苏州寒冷,所以当时街上的很多人都穿了棉衣。马祖铭根据邻居老头的指点绕到"本愿精舍"的后门处,只见后门虚掩着。他边连声叫着"海灯法师"边推门进屋,却正好看见海灯坐在饭桌前吃着什么食物,而他的身上却仅穿着一件夹布的罗汉衫。一看这位"江苏人民的代表"马祖铭不远万里突然光临,海灯法师一边起身让座,一边笑着招呼道:"吃过饭了没有?"

这时已是下午三点多,马祖铭一边回答"吃过了",一边好奇地问道:"法师怎么到现在才吃饭呢?"

海灯法师回答道:"我向来是一天只吃两顿饭的呀。"

马祖铭听了,不由哑然失笑,只怪自己忘性大,竟把海灯法师"日食两餐"与"过午不食"的佛门规矩给忘了。

接着,海灯法师执意要小马再吃一点。马祖铭有心要察看法师究竟吃些什么,故即顺坡下驴地说道:"好,那就再吃一点吧!不过你法师吃什么我就吃什么。"

可是,海灯法师怎肯怠慢远道而来的朋友,他当即叫来小弟子陈杰,令他到街上去买来一碗素面,请小马吃。趁陈杰上街买面的时候,海灯法师顺手将锅盖揭开,又往自己的碗中舀了一勺黑不溜秋的食物。马祖铭趁势近前一看,不由差点失声叫了起来:啊!这是什么食物呀?都是用山芋粉煮成的糊粥,里面再放点菜叶、面条、赤豆、黄豆什么的,想不到法师如此出名了,生活还过得与以前一样,太清苦了!

海灯法师一眼就看出了马祖铭的心思,便笑着对他说:"我吃什么你也吃什么?这东西你可是不要吃的哟。"马祖铭平时只知道出家人生活清苦,但从来没有想到法师年纪这么大了还坚持吃这样的食物。为此,他触景生情地与海灯法师半开玩笑半当真的说道:"法师,照你这样节俭,我们平时吃一顿,就足够你吃一年了。"

海灯法师听了,不由笑了,他举起右手掌,往自己的颈部做了个手势,幽默地答道:"话是不错,但依我看,吃什么都是一样的,咽下去过这里了,就都变成一样的了。"

闲谈中,马祖铭知道,海灯法师一个月也用不了 10 元钱。同时,他又知道,自从海灯法师当选为全国政协委员、中国佛协理事等职务后,国家给海灯法师的生活费每月也有 150 元。但这钱都用到哪里去了呢?

后来，马祖铭才知道海灯法师把这些钱都花在培养徒弟与慈善公益事业上了。当时他又收下了陈杰与另外一个小徒弟，海灯法师平时不但教他们练武强身，还要负担他们的日常生活费用，培养他们读书识字，而他自己却一分钱都不乱花，别说烟酒不食了，就连水果、零食也不吃，更谈不上服用补品了。随着接触的深入，马祖铭更加了解到，凡是善举或公益事业，海灯法师都会慷慨解囊。就前不久，江油电视台还专程前来重华镇，拍摄了一段海灯法师为发展当地教育事业而慷慨解囊的片段呢。

当天下午，海灯法师的大弟子范应莲与李兴友双双闻讯来到“本愿精舍”，会见这位单独从苏州而来的客人。海灯法师简略地把双方做了个介绍，大家握手致意后，就分宾主坐下了。

由于上次在泰山集训时间紧张，范应莲没有时间接触马祖铭与周文华，只是匆匆照了一面，就忙他的去了，所以他们之间连句话也没有说上。这回，范应莲终于可以仔细看看师父近年来经常挂在嘴边的那个苏州武术大师王子仁的弟子了，他不由把马祖铭多扫了几眼。

面前的马祖铭与长得人高马大、身材魁梧的范应莲相比，显得瘦小干瘪，一副架在鼻梁上的近视眼镜，更使他显得弱不禁风。

岂料，大弟子这副不屑一顾的神情，全被一边的海灯法师看在眼里，唯恐范应莲以貌取人，怠慢了远道而来的客人，海灯法师不由转脸对着范应莲说道：“你不要看他瘦骨伶仃，他的资格比你老得多！”接着，海灯法师把马祖铭从小学武，几十年如一日崇尚武术，如今他是第二次前来邀约，要请海灯法师重返第二故乡吴县等事宜向范应莲与李兴友等略述了一遍。范应莲听了，这才对马祖铭另眼相看。

当天，应海灯师徒的要求，马祖铭表演了一套他从小就学会的“螳螂拳”。

说实话，马祖铭的这套“螳螂拳”架势不错，出手踢腿间，似有股美的音韵在流淌。

海灯法师的武功，虽说外形并不优美，但功力极大，出拳伸指间，看似简短轻捷，却是呼呼有风，力透拳指与手掌。万一有人被他击中穴位等要害部位，不死即伤。对此，马祖铭早有耳闻。

马祖铭的师父王子仁有个徒弟，从小是烘大饼与氽油条出身的，身强力壮，有些功底。腿脚间也很有力，用力一脚蹬下时，可以把脚下的方砖都震碎。一次，他与海灯法师切磋武艺，两人交手中，不知怎的，海灯法师似乎连手都没见出，那五指竟在他的手腕上拉出五道青紫的印痕。为此，那人差点与海灯法师翻了脸……

但不管怎么说，从马祖铭的这套花拳绣腿中，海灯师徒还是看出他确实是练过多年武功的。

第二次拜见海灯法师，马祖铭在“本愿精舍”中连吃带住前后待了五天。

这五天中，马祖铭的每天三餐，都是由海灯法师亲手为他做，或是干粥，或是烂面。为便于马祖铭下咽，海灯法师还特意在上面浇了不少麻油，另加一小碟泡菜或酱豆。除此之外，第二天中午海灯法师还为马祖铭接风，叫弟子邓文金请马祖铭到小饭店吃了一顿。

趁海灯法师教授两个徒弟时，马祖铭把“本愿精舍”里里外外仔仔细细地看上了一遍——

重新翻建后的“本愿精舍”，仍旧朴实无华：进门有小客室一间，清静典雅，里面陈设不多。壁间有梓潼县政协副主席谢汉杰书写的原林山樵先生赠诗及兰州大学教授齐中钦先生赠诗的横幅各一帧，室内窗明几净，海灯法师常在此接待来访的宾客。据悉，由美国、加拿大等外来的客人很不少，海灯法师总是有礼貌地谈话 5 至 10 分钟后，便送客。临行时，按佛门规短，海灯法师总要向来客每人送上一枚熟鸡蛋，并诚恳而恭敬地说“吃后健康长寿，阿弥陀佛”。

入内则有一小天井，水泥地坝，刀、枪、剑、戟陈列一旁。那是海灯法师教授武术之所。常有尚武的青年于此习武，海灯法师则亲自在旁教练。尚武的人们一批批地由前门进，练后由后门出。纵然是酷暑寒冬也不稍懈。临后一排有厨房一间，厕所一间；靠左侧为海灯法师的卧室，与海灯法师卧室一廊之隔的对面，是一间供来客住宿的小客房。

海灯法师的卧室并不大，里面仅搭有一张禅床，床头一张长条柜子上，摆满了经书和经文。令马祖铭称奇的是，海灯法师睡觉的禅床，只有一张方桌那么大，上面吊着一顶黑灰色的蚊帐，壁头有观音像一幅。禅床上没有卧具，只放有高蒲团一个。可见法师终年不睡觉，在蒲团上跏趺而坐，每夜诵经念佛。大概马祖铭来了，占用了两个弟子的房间，所以海灯法师的两个弟子，就每晚在师父的禅床前铺设地铺就寝。海灯法师每日绝早起来后，徒弟们也须随他一起闻鸡起舞，每天除吃饭与午间小休外，其余时间必须练功，得一直练到晚上九时就寝，谁也不得逾越规矩，否则辞退回家……

晚上，马祖铭就睡在与海灯法师所住的卧室一廊之隔的那间平日弟子所睡的房间里。

马祖铭二访海灯时模样

这间房里灰尘满地，蜘蛛攀缘四壁，一副无人居住、久未打扫的样子。马祖铭见了，不由暗暗皱眉，他不怪海灯法师疏忽，只怪他的两个弟子懒惰，空闲时候，居然不知道洒扫庭除，把室内屋外打扫干净。

事后，他才知道，原来这是海灯法师故意不让打扫的，原因很简单，就因为所有灰尘里，都有生物，都是生命。他不能因此而杀生。

如此的居住环境尚可睁一只眼闭一只眼，但海灯法师的个人卫生却让马祖铭实在看不下去：海灯法师用一只青边瓷碗代替脸盆，晨起，他用这盛有水的"脸盆"洗脸、刮胡子；然后再用它盛放要喝的水。平时，就把此碗合扣在桌上。马祖铭见了，忍不住提出意见，认为法师这样内外不分很不卫生，要换了他人，八成会拉肚子。但海灯法师听了却反驳道："这主要是抵抗力的问题，猪这么脏，怎么也不见它生病呢？"

为防夜间受冷，海灯法师还特地给马祖铭加盖了一条棉被。好家伙，这条棉被白的被夹里早就变成了灰色的！用手一捏，棉花胎却很柔软，好像是新的。不过，这条灰不溜秋的被夹里却像是从来没有洗涤过似的，一闻，上面还隐隐散发着一股脚丫臭。

马祖铭掸掉床上的灰，在铺被子的时候，又有一股浓浓的尿臭向他薰去。循着臭味低头弯腰向床下一看，嗨！原来床底下有一只夜壶，里面还有半夜壶的隔夜尿呢！

这让来自"天堂"之地的国家干部马祖铭怎么躺得下去？所以整整四个夜晚，他都是连外衣也没有脱，和衣而睡的。这个秘密，海灯法师始终没有点破。

尽管如此，马祖铭所享受的待遇比起海灯的两个小弟子来，不知要好几倍呢！

海灯夜里打坐，两位小徒弟就和衣而睡，蜷缩在法师禅床旁的地板上，合盖着一条破棉被。海灯看马祖铭有点舍不得那几位师兄弟的样子，便对他说:"练武的人要吃得了苦,不能娇生惯养的。"然而,两小弟子却在背后一直哭丧着脸喊"肚子饿,饿死了",马祖铭实在看不下去,便趁海灯法师不注意,悄悄地摸出随身带来的苏州糖果,偷偷地塞给他们充饥,并还在一次闲谈时向海灯法师提议:"能否让他们吃得好一点?"甚至,马祖铭还举例自己1959年在省里集训时所受到的优厚待遇一事启发海灯法师。他对海灯法师说:"法师,那年我在江苏省集训时,四菜一汤,两荤两素,放开肚子吃,还有水果和牛奶。但尽管如此,练武功的人的脸色往往还是很黄的。看来练武习功,营养跟不上是不行的!"

海灯法师听了,笑着回答道:"乌龟不是吃得很少吗?甚至几年可以不吃一点东西,关键是它新陈代谢慢,吃下的东西能全部吸收。你吃的东西虽然很好很多,但大多是排泄掉、浪费掉的。"

这时,海灯法师的业余生活稍稍丰富了些许,一台美国朋友赠送给他的彩色电视机,就摆放在会客室里。有时,海灯法师也会通过电视浏览一些国内外大事。

海灯法师向来严守"众善奉行,诸恶莫作"的佛门教义,凡是他认为不好的事,对任何人都要批评。一天,马祖铭在旁边看他教弟子练武。他很客气地对小弟子陈杰说:"练给马师傅看看。"

于是,陈杰就像头小老虎似的跌扑滚打,左躲右闪,一套、二套、三套……一口气打了五六套,虽是冬天,但毕竟是剧烈运动,身强力壮的徒弟练得汗流浃背,上气不接下气。马祖铭看得有点心痛,在旁向海灯法师轻轻地提议了一句:"法师,让他歇一会吧?"海灯听了,当即生气地批评马祖铭道:"练武时,我是不喜欢人家插嘴的,你不要将他宠坏了。"

教武先教武德。在这五天中,海灯法师对马祖铭说得最多的是:"功夫无息,法自修,练武的人要将武艺贡献给人民。"

马祖铭在海灯法师那里的第三天傍晚,他就亲眼看见海灯法师像严父慈母一样地教育其中的一个弟子:"你吃不了苦,又缺少文化,国家安排你工作,你为啥不去?反而想出家当和尚。你不听我劝告,今后就不要到我这里来,我是不要像你这样的弟子的。"

海灯长期隐居在"本愿精舍",过着参禅练武、闭门苦修的僧侣生活。说是闭门,那真是名副其实,"本愿精舍"的大门,整日紧闭。没有海灯法师的许可,任何人不得擅自打开。自从他成为中外名人后,慕名者接踵而至,不少青年人不远千里到来,甚至露宿在屋檐下苦苦哀求法师收为徒弟。马祖铭就亲眼目睹过这样的事：一天下午，有人在外叩了半天的门。征得海灯法师的同意，马祖铭上前把门打开，放那人进屋。那人是从云南来，进门后还没有讲几句话，海灯就拍着台子大声喝令对方："滚，滚出去！"直看得马祖铭莫名其妙。待那人走后，马祖铭问海灯说："法师，您怎么忽然喝令人家滚了呢？"海灯法师头也不抬地答道："那人一脸凶相，满身杀气。"马祖铭问海灯法师何以见得？海灯直言不讳："是他的脸相告诉我的。"

有位从舟山群岛来的小青年被允许进入"本愿精舍"后，海灯法师却让他住了一夜，还叫他明年武馆开馆时来报名练武。马祖铭悄悄发问海灯收留他的缘故何在，海灯法师毫不犹豫地答道："这小青年有善根，是存心为强身健体来学武的。"

为此，马祖铭举一反三，结合那部《海灯法师》的电视连续剧向海灯半开玩笑半认真地说道："看了你的电视剧，那个姓梅的女教师生得很漂亮的，不是很喜欢你的吗？而你怎么出家去当了和尚？而王团练的儿子，就是那个小地主为啥一直欺侮你？骑在你身上打你？"

海灯听了，实话实答："这些都是艺术加工，都是虚构出来的……"

在与海灯法师直接接触的五天日子中，马祖铭掌握了有关海灯法师的大量的第一手资料：他亲眼看见海灯法师每顿饭菜只是一碗稀米饭和两块泡菜；那只粗瓷大碗更是陋旧得像只出土文物；那双乌黑的筷子，也由于法师常年的吮吸，致使筷子的一头尖得就像是用刀削过一样。海灯法师深爱着自己的那一件青衫，他多次告诉马祖铭说，他的这件夹衫是宝衣，能冬暖夏凉，已经穿了20个春秋了。弟子们多次请他脱下来洗洗，他都不依从。就是偶尔能劝下来洗一次，他也要约法三章：一是洗时不准用洗衣粉和肥皂之类的东西，二是洗时不准用手揉搓，三是要洗也只能在水里摆几遍，而且不能拧，只能用手轻轻拍打，然后搭在无阳光直射的绳子上晾干。

有关海灯法师节俭自励得几近苛刻的故事，被海灯法师在85岁那年收下的安徽籍弟子王全一（法号寂信）有着切身的经历，所以他的描述更具权威性。

海灯法师名扬四海之后，他的日常生活仍一如既往的清贫淡泊，并尽可能不受外界打扰，蛰居在后来当地政府投资万元为他翻建的"本愿精舍"里。当时虽然慕名而来的求佛问艺者多如过江之鲫，但他绝不轻易松口收弟子。经过严格得几近程门立雪般的反复考验，他才收下了王全一、李兴友、邓文金和蔡素成四位为徒。王全一事后不加掩饰地回忆说："师父一旦收留我们在他身边学艺，也就意味着我们的痛苦与磨难到来了。”

海灯法师的卧室里，除了几位弟子外，一般外人不准乱进、乱摸，一张长条柜子上，整整齐齐地摆满了多种经书和经文。他睡觉的床，只有一张方桌那么大，上面吊着一顶黑灰色的蚊帐，他睡觉时从来就是盘腿端坐在这顶小蚊帐中，坐长了，疲乏了，也就悄悄地斜躺在那里休息一会。他每年都有几次关门闭窗，连续六七个昼夜不吃不喝，不准任何人进入他的卧室。每当他关门闭窗的时候，几个弟子都十分担心，经常蹑手蹑脚地蹲在门外静听，一等就是好几个小时。可是，每次总什么也听不到。次日凌晨，耳听楼下师父的房门“吱呀”一声打开的时候，整夜因此未得安生休息的弟子们即呼隆隆地跑进来，然而他们只见师父依然还像平日那样神情自若地在院子里轻轻走动着，弟子们这才如释重负，更生敬仰之情。

海灯法师步入耄耋之年时，他那威震四海的“童子功”、“梅花桩”、“一指禅”已不能如愿为之了，可是他仍坚持每天凌晨4点钟起床，并经常是神不知鬼不觉地出入在“本愿精舍”的胡同旮旯里。等弟子们起来见到他时，他的额头上已清清亮亮汗渍一片，显然他早已练过功夫了。

每天早晨，海灯法师自己练完功之后，必定亲自为王全一、李兴友、邓文金、蔡素成这四位俗家弟子煮熬稀粥。而且基本上是定量的，每顿只有半锅，刚好每人一碗，不够了，就再加点水，刷刷锅，每人再添一勺。弟子们吃饭的时候，他也要求大家摆出马步姿势，把端碗的左胳膊和拿筷子的右胳膊与双肩摆成一律水平，然后用右手腕子的力量往嘴里扒粥饭。粥或饭吃完后，海灯法师还要近前亲自察看各人的档里掉没掉饭粒，如果掉了，还要立即拣起来，并且必须毫不犹豫地当场填进嘴巴里。吃过饭后，他还命令每人把碗舔干净……

海灯法师全国闻名后，前往“本愿精舍”求见海灯法师的一些贵客和社会名流较多，他们来时总要给法师带一些常见的礼品。这些礼品，海灯法师自己从不染指，必要时，送一些舍外的邻家。除此之外，一律放在那里不动，不到霉变时，他从不提出让弟子们分尝享用。一次，人家送来的一碗鸡蛋臭了，煮了之后，仍然臭味很浓。在这种情况下，他仍非要几个弟子把这碗臭鸡蛋分吃掉，不准浪费。当他见几个弟子面露难色、不肯吃时，他就破例剥开一只，吃给弟子们看，羞得几个弟子最后不得不把这碗臭鸡蛋全部分吃掉。还有一次因天气炎热，舍外人送来了两个西瓜，吃瓜的时候，海灯法师就在一边盯着，硬让几个弟子连瓜皮也一起吃下去。他还说：肉养心，皮养眼。

平时舍院里贵客来访，海灯法师就令弟子泡茶。客人走后，碗里还剩有未喝尽的茶末，海灯法师见了，就让弟子拿来筷子，把这些剩茶叶合倒在一个碗里，然后用筷子扒着吃了。

海灯法师虽崇尚清静无为，志在远离尘嚣，可他是全国政协委员，国家每月要发给他150多元的生活费，还给他订阅了几份报纸，送些相关的文件材料给他阅读。当地乡政府也十分关心他的生活，经常派人送来米面和煤球。对于政府下发的生活费，海灯法师则全部都投入到几个弟子的生活和服装添置中，假使有多余的部分，都捐献给政府，用于修桥、铺路和办学校上。对于送来的米面和煤球，他则一概拒绝接收。说粮食我们有钱买；柴，则可自己上山打。这样一可以节约，二还有助于练功。

一些国外友人慕名来舍拜望海灯法师，带来了很多高级的营养品和保健品。这些友人走后，海灯法师就把这些名贵的东西统统供奉在佛像面前，而一旦来了烧香拜佛的人，他却一一分送给人家，还说这是供过佛的，吃了可以消灾避祸……

当他知道马祖铭来四川住在成都市政府第一招待所，包一间房间每天8元钱时，便建议以后马祖铭再出差，睡一天2元钱的统铺就可以了，8元钱一夜太浪费了。还再次重复上次在济南时对马祖铭说过的话："我以后回吴县时，不要铺张浪费，住招待所就行了，不要浪费国家的钱。不要以后把账都算在我头上。"

畅谈中，马祖铭还请海灯法师审阅了吴县体委拟在太湖石公寺边开设"东吴武馆"的方案书，提出了特聘他为位于西山石公寺边的由吴县体委主办的"东吴武馆"的名誉馆长。海灯法师表示同意。但问及海灯法师能否在近期内重返苏州吴县西山时，海灯法师却摇了摇头，说至少得明年才能考虑此事。

原来，当时海灯法师除了身体欠安外，用募捐所得的100多万元建造的海灯法师武术馆正在紧锣密鼓地进行中，需要海灯法师随时的配合指导。所以马祖铭这次单独拜访法师，自是不可能如愿带上海灯法师同行，一起重返苏州。临别前，他与海灯法师约定，至多在明年这个时候，他可是无论如何也要再来江油，接应海灯法师与他一起同行，重返苏州西山的。海灯法师连连点头应允。

促膝长谈中，马祖铭知道蔡林生与周文华也多次写信给师父，邀请海灯

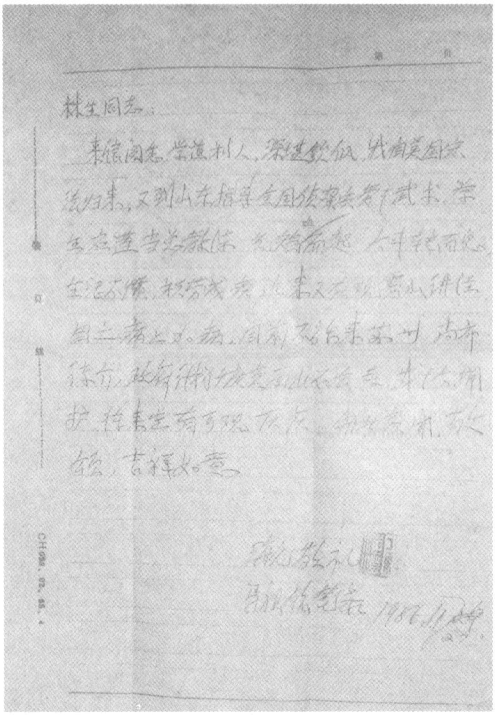

林生同志：

来信阅悉，学道利人，深堪钦佩，我自美国宏法归来，又到山东指导全国侦察兵骨干武术，学生应莲当总教练，先鸡鸣而起，今年转而息，生活不惯，积劳成疾，近来又在观雾山讲经，因之病上加病，目前不能来苏州，尚希谅介，政府计划恢复西山石公寺，我十分拥护，将来定有可观，庆庆，匆此答复，敬颂，吉祥如意

海灯敬礼

马祖铭笔录 1986.11.27

1986年11月27日，海灯致蔡林生信，马祖铭代笔

法师择日重返苏州。为此，那天海灯法师还亲作口述，由马祖铭代笔向蔡林生写了一信，告知爱徒暂时不能前往苏州的原因。全信如下：

林生同志：

来信阅悉，学道利人，深堪钦佩。我自美国宏（弘）法归来，又到山东指导全国侦察兵骨干武术，学生应莲当总教练，先鸡鸣而起，今年转而息。生活不惯，积劳成疾。近来又在观雾山讲经，因之病上加病，目前不能来苏州，尚希谅介（解）。政府计划恢复西山石公寺，我十分拥护，将来定有可观，庆庆（幸）。匆此答复，敬颂，吉祥如意。

海灯敬礼

马祖铭笔录1986年11月27日

信后落款旁边，马祖铭还代法师盖了“少林海灯”的印章。

海灯赠马祖铭早年照片

当马祖铭依恋不舍地告别海灯法师时，满以为法师会派小车送他到江油县城的，出乎意料的是，法师仍旧让他坐长途汽车。

临别时，海灯法师派弟子陈杰送马祖铭上车，还不忘再叮嘱马祖铭说：“以后出差，住2元多钱一天的统铺就行了。8元钱一天的房钱太贵，浪费钱！”

……

刚过春节，在吴县政协与县城建局领导的安排下，马祖铭就按计划正式向海灯法师发出了邀请他重返吴县、故地重游的请柬，同时还附上了石公寺中陈列室内外几室的模拟图，一并请海灯法师过目。

1987 年 5 月 29 日，一封抬头为“苏州吴县城建局园林处马祖铭收”，下面落款“四川省江油县重华乡本愿精舍法师”的挂号信，寄到了马祖铭手中。马祖铭拆信一看，但见信上用稚嫩的钢笔字端端正正地写道：

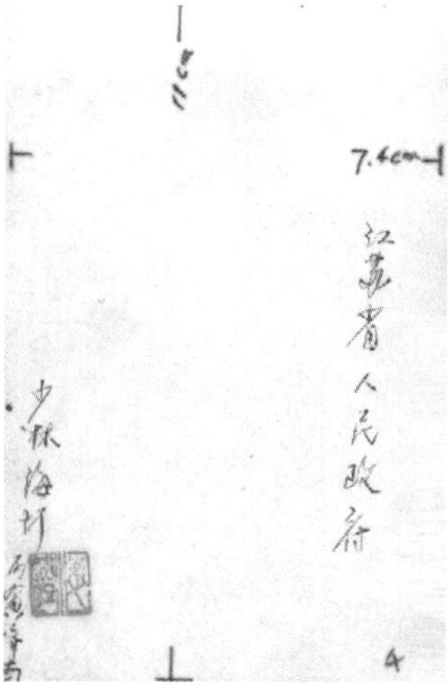

海灯赠马祖铭早年照片背面亲笔

吴县人民政府，各位领导同志，

马祖铭同志：

请柬及信均收到，言言金玉，感谢！感谢！佛教协会召开时，我正生病。因去年五、六、七月我在山东指导训练侦察兵骨干，生活不习惯，归来应酬又多，病情转重。三月十九日，在成都接见澳大利亚总理，谈气功后，即到北京开全国政协会，病仍未愈。

近来开办武校，是为了（八八年十月）武馆选教练。因之忙上加忙，八、九月稍闲，或能游江南，拜见诸位同志。陈列室收绩（集。笔者注）了许多资料，颇费精力。灯本庸人，有劳庄严，愧甚，愧甚。

谨此敬祝身心安乐，健康长寿

海灯致礼

陈杰　写

外奉照片两张

1987 年 5 月 29 日，海灯“本愿精舍”径寄马祖铭信封

信纸右下角依然盖有一方“少林海灯”的篆体印章，信封中还夹着海灯法师两张近影。

捧读此信，马祖铭不由地为海灯法师的身体健康情况而担忧：“病情转重”？海灯法师患的究竟是什么病？“病仍未愈”？他到底什么时候能康复来苏州？

马祖铭正在忧心忡忡的时候，苏州市园林局邹宫伍副局长找他来了。邹宫伍是苏州市政协负责城乡建设的常委，还是太湖风景管理委员会的委员，更主要的是，他与马祖铭一样，在邀请海灯法师重返太湖西山一事上，也是曾受到柳林主任特别指示的。所以他始终关注着这件事，希望海灯法师能早日故地重游，重返西山，为正在建设中的太湖风景区再增添一道别样的风景线。所以，当他看到了海灯法师写来的这封信后，他也顿时坐立不安了起来。当下，他决定亲自前往江油探望海灯，并邀约马祖铭随他一路同行。马祖铭自是正中下怀。于是，邹宫伍亲自出马，找到吴县城建局的局长，提出了自己的想法与要求。

吴县政协、吴县城建局的领导们，当即表示无条件支持。

1987 年 11 月 26 日，获悉海灯法师身体基本恢复健康后，马祖铭就连忙与苏州市园林局邹宫伍副局长一起结伴共赴江油重华，探望海灯法师，相机提出邀约，如有可能，干脆带着海灯法师一起重返苏州西山的事宜。这真是：

为求真经历艰辛，
捧出赤诚事业心。

欲知后事如何，且看下回分解。

第二十七回　二赴江油翻铁嘴 抢得师父如愿归

且说马祖铭与邹宫伍结伴而行，强烈的责任心与事业心促使他俩不顾一路车船劳顿，刚来到江油市后，就坐上了一辆中巴车，心无旁骛地直奔重华镇。

由于去年已单枪匹马地来过这里并待了五天，所以马祖铭一下中巴车就轻车熟路地领着邹宫伍来到了“本愿精舍”。

“本愿精舍”的大门一如以往那样紧闭着。

于是，马祖铭领着邹宫伍绕向后门，准备像上次那样从后门进去。然而，绕到后门口正要上前叩门时，他忽地被后门边墙上张贴着的一张大纸吸引住了，定睛一看，原来是一纸《通告》：

通　告

根据上级组织有关指示，全国政协委员，驰名中外的海灯法师现故居我乡场镇，为了保障海灯法师身心健康，使之愉快地度过晚年，凡属省内外的来宾客人，不论单位团体或个人，不得擅自和法师见面，如确需见面者，须经重华乡党委、政府同意。

特此通告

中共江油县重华乡委员会

江油县重华乡人民政府

一九八七年六月一日

“本愿精舍”前门（墙有告示）

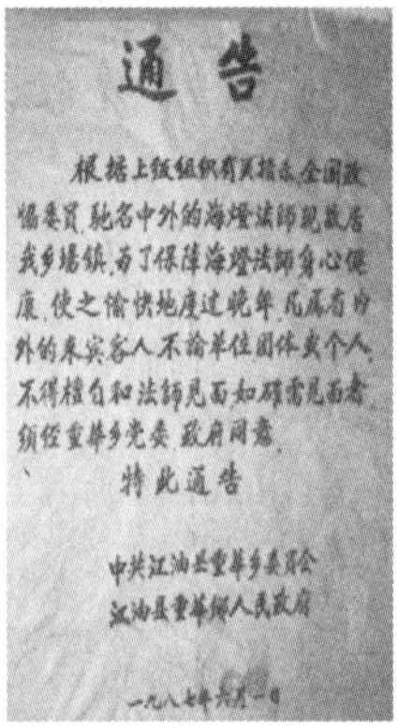

江油政府通告

在这纸告示上的日期上，还盖着重华乡党委、政府的两枚鲜红的印章。

细心的马祖铭一边悄悄地举起照相机把它装进胶卷，一边心里不由敲开了鼓：我们这次造访，是否也要先去重华乡党委、政府报到一下呢？倘若去报到了，万一人家不同意，事情就麻烦了！想到这里，他扭脸朝身边的邹宫伍副局长征求意见。此时，邹宫伍也正端详着《通告》在沉吟思索呢。

当下，两人的视线碰撞在一起，并立即从对方的眼神中达成了默契：还是暂时不要惊动为妙。

于是，马祖铭果断地叩响了后门。

门内传出了一个稚嫩的声音：“外头哪个？”

“是我，苏州的马师傅。”

少顷，后门打开，里面露出了陈杰惊喜的面孔，一声亲切的“马师傅”后，即把这个去年来这里待了五天，并曾想减轻自己的苦练而在师父面前求过情、给自己以苏州糖果充饥的亲爱的马师傅给让进了门内。后面的邹宫伍紧跟着也进了屋内。

当马祖铭领着邹宫伍出现在海灯法师的面前时，海灯法师自是很感意外与高兴。马祖铭即把身后的邹宫伍向法师作了介绍。双方一番寒暄，不作展开。

且说双双分宾主坐下后，马祖铭拿出一沓特意拍摄的西山岛石公山与石公寺的近影，请海灯法师过目。海灯法师逐一欣赏着西山岛石公山与石公寺今非昔比的崭新面貌时，不由笑容满面，连连点头称好。

接着，马祖铭向海灯法师汇报了东吴武馆试办以来的情况，并告诉海灯法师说：安置在西山石公寺中的海灯法师旧居陈列室已准备就绪，即将正式布置。同时，马祖铭还拿出了一份拟挂在陈列室进门屏风上的《海灯法师在吴县》的导言，请海灯法师过目。

海灯法师戴上老花眼镜，仔细地阅读了两遍。然后，他微皱着眉心拿起一支签字笔，把这份导言上几句过誉的词句逐一划去。

“要实事求是嘛！”海灯法师微笑着把修改后的导言交还给马祖铭。

马祖铭接过导言一看，不由对法师更加崇敬了。

直到如今，马祖铭还珍藏着这份海灯法师亲笔修改的导言。全文如下：

海灯法师在吴县

1957年，海灯法师来到吴县，任石公寺住持。1959年为县政协委员。1967年离开吴县回故乡江油。海灯在石公山度过十个春秋，在这期间正是他风华正茂之时，他一面参禅拜佛，一面练武习文，一面施医施药。在山上他除了经常献技演武，热情地接待各地来的游客外，还多次携带徒弟在县里召开的各种会议上进行武术表演，又应邀去苏州、南京、上海、杭州、宁波等地频繁地讲经传法，演武比武。以其精湛的“二指禅”、“梅花桩精拳”、“童子功”三大绝技和高尚的武德，驰誉全国。

1959年，海灯代表吴县参加了在上海举行的江苏省武术比赛大会，一举夺了魁。

1960年底，海灯应杭州市灯光球场和省体育场作了两场武术表演，演出的项目有“童子功”、“一指禅”、“方便铲”、“风池剑”、“金钢锤”，博得场上数千观众（“数千观众”删除）阵阵喝彩，掌声如雷（“掌声如雷”删除）。

1961年10月17日，海灯代表江苏省出席了上海举行的华东地区武术比赛大会，荣获“少林绝技”锦旗一面。

1962年12月30日晚，在上海体育官举行的庆祝1963年元旦的武术表演大会上，海灯先后四次登场表演了“空手对打”、“空手对剑”、“空手进插子”、“六通罗汉拳”，引得数千观众的热烈掌声。

1963年2月，海灯在宁波市武术表演大会上演出“武当对剑”、“徒手对打”、“罗汉功”、“空手进枪”等项目，当地报纸作了大量专项报道。

1963年10月，全国武术比赛大会在上海举行，海灯代表江苏省参加了这次规模空前的盛会，表演的“金刚锤”、“空手进枪”，获得了名次。

1964年，海灯应邀去海军东海舰队司令部进行了武术表演。

1965年，海灯应少林寺之请，前往演武十余日。

据初步统计，海灯在吴县期间参加了江苏、浙江、上海及全国举办的演武比武大会达三十次之多，可说是场场演出令人叫绝，参赛竞技多次夺魁（“场场演出令人叫绝，参赛竞技多次夺魁”删除），声振江浙沪，名扬神州，为传播和振兴中华武术作出了自己的贡献，被人誉为“少林宗风”、“少林传人”（“被人誉为‘少林宗风’、‘少林传人’”删除）。

海灯皈依于佛，奠基于文、成名于武、乐业于医、积誉于德，他不仅武术好，人品也好。乐善好施的他治病时分文不收，还时常踏遍全岛采集药材，自制丸丹膏散，伤科针灸尤为擅长，凡是前来求医者，他都笑脸相迎，认真诊治，或针灸推拿，对症治疗，有时还送医上门，去病家问寒问暖，使病人倍感亲切。因此，海灯法师深受吴县人民的爱戴和敬仰。

1985年，海灯担任吴县武术协会和东吴武馆的名誉主席和名誉馆长。

1986（“1986”改“1987”）年。海灯携带四名弟子重返吴县，在石公山亲自传授武艺二十五天。

海灯与吴县的山山水水、一草一木结下了深厚的感情，他把吴县称为自己的第二故乡。

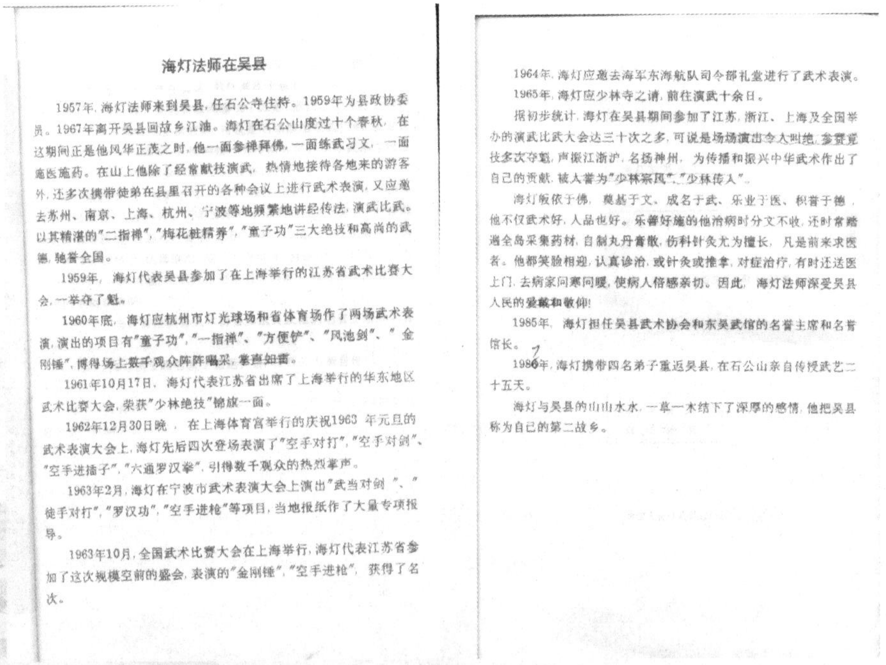

海灯法师在吴县

1957年，海灯法师来到吴县，任石公寺住持。1959年为县政协委员。1967年离开吴县回故乡江油。海灯在石公山度过十个春秋，在这期间正是他风华正茂之时，他一面参禅拜佛，一面练武习文，一面施医施药。在山上他除了经常献技演武，热情地接待各地来的游客外，还多次携带徒弟在县里召开的各种会议上进行武术表演，又应邀去苏州、南京、上海、杭州、宁波等地频繁地讲经传法，演武比武。以其精湛的"二指禅"，"梅花桩精养"，"童子功"三大绝技和高尚的武德，驰誉全国。

1959年，海灯代表吴县参加了在上海举行的江苏省武术比赛大会，一举夺了魁。

1960年底，海灯应杭州市灯光球场和省体育场作了两场武术表演，演出的项目有"童子功"，"一指禅"、"方便铲"、"风池剑"、"金刚锤"，博得场上数千观众阵阵喝采，掌声如雷。

1961年10月17日，海灯代表江苏省出席了上海举行的华东地区武术比赛大会，荣获"少林绝技"锦旗一面。

1962年12月30日晚，在上海体育宫举行的庆祝1963 年元旦的武术表演大会上，海灯先后四次登场表演了"空手对打"，"空手对剑"、"空手进插子"，"六通罗汉拳"，引得数千观众的热烈掌声。

1963年2月，海灯在宁波市武术表演大会上演出"武当对剑"、"徒手对打"，"罗汉功"，"空手进枪"等项目，当地报纸作了大量专项报导。

1963年10月，全国武术比赛大会在上海举行，海灯代表江苏省参加了这次规模空前的盛会，表演的"金刚锤"，"空手进枪"，获得了名次。

1964年，海灯应邀去海军东海航队司令部礼堂进行了武术表演。

1965年，海灯应少林寺之请，前往演武十余日。

据初步统计，海灯在吴县期间参加了江苏、浙江、上海及全国举办的演武比武大会达三十次之多，可说是场场演出令人叫绝，参赛竞技多次夺魁，声振江浙沪，名扬神州，为传播和振兴中华武术作出了自己的贡献，被人誉为"少林宗风"、"少林传人"。

海灯皈依于佛，奠基于文、成名于武、乐业于医、积誉于德，他不仅武术好，人品也好。乐善好施的他治病时分文不收，还时常踏遍全岛采集药材，自制丸丹膏散，伤科针灸尤为擅长，凡是前来求医者。他都笑脸相迎，认真诊治，或针灸或推拿，对症治疗，有时还送医上门，去病家问寒问暖，使病人倍感亲切。因此，海灯法师深受吴县人民的爱戴和敬仰！

1985年，海灯担任吴县武术协会和东吴武馆的名誉主席和名誉馆长。

1986年，海灯携带四名弟子重返吴县，在石公山亲自传授武艺二十五天。

海灯与吴县的山山水水，一草一木结下了深厚的感情，他把吴县称为自己的第二故乡。

海灯亲笔删改的《海灯法师在吴县》导言

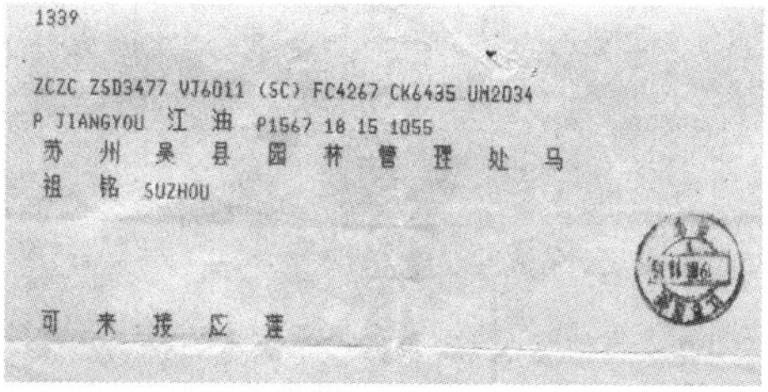
1339
ZCZC ZSD3477 VJ6011 (SC) FC4267 CK6435 UN2034
P JIANGYOU 江 油 P1567 18 15 1055
苏 州 吴 县 园 林 管 理 处 马
祖 铭 SUZHOU
可 来 接 应 莲

1987 年 11 月，范应莲致马祖铭电报

海灯法师改毕导言，放下笔，不无激动地向马祖铭与邹宫伍说道："你们把石公山与石公寺建设得这么好，你们辛苦了，谢谢吴县人民。"

这天，海灯法师与马祖铭、邹宫伍敞开心扉，聊了很多的话。

马祖铭知道海灯法师会相面，能预知人的过去与未来，所以聊得兴起时，他趁机请海灯法师为邹宫伍副局长看看相，一试灵验。海灯法师眯起双眼把邹宫伍略一打量，便果断地开口说道："你很聪明。"

马祖铭听了，在一边打趣道："人家不聪明，能当上局长呀？"

"但你穷得很。"没想到海灯法师接下来的话就令人吃惊了。

一语正中邹宫伍下怀，他当即毕恭毕敬地站立起来应声答道："是的，我是穷的。做了 20 年的右派，拖过榻车，一月 28 元工资，连老婆也讨不起。"

这下，轮到对邹宫伍不甚了解的马祖铭感到诧异了："你本是同济大学的高材生，怎么会这样呢？"

邹宫伍叹了口气解释道："只怪我当年看不惯某个领导的工作作风，画了张漫画，所以被打成了右派。从此一蹶不振，直到粉碎'四人帮'后，才重新恢复工作……"

一番说笑后，马祖铭对海灯法师更加崇拜与敬仰了，他向海灯法师提出，要拜海灯法师为师。海灯偏着脸问道："你要拜我为师？是啷个师？武术上的，还是佛教上的？"

马祖铭答道："我两种都要。"说罢，也不管海灯法师同意与否，纳头便拜，来了个五体投地的大礼。海灯法师一见，一边连忙把马祖铭扶起，一边连声答应："好的好的，我收下你便是了。"旁边的邹宫伍见了，也要海灯法师收他为徒。海灯法师满足了这两位千里迢迢专程赶来的朋友的一片真诚的要求。按佛门规矩，他分别给马祖铭与邹宫伍起了个法号。马祖铭法号为"隆荣"，邹宫伍法号是"隆山"。海灯法师还当场赠予马祖铭"立功立言立德"六字为座右铭。这天，海灯法师与马祖铭、邹宫伍谈得很投机，晚饭时分，海灯法师还亲自动手剥了两只白煮鸡蛋，分别请两位刚收下的俗家弟子充饥，并专门声明说："这两只鸡蛋是没有踏过雄的（指未曾经母鸡孵过，没有生命的），你们尽管吃。"

为不过多打扰海灯法师，也为了不再承受“本愿精舍”中那令人难以恭维的食宿环境，所以当晚马祖铭与邹宫伍就住在重华镇的一个小旅馆里。

然而，翌日清晨，当他俩离开旅馆来到“本愿清舍”时，却不约而同地搔开了头皮。原来，已经作出马上跟随马、邹重返苏州西山的海灯法师，决定在临行前向他的父母官作一辞行！自从身不由己地沾上政治的边，成为了公众注目的人物后，海灯法师不但变得能说会道了许多，组织纪律性也更强了，他不能就这样不声不响地一走了之。

也是官场上周旋多年的人，马祖铭与邹宫伍心知肚明，他们知道若惊动了当地父母官的话，凶多吉少，很可能难以把海灯法师带去苏州了。因为除了海灯法师已成为了重华乃至江油的宝贝外，还因为此时的江油海灯法师武馆也正在紧锣密鼓地筹建中，每天前往重华镇观光寻访的游客更是趋之若鹜，此时把海灯法师带走，与釜底抽薪又有何异？

一番踌躇与犹豫后，马祖铭与邹宫伍拗不过自信的海灯法师，只好跟着师父一起，忐忑不安地去了重华镇政府。

面对这样一件大事情，重华镇政府的领导不敢擅自决定，他们让海灯法师一行先回去，容他们向江油市政府请示后再作决定。

岂料，马祖铭与邹宫伍随着海灯法师回到“本愿精舍”没多久，一行六七位领导模样的人也行色匆匆地来到了“本愿精舍”。海灯法师把来人迎进会客室坐下后，又请马、邹两位一起到会客室中坐下。令马祖铭与邹宫伍顿时感到紧张起来的是，这几位领导个个神情严肃，一语不发，一进会客室，先后默然坐了下来后，便齐齐把目光盯着马祖铭与邹宫伍这两个不速之客。

经介绍，马、邹俩人才知道，突然出现在他们面前的六七位领导分别是江油市人大、政协等市四套班子的几个副职领导，还有市宗教局的局长，他们刚一坐下，就对马祖铭与邹宫伍来了个“三堂会审”。

“你是什么人？你来干什么？”就在冷场片刻的时候，忽然，江油市一位副主席的一声冷冷的责问，打破了僵局。他虎视眈眈地抬手一指马祖铭，来了个开门见山。

马祖铭见状，心中竟升起一股无名的豪气，不无幽默地回答道：“我叫马祖铭，是新中国的公民。我是从苏州来的。”

那个副主席生气地提高了嗓门，瞪着马祖铭继续问道：“你看没看到，外面墙上（指海灯法师的‘本愿精舍’后门口）贴着的告示？”

马祖铭点了点头答道：“我看见的。”

那位副主席更生气了:“既然知道了,为什么你们还要未经我们的批准,擅自惊动海灯法师呢?”

马祖铭对此早有准备,不由哑然失笑地反问道:“我是海灯法师的徒弟,难道我徒弟见师父,还要经过谁的批准?”说着,机灵的马祖铭反客为主,一边拿出他带来的苏式糖果等小吃,分送给在座的各位领导品尝,一边软中带硬地笑着说道,“譬如说吧,您当了中央领导,您的儿子要见您,也要经过中央的批准吗……”

马祖铭这几句半真不假的话出口,顿时把满场紧张的气氛给搅活了,与此同时,邹宫伍副局长恰到好处地拿出自己的工作证,递到了江油市政协那位副主席的面前。

经过传阅,众人得知了邹宫伍的身份后,脸上都露出了笑容。就连刚才那位还怒形于色的江油市副主席的脸上,也露出了微笑。

于是,借此机会,邹宫伍副局长把他们此行的来意向江油市政府的领导们如实和盘托出。

然而,江油市与重华镇的领导们一听马祖铭他们居然要把海灯法师给接到苏州去,众人脸上的笑容顿然消失,屋内的气氛又紧张了起来。原来,江油市的领导们都不愿海灯法师被接去苏州,他们只担心海灯法师去了苏州这样一个富庶美丽的鱼米之乡后,成了那位乐不思蜀的“刘禅”,不再重回四川江油,从而使他们辛辛苦苦地打出来的这张以海灯法师为主的旅游牌,黯然失色。

这种心情,情有可原,谁都理解。

尤其是对于事业心与责任心俱强的江油市与重华镇的领导们来说,更是显而易见。

马祖铭与邹宫伍何尝不是心明如镜!

于是,能说会道的马祖铭在邹宫伍的一个眼色下,开始大打感情牌。

他从四个方面入手,向在座的江油市与重华镇的政府领导们进行了晓之以理、动之以情的解释。他说:“各位领导,请原谅我们的冒昧与冲动。由于我们准备要在今天与当地两级政府见面的,所以为了不给你们增添更多的麻烦,昨天就没有及时前来惊扰你们。有关我们苏州、吴县两地政府邀约海灯法师旧地重游一事,我们已经准备了一年多。至于为什么要邀约海灯法师旧地重游,我们有四个方面的考虑。一是从1958年到1967年,海灯法师在我们苏州吴县整整隐居了10年,在苏州尤其是在吴县的西山岛上,做了很多很多的好事，苏州与吴县的人民非常想念他。二是‘文革’期间，海灯法师在苏州尤其是在吴县，受到了不公正的待遇，甚至受到了不该有的冲击。尽管这是众所周知的无可奈何的事，但长期以来，我们苏州吴县人民的心中，总是怀有十分的内疚与羞愧。三是听说海灯法师步入晚年后，身体状况并不是太好，吴县人民愿意无偿为他诊断与治疗。四是我们苏州吴县的石公山及海灯法师当年隐居过的石公寺，现在经过政府的努力，已经整修一新，不但恢复如前，还增添了许多新景点。我们还在石公寺中，辟出一个海灯法师陈列馆。为此，我们想请师父重返第二故乡看看，指点指点，提提意见。还有，”说到这里，为了进一步排除江油与重华两地政府领导对于海灯法师一去不返的忧虑，所以马祖铭略一停顿后，居然脱离了柳林主任临行前的四点秘密机宜，自己发挥道，“听说海灯法师在‘文革’中失去了一点东西，我们想请海灯法师认领回去。”说到“认领回去”四字，马祖铭还特意加重了语气。最后，马祖铭以一种软中带硬的口气，半是提醒半是强调地补充道：“海灯法师是四川人，在我们苏州吴县待了10年，还是吴县的第一、第二届政协委员。但现在海灯法师已不是四川江油的，更不是属于苏州吴县的，而是全国人民的了。我们这次邀约师父故地重返他的第二故乡，就是上述几个出发点。”

江油政协座谈会上，左1为马祖铭

可是，无论马祖铭嘴里怎样吐出莲花来，在座的江油与重华的两级政府领导又不是3岁的孩子，他们怎会被你一番说辞就此打消疑虑？所以马祖铭的游说结束后，那位江油市政协的副主席就干脆来了个单刀直入，直奔主题。他望着马祖铭一字一顿地说道：“你可知道，我们江油的海灯法师武术馆已造好，它投入了多少资金？”

马祖铭机灵地答道：“知道。我们昨天已经去看过了。我的师父这么大的年纪了，自有分辨能力了，师父他一向四海为家、云游四海，他愿意到哪里，就到哪里。你们若不相信，可以跟我们一起去苏州，一切费用由我们吴县政府来。”

话说得滴水不漏，软中带硬，于情于理都完全说得过去。最后，大家都把目光集中到海灯法师的脸上了。海灯法师微微一笑，点点头，说道："隆荣的话说得有理。我也很想趁现在自己腿脚灵便，重返苏州西山去看看了。"

海灯法师一锤定音，众人这才无话可说。当天中午，重华镇政府做东，设便宴招待了江油市政府一行领导及马祖铭与邹宫伍这两个苏州客人。席间，双方握手言和，江油市的领导还一致表达了他们要与吴县结为友好城市的愿望。邹宫伍与马祖铭当场表示回去后立即向吴县县委领导汇报。这是余话，不作赘述。

见海灯法师当着家乡父母官的面表达了重返苏州吴县西山，看看20年前自己曾在那里生活了整整10年的石公寺、会会久违了的西山岛的父老乡亲的愿望时，马祖铭心中的一块石头，总算放下了一大半。

虽说尽管双方达成了理解与一致，但这场让人虚惊一场的风波，还是在邹宫伍与马祖铭心中留有几分忐忑不安，他俩只怕夜长梦多，届时人家又临时变卦，不同意海灯法师跟着他们去苏州了。所以，握别江油市与重华镇的父母官，一回到"本愿精舍"，马祖铭就马上掏出人民币，请海灯法师尽快设法买上去苏州的火车票，以便他们明天就动身。

然而，马祖铭此举竟已晚了一步。他的话音刚落，海灯法师就笑吟吟地从枕头底下摸出六张从江油直达苏州的火车票，无言地递到了马祖铭与邹宫伍的面前。马与邹两人一看，不由地喜出望外地都站了起来：原来，海灯法师早就做好了准备，一清早起来，他就悄悄地令范应莲驱起那辆济南军区送给海灯法师的旧吉普车，去了火车站……事到如今，马祖铭与邹宫伍除了佩服海灯法师的大智若愚外，还有何话好说？

兵贵神速！当下，马祖铭就请范应莲去镇上的邮电局，向苏州吴县城建局拍去了一个加急电报，把大功告成的好消息与他们六人乘坐的火车班次与时间，言简意赅地向局长作了汇报，请家里的领导们做好接待海灯师徒一行的准备工作。这是余话，不作展开。

第二天，11月25日，刚好是达摩祖师生日的日子。临行前，海灯法师特意领着他的四位徒弟们（范应莲、李兴友、邓文金、蔡素成）和两位客人，前往镇郊他父母的墓地去作了叩头拜别，然后六人这才坐上吉普车，风驰电掣般地离开了重华镇。

直到列车一声长鸣，带着海灯师徒一行离开江油车站，马祖铭心中悬着的那块石头才完全落地。他悄悄望着邹宫伍，两人脸上露出了会意的笑容。

这真是：

铁嘴莲花服众人，
如愿以偿似明抢。

欲知后事如何，且看下回分解。

第二十八回　山青水清人更亲　故地重游留谶语

1987年深秋，西山岛上的橘红橙金，果实俱已成熟，放眼望去，漫山遍野，五彩缤纷，分外鲜艳。

马祖铭与邹宫伍不负众望，带领着海灯师徒一行来到苏州。当晚，根据海灯法师事先的一再嘱咐，马祖铭当真把海灯师徒五人安排在位处苏州城南苏苑街上的一家普通的吴县财经招待所住了下来。

《解放日报》的新闻记者嗅觉最灵敏，1987年11月26日，该报率先发布了题为《海灯法师动身下江东》的新闻，透露了海灯法师将于11月27日莅临苏州吴县的消息，所以次日便有不少关心与热爱海灯法师的人们，纷纷来到位于苏苑街上吴县财经招待所，要求采访与拜见海灯法师。为不影响海灯师徒的休息，马祖铭只好通知门卫一律挡驾。

当晚，蔡林生在获知师父一行已抵达苏州的消息后，因不知师父具体下榻的地点，故而情急中他先电告上海的师兄俞誉万，然后和连忙赶来苏州的俞誉万等一起连夜直奔马祖铭家，向马祖铭打听师父的下榻处。为确保海灯法师的安全，起先马祖铭根据组织的指示，说什么也不肯透露，后在蔡林生和俞誉万的一再恳求下，他才告知了他们。

翌日上午，蔡林生与俞誉万、周文华早早起身，直奔吴县财经招待所，并终于见到了师父。对于师徒们当时久别重逢的欢喜与激动，不作赘述。且说当蔡林生得知师父一行将在吴县政府的安排下，于第二天（11 月 29 日）上午乘船前往西山石公寺的消息后，他即与师兄弟妹们商议：除留周文华一人陪伴在师父身边外，其他人马提前上石公山做迎接师父一行的准备工作。

于是，当天下午蔡林生一行即坐船前往西山石公寺，和太湖风景开发委员会与苏州市园林管理处的领导一起，购买了爆竹、准备了锣鼓、书写了横幅，并给每个师弟兄们安排了任务。

11 月 29 日早晨，天气忽然变冷，寒风凛冽，气温骤降。马祖铭请示领导后，连忙去商店里买来了四件棉军大衣与一件羽绒背心，分送给海灯师徒五人。羽绒背心则是给海灯法师穿的。

上午 9 时许，海灯师徒五人便在马祖铭与吴县政府领导的陪同下，分乘上六辆轿车与一辆面包车，在警车的开道前引下，直向太湖边的东山陆巷码头驶去。这时，码头上已泊着一艘可供停载车辆的“莫厘”号大型游艇。六辆轿车鱼贯而入，直接驶上游艇，然后汽笛一声长鸣，游艇直向水天一色的茫茫太湖中驶去。

这时，西山岛上的石公寺前，已是人头攒动、彩旗招展，海灯法师的俗家弟子们蔡林生等已带领着人们架起锣鼓，拉起横幅，等着海灯师徒的到来。上午 10 时多，待等游艇靠岸，海灯法师在弟子们的簇拥下健步来到石公山前时，石公山前顿时彩旗飘扬，锣鼓喧天，震耳欲聋的爆竹声升空而起。

海灯法师终于来到了他日思夜想的西山岛石公山，面对热情的人们与热烈的欢迎仪式，海灯法师双手合十，激动得频频向着夹道欢迎的人群打躬作揖。

1987 年海灯法师重返西山

1987 年海灯重返西山时与友人欢谈，右 1 为范应莲

在众弟子的簇拥下，海灯法师与范应莲、李兴友一行客人参观了石公山。

1987 年夏，马祖铭与海灯法师亲密交谈

今日的石公山已今非昔比，20 多年来，经当地政府部门多次拨款修复，如今已是焕然一新：重新建立的山门匾额上，“石公胜迹”为 1984 年上海市副市长宋日昌书；入山门右行为“橘香亭”，方亭石砌，质朴无华，亭名由江苏书法家曹志桂所书；山腰南部是 1983 年新建的四角翘飞的御墨亭，中置清世祖顺治亲笔御书“敬佛”石碑，碑名“御墨亭”三字为爱新觉罗·溥杰所书。

御墨亭后，崖石耸峻，下凹为洞，洞口有明代严征草书“归云洞”、徐纲楷书“读圣贤书，行仁义事，存忠孝心”等摩崖石刻。归云洞洞高丈余，洞内可容二三十人，因洞口有一钟乳石垂挂，形似一朵白云刚刚归来，故而得名。洞内青石凿刻有送子观音像。原系天然岩石，后经人工雕凿，形象逼真。近代曾被涂以饰金，反失真相。“文革”中，石像被毁。1984 年整修石公山时，重造石像。洞中还有石鸳鸯、明月泉、石佛及石刻题字。其中，题字以清代林屋散人秦敏树的“石公八咏”价值最高。洞前左侧“印月廊”，为面西曲廊。相传吴王夫差曾携西施在此赏月。廊内墙上有七块清末名人吟咏石公山的云梯、一线天、石梁、归云洞、连云嶂、石公庵、蟠龙洞的五言绝句诗碑。

烟雨山房为观太湖雨景之佳处。“烟雨山房”四字由中国书法家学会名誉主席、中央工艺美院副院长陈叔亮老人题。对联“涧雪压松多偃仰，岩泉滴石久玲珑”，录自史可法诗，李一氓书。

浮玉北堂原为石公庵接待处。石公山翠柏葱郁，如碧玉浮湖，故有“浮玉”之称。北堂原指古代大夫家主妇起居处，此处是石公庵接待女宾之地。堂有两联，一为“烟雨环绕三山外，吴越平分一水间”，由中国书法学会理事、中国军事博物馆顾问李铎题；另一为“目极湖山千里外，人在水天一色中”，由董寿平题。浮玉北堂现辟为茶室，供游人品茗观景。峭壁下，有粉墙黛瓦的翠屏轩，轩旁山岩似削，横开似屏，山上竹柏青翠碧绿，故名“翠屏”。“翠屏轩”三字为著名书法家、上海图书馆馆长顾廷龙题。庭前有石榴，夏日榴花娇红似火，独占佳色。原轩始建于清乾隆三十八年(1773)，为乡人凤元纶所筑。王鸣盛撰有《翠屏轩记》。轩废于清末，1984年重建。酷似彩虹落崖的单拱石桥“移影桥”，取“风帆移影桥独横，渔姑对镜月成双”之意而名。“移影桥”三字为苏州书法家杨在候所书。

半山石壁耸立，壁间有一石隙，其斜坡约70度，如劈似削，如线垂挂，宽不盈尺。在石隙间，用平整石嵌置53级石阶，称“五十三参，参参见佛”。摩崖石刻“一线天”三字为苏州书画家谢孝思所书。沿蹬道可登崖顶，有一夫当关、万夫莫开之势。崖顶有联云亭，因原有联云障石景而名。

浮玉北堂之东有一宽阔广场，系石公庵大殿遗址。其后悬崖陡峭，临崖面筑的来鹤亭翼然其上。亭始建于北宋，据宋代范成大的《吴郡志》记载，信安郡王孟忠厚以西山黄桔酿酒，美其名曰“洞庭春色”。苏东坡饮后十分喜爱，专门写了一篇《洞庭春色赋》，使“洞庭春色酒”闻名一时。信安郡王为感谢苏东坡，在石公山上为他建造此亭。在建亭时，有群鹤从杭州西湖放鹤亭而来，见此青山绿水，流连忘返，栖息宿夜，乃忘其家，故亭起名“来鹤”。亭后古柏一枝，苍劲挺拔，茂如翠盖。悬崖脚下有“鹤池”一方，泉水不断，清澈见底。原亭毁于“文革”中，现亭为新筑。“来鹤亭”三字为苏州书法家朱弟所书。亭联“虹飞霞际落，鹤舞镜中间”，为苏州书画家吴庠木所书。

沿来鹤亭东石蹬侧转而下，即“断山亭”。亭建于方正砺石之上，亭名由苏州书画家张辛稼书。亭联“山与人相见，天将水共浮”，为苏州书画家吴庠木所书。此联采自明代东山上宰相王鳌《归省过太湖》诗中名句。

在夕光洞顶西边有一条见天石缝。每当夕阳西下，一束余晖透过对西斜向的石缝，射入洞内，光彩绚丽。洞口左侧，有清乾隆元年(1736)王梁题写的楷书石刻“夕光洞”三字。洞小且浅，高3米余，仅可容十来人。但洞顶有两块锥形巨石，塔状倒悬，称“倒悬双塔”，阳光落照塔尖时，堪称奇观。其东，有略呈倾斜的巨大石壁，高12米，远望似青云落山，从山腰直达山顶；侧看如曲梯高升，直入云端。摩崖草书“云梯”二字，气势雄伟，为明代常熟古琴大师严征所书。东坡山半，有“览曦亭”，黎明登亭，可观看旭日从湖面冉冉升起的美景。

海灯法师知道：每当中秋，碧波澄澜，银光闪烁，明月相照之时，这里的太湖湖面上会同时出现三串皓月。更奇者，农历九月十三日傍晚，月升东方，红日西下，月如朝阳，夕阳如血，霞光万道，满湖碧金，在此可同时看到“日月双照”的天象奇观。

山之东麓，有青色石灰岩质翠石一片，平坦如砥，倾斜入湖，径数百步，可容千人。据《苏州府志》等史志记载，因当年吴王玩月于此，故名“明月坡”，是春秋古迹。秋天，每当明月之夜，湖涛击石，月光闪烁，这就是西山著名胜景“石公秋月”……

石公山前的明月坡，是海灯法师当年的练功场，那里重新搭建了高达两米的梅花桩、吊架。东厢房里，新辟了海灯法师陈列馆，张挂着海灯法师不同时期的照片。恢复了18件兵器存放库，修缮了海灯法师的卧室。

眼见历经20多年沧桑磨劫，如今石公山旧貌换了新颜，这大好景色，使海灯法师兴趣盎然，激动不已。他虽已年高，但气色不错，精神矍铄，爽朗健谈。

但是，也有使海灯法师心痛不已的事，那就是石公山前面对太湖的石公与石婆两块太湖石，竟在那个极“左”思潮横行的1972年中，被急功近利而又无知的人们随同众多的太湖石一起炸毁，然后统统化作了碎石，用于现代建筑中去了。当年，笔者就在元山镇上与江苏省监狱一墙之隔的吴县碳素厂的石灰窑上当窑工，所以笔者清楚地记得，当时在石公山担任开山炸石任务的是一批为生计而从百里外来的吴县北桥乡的农民们。他们当然是无辜的，作出在此开山炸石的决策者，才是愚昧的文化罪人。石公山位于西山岛的东南部，三面环水，它就是因山前滨水处的这两块高峻的奇石而得名。这两块历经亿万年太湖波浪冲刷而酷似一对伛偻相向的白发翁妪的太湖石，曾给人们留下过多少凄美的传说与精神寄托。石公“巨石摩空，临波濯濯”，伛偻似老翁；石婆比石公瘦而秀，顶上还长着一棵野树，像老太太头上插着的一枝花。亿万年来，这对伉俪恩恩爱爱，令人不胜艳羡，成为太湖的一大景观。据传说，有舟楫从山前而过，相呼石公石婆，那两块天然雕塑、形象逼真的奇石自会对此遥相呼应呢！如今，这一胜景永远消失了，只剩下一些残基石座供人凭吊，留下了万古难平的遗恨。

1972年前太湖西山石公(右)、石婆(左)像

用过午餐，稍作休息，下午13时30分左右，海灯法师在蔡林生与周文华的左右搀扶下，参观了“海灯法师陈列室”，然后，大家来到石公寺前的明月坡

上，观看武术表演。范应莲、李兴友、邓文金、蔡素成、蔡林生、周文华、张悦明等弟子都作了出色的表演。

吴县政府把海灯师徒一行安排在隶属洞庭旅游开发公司的“石公山庄”里的一幢小楼房里住下。由于当时尚无空调，唯恐师父们晚间受冷，马祖铭还买来了石英管的取暖器，安放在海灯师徒的房间里。

11 月 30 日上午，海灯法师亲自选择了建庙的地址。只因原有的石公寺在“文化大革命”中被毁，所以吴县政府决定在石公山上重建一座庙宇。海灯法师在作出于明月坡上重建一座庙的建议后，又谦虚地征求一边的蔡林生与周文华及苏州市园林局领导的意见，请大家为重建的庙宇起个名字。众人集思广益，为未来的新庙宇起了个“海泉寺”的名字。海，不言而喻，则是纪念海灯法师之意；泉，则是取智慧之泉之意。海灯法师听了，表示非常满意。

当天，范应莲与蔡林生等师弟兄又就成立武术协会等事宜进行了商议。

12 月 1 日，蔡林生与周文华因假期已到，只得返城了。当天，他们告别了师父，与范应莲一起返回苏州。范应莲一人先去杭州，为师父下一站活动打前站。

在西山岛的时候，海灯法师曾怀着激动的心情吟道：

古稀不作衰龄想，
两脚犹堪踏九州。

当时，海灯法师重返苏州的消息不胫而走，上海、南京、杭州等地的佛家与俗家弟子们纷纷闻讯赶到苏州，乘船来到了太湖西山岛，叩见师父。那时，寂诚在泰兴的一寺庙中当了住持；广法在福建泉州开元寺也当了住持；陈一凡医师也重返医坛，并已著书立说；蔡林生与周文华等俗家弟子也早已在苏州城中工作。

在师徒重逢的那几天里，海灯法师谆谆告诫弟子们说：“心正则成，专一就能成大器。”在接受记者采访时，他再次激动地说道：“我离开吴县 20 年了，吴县是我的第二故乡！石公山与石公寺能重新建设得这样好，我感谢吴县人民。你们辛苦了！”“我这次重返吴县西山的心情，是难以用我的语言表达的。真是山青、水清、人更亲呀。”

期间，上海武警指挥部队与上海市气功科学研究会多次来到西山，要邀请海灯法师前去现场指导。曾担任过上海武警部队总教练的范应莲也多次从中帮助说服师父，请师父为他的武警学员们指点鼓劲。无奈，吴县政府只好答应“转借”几天。

1987 年海灯法师到上海武警指挥学校授课(1)

1987 年海灯法师到上海武警指挥学校授课(2)

在上海，海灯法师应邀先后去上海市气功科学研究会讲话和上海市武警指挥学校观看武警战士的武功表演。在这两个与公众见面的场合中，海灯法师毫不掩饰地说道：“我的一生三分之一的时间在四川，三分之一的时间在苏州吴县，其余时间则是到处云游……”

在观看东吴武馆（1985 年已试行开馆，吴县体育运动委员会聘请海灯法师为名誉馆长，任命时任吴县武术协会主席的马祖铭为馆长，时为吴县公安局内保科科长的陆国良、陈根荣为副馆长）举办的武术表演的那天，海灯法师再次兴奋地对报社、电台与电视台等媒体的记者们说道：“吴县是我第二故乡，山青水清人更亲。石公山景色秀丽，当年我在那里练成了‘二指禅’，是我永远不能忘记的地方……”

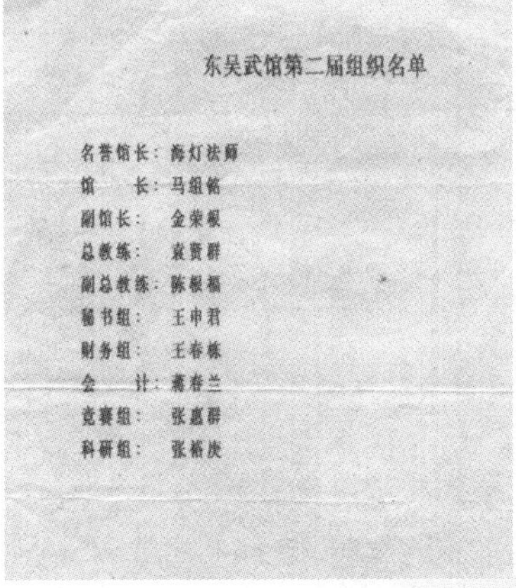

东吴武馆第二届组织名单

名誉馆长：海灯法师
馆　　长：马祖铭
副馆长：金荣根
总教练：袁贤群
副总教练：陈根福
秘书组：王申君
财务组：王春栋
会　　计：蒋春兰
竞赛组：张惠群
科研组：张裕庆

东吴武馆第二届组织名单

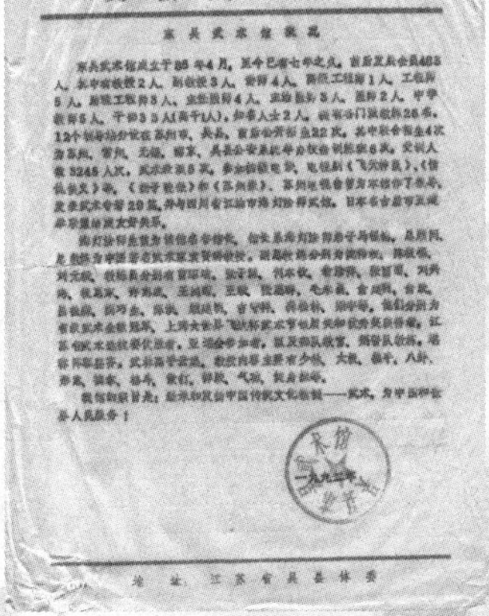

吴县武术协会

东吴武馆概况（马祖铭起草）

1987 年 11 月 29 日，海灯应吴县政府之邀携范应莲等重返石公寺(1)

海灯重返西山时教授马祖铭武术(1)

海灯重返西山时与蔡林生、周文华合影(1)

1987 年 11 月 29 日，海灯应吴县政府之邀携范应莲等重返石公寺(2)

在石公山的时间内，杭州与上海两地也有人专程来此邀请海灯前去传授武术与表演。为此，海灯法师曾先后分别前往杭州与上海，而且一去就是几天。这下，马祖铭不乐意了，出于本位思想的他认为是自己辛辛苦苦、好不容易把海灯法师请出江油，来到苏州的，而这些上海与杭州的朋友却要轻轻松松地来凑这个现成，他想不通。何况海灯法师毕竟年事已高，他经不起这样的折腾。所以，有时他特意陪着海灯法师坐上游艇，在烟波浩渺的太湖中游览，以躲避众人的追逐。

海灯法师很快意识到了马祖铭肚皮里藏着的“小九九”，为此，他不无幽默地对马祖铭说道：“你们把我当做大熊猫了，把我拖出拖进的，弄得我不得安宁。”

海灯法师当然不同意马祖铭这种把他藏起来远离那些热爱武术的朋友们的做法，因为在石公寺时，只要一有空闲，他就会亲自向朋友们授武教徒，热情接待来石公山的游客，并同他们拍照留念。期间，他还向两个幸运的西山岛青年传授了“梅花精拳”。

海灯重返石公山时与蔡林生、周文华合影(2)

海灯重返石公山时与马祖铭、冯雪根、周文华、邹宫伍合影

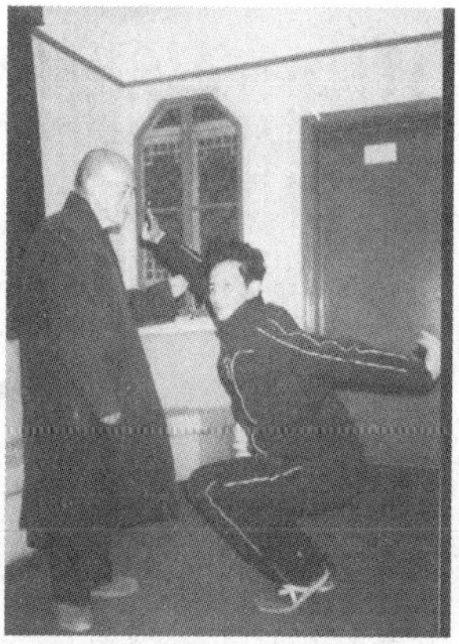

海灯重返西山时教授马祖铭武术(2)

海灯重返石公山时指点蔡林生拳术

1987年秋，海灯与吴县政府领导合影，右1为范应莲，右2为吴县县委书记管正

海灯师徒四人来到吴县第三天，因家乡重华武校的业务需要，校长李兴友就先自一人回了江油。马祖铭则始终陪伴着海灯法师师徒，接待全国各地慕名而来的朋友。

为表示对马祖铭无微不至的关心与照顾的感谢，海灯法师还把专门请苏州著名篆刻家矫毅创作的两方分别名为“少林海灯”与“书剑自励”的闲章转赠于马祖铭。这两方闲章刻制精细，一方为阴文，一方为阳文，海灯法师甚为欢喜。起先，马祖铭说什么也不肯夺师所爱。海灯法师见状笑道：“我说给你就给你了。出家人四大皆空，我要它也没用。”甚至，海灯法师还认为马祖铭“有善根”，反复动员马祖铭干脆出家当和尚。这可是马祖铭说什么也不能答应的。他向海灯法师实话实说：“师父，我是一个共产党员，何况家有妻室儿子，我怎么能出家当和尚呢？”

在海灯法师重返吴县的25天里，苏州市政协的林瑞章、施建农、徐彦同正副主席及吴县县委书记管正、吴县政协的蔡福泉主席等领导先后前往探望了海灯法师，与海灯法师合影留念。吴县政府还特请医生马德芳用仪器为他进行了全面的体格检查。诊断结果是：心脏相当好，血管也很软，唯一存在的问题是，营养严重不良。为此，吴县政府特地向海灯法师赠送了四大瓶“蜂王浆”，嘱法师每日冲服，以增加营养。

海灯法师在吴县西山石公寺期间，曾架不住多次专程前来的上海某武警指挥学校首长的盛情邀请，前往上海向武警学员面授武术，几天后再回到石公山。他又在石公山住了2天后，这才打道回府。

1987年海灯与上海市委副书记陈沂(左)、市人大主任龚学平(右)在上海功德林

1987范春生与上海市委副书记陈沂(左2)、上海武警指挥学校校长朱伟昌(右1)合影

1987 年海灯与顾留馨(前右 1)、张学忠(后左 1)等人在上海功德林

1987 年海灯与顾留馨(右)、范春生女儿(中)合影

1987 年海灯与范春生全家合影

1987 年海灯法师与明暘法师合影

海灯法师最后是在马祖铭等人的陪同下,携范应莲与邓文金两个徒弟一起乘坐快艇离开西山岛的。然后他们在东山半岛的陆巷码头坐上了上海武警学校专程前来接应的面包车。途中,由于面包车驶得较快,拐弯时幅度较大,坐在海灯法师身边的马祖铭唯恐师父受到碰撞,急中生智,抱住了师父的脑袋。

汽车驶出陆巷古镇,海灯法师恋恋不舍地向后眺望着渐渐远去的太湖,不无感叹地对马祖铭低声说道:“吴县的政府与百姓对我这么好,西山的环境又是这么美,是我最理想的居住地,以后,我还是要回来的,并且长住在这里。”

1987年海灯在石公山观音洞

1987年海灯参观陈列室

然而，谁又能想到，海灯法师的这个愿望，竟会是他的人生最后的谶语！因为待他再度重返西山岛与石公寺长住时，回来却是他的部分骨殖与一片忠魂！此为后话，暂不展开。这真是：

人间有情人相爱，
天亦有情天亦老。

欲知后事如何，且看下回分解。

第二十九回　特邀江油赴盛会
师徒重逢似诀别

话说海灯师徒一行离开苏州吴县，在上海逗留了一段时间后，就因惦念着江油武馆基建等事宜，忙着回到了家乡。期间，马祖铭保持着与海灯师徒及江油市政协陈德喜副秘书长之间的联系。

（左起）马祖铭、盖志远、寂诚、崔长灿、刘元毅于江油武馆开馆

《海灯法师武馆开馆》纪念封

海灯法师武馆，建于一九八五年十月，八八年九月正式开馆。全国人大常委会副委员长乌兰夫为武馆题写了“海灯法师武馆”馆名和“发扬中华武术，振奋民族精神”对联。由海灯法师亲任馆长，以“弘扬中华武术，练武强身”为宗旨。武馆座落在江油昌明河畔太白公园旁，与李白纪念馆隔河相望。占地二十四亩，全部建筑仿照清代风貌和中国古典武馆风格，山门、照壁、演武厅、练功房、室外练武场等十八项主体建筑，具有少林风味，布局严谨、气势雄伟、错落有致。

为海灯法师武馆开馆，江油市邮电局于八八年九月十六日发行此纪念封一套共两枚，以资纪念。

封、戳设计：孟少靖　撰文：王少志　发行：江油市邮电局

印刷：绵阳东方彩印厂　JYF—4（2—1）

1988年江油海灯武馆开馆纪念封正反面

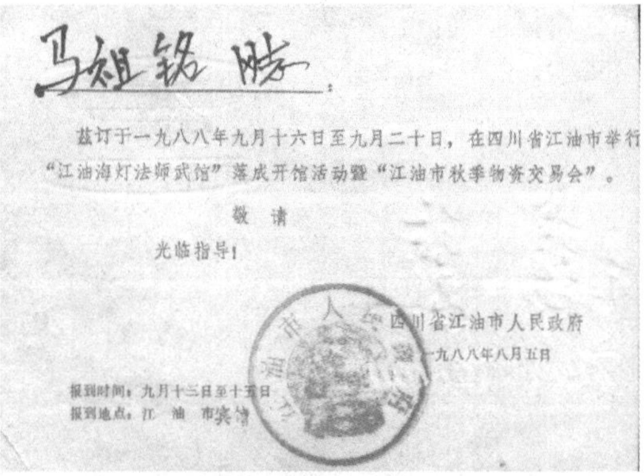

马祖铭　陈：

兹订于一九八八年九月十六日至九月二十日，在四川省江油市举行“江油海灯法师武馆”落成开馆活动暨“江油市秋季物资交易会”。

敬请

光临指导！

四川省江油市人民政府

一九八八年八月五日

报到时间：九月十三日至十五日

报到地点：江　油　市宾馆

1988年江油政府特邀马祖铭参会书

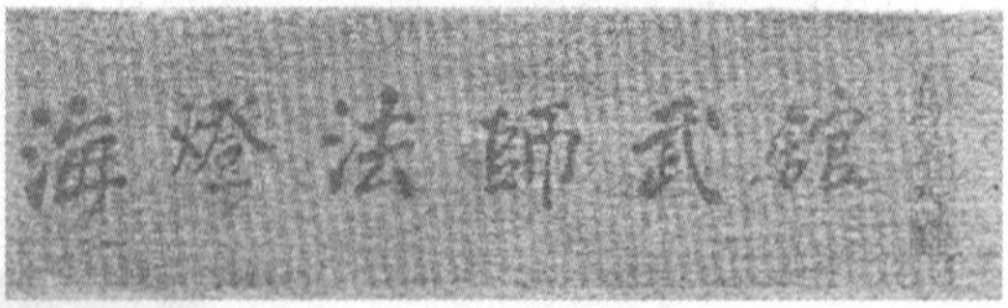

乌兰夫题海灯法师武馆墨迹

1988 年 8 月 15 日，江油市人民政府向已结为友好城市的吴县政府寄去了邀请书，邀请吴县政府前去参加江油海灯法师武馆开馆仪式暨江油市秋季物资交易会。饮水不忘挖井人，江油政府唯恐马祖铭这位热情诚恳的“吴县的特使”届时不能前来，还专门向马祖铭单独挂号邮寄了一封邀请函。

于是，马祖铭持信来到吴县政协，向崔长灿副秘书长出示他手中的邀请书。

当时，吴县政府派往江油的代表人选已初步确定，他们是吴县政协副秘书长崔长灿、吴县城建局副局长盖志远、苏州陈式太极拳会长刘元毅。于是，前往江油的吴县代表团中，又增加了马祖铭这个江油市政府特邀的代表。

1988 年 9 月 15 日，马祖铭一行顺利抵达江油。海灯法师高兴地接见了他们。崔长灿代表吴县政府，向海灯法师献上了一尊从苏州专程带来的达摩祖师的雕像。此雕像高约七八寸，上乘黄杨木质地，雕刻精细，形神兼备，出自苏州著名佛像雕刻家之手。海灯法师见了，自是非常欢喜。

翌日，来自苏州与吴县的这四位代表一起出席了位处江油市的江油海灯法师武馆开馆仪式暨江油市首届秋季物资交易会的庆典活动。

海灯与盖志远在江油武馆开馆时

这天下午 13 时许，江油市体委灯光球场内的看台上座无虚席，海灯法师武馆开馆武术表演的开幕式在这里举行。数千名观众兴致勃勃、翘首以待。前往参加武馆开馆庆典的中央、四川省、江油市、绵阳市的党政军领导和来宾应邀出席观看武术表演。除了江油、绵阳两市的领导人外，在主席台就座的有中顾委委员天宝、中纪委委员张力行、上海市武术协会副主任顾留馨、原浙江省政协副主席朱之光、河南省统战部部长高纬、四川省人大常委会副主任邓自力、省人民政府副省长韩邦彦、原四川省政协主席杨超、省政协副主席杨岭多吉、省军区副司令员张凤蛟等。海灯法师虽年届 87 岁高龄，仍神采奕奕地来到现场指导武术表演。

武术表演开幕式下午 14 点 30 分正式开始，江油市政协田守尧副主席主持了开幕式，海灯法师弟子、武馆副馆长范应莲作为武术表演的主持人，宣布

江油武馆开馆，海灯发言

江油武馆开馆，海灯接见刘元毅、马祖铭、崔长灿

武术表演开始，他用娴熟而简洁的武术语汇对每一表演节目作了精辟的介绍。观众们通过小学生表演的“梅花桩精拳”、“少林二路”，周波的“少林三路”，李凯的“少林五路”，肖义发的“少林七路、八路”，周任的“少林十八招”，陈杰的“少林长拳”，王玉林的“功力拳”，宋向阳的“罗汉拳”，韩光林的“少林剑”，王汉一的“少林单刀”，李正道的“禅林刀”，代伟的“少林枪”，邓文金的“少林十三枪”，以及武馆副馆长齐勇的“少林燕行拳”，武馆教练秦德纯的“八卦掌”等表演，集中地认识了少林武术和海灯法师的真传。只见演武场上刀光剑影，龙腾虎跃，时而腾云覆雨，大有力拔千钧之势；时而静如秋水，宛若引弓待发，一动一静，疾徐有致。观众的情绪也随着场上的节奏时而屏气凝息，时而欢呼雀跃。观众席上不时爆发出一阵阵喝彩声和鼓掌声。法师的真传弟子、武馆学员代伟当场表演的少林绝技“二指禅”功夫和成都军区武术队表演的“铁布衫”，更是把武术推向了高潮。

“二指禅”功夫是海灯法师的三大绝技之一，年仅19岁的代伟上场后，满面稚气而又略含几分羞怯的他先弯腰用食指和中指轻轻在地上一点，观众好奇的眼光还停留在他稚气的脸庞上尚未移开，只见他的双腿和全身已经神奇地顺着看台倒立了起来，全身重量落在两根细小纤弱的手指上了。观众像被一道无声的命令所驱使，“哗”地从座位上站起，全场一片惊呼和喝彩，对海灯法师后继有人感到莫大的欣慰。

“铁布衫”功夫是中华武术中的一种神秘的功法，此功练成后，既可强身，又可避免无意中被外界棍棒伤害。过去秘而不外传。海灯法师为了实现精武报国的宿愿，使中华武术能够直接地为国防建设服务，1985 年 11 月，他偕同弟子范应莲首次将此功法传授给人民解放军成都军区侦察兵武术集训队，随后又传给了陆、海、空三军，使此功在全军得到普及。这时，成都军区代表队正在表演“铁布衫”功夫，只见一条汉子抡起木棍，狠狠地朝着表演者拦腰打去，而且正打在致命的腰眼上。只听“咔嚓”一声，茶杯般粗的木棍居然被打成两截。那汉子换了木棍又凌空向表演者伸出的手臂砍去，木棍像碰上铁棒一样，又应声而断。胸部、腹部、背部，那汉子一连打断木棍五根。观众们被这种神奇的功力惊得目瞪口呆，尚未回过神来，就听见节目主持人范应莲通过扩音话筒向观众示意：“如果哪位观众感兴趣，可以下场试一试。”

观众们闻听此言，又是一阵骚动。开幕式组织人田守尧副主席怕出事故，要想制止，但已迟了，只见五、六个身强力壮的小伙子已经跳下场地，摩拳擦掌，跃跃欲试。其中两人颇具威武之态势，用拳头狠狠朝表演者的胸部、腹部和腰部轮番猛击。然而，被击打者满面笑容，无动于衷。打人者反倒像砸在铜墙铁壁上，边甩手边退下场去，嘴中叫苦不迭。

另一位留着长发、戴着太阳镜的“勇士”趁表演者不备，从后面举起双手，用手掌连打带劈地猛扑过去，大有猛虎下山之势。只见表演者铁塔一般站在那里纹丝不动。而那位“勇士”反被“弹”了回去，倒退七八步，一个踉跄倒在观众席的栏杆上，太阳镜也从脸上摔了下来。引得看台上的观众前俯后仰，哄堂大笑。

“擒拿”武功，是边防部队和人民武装警察部队指战员徒手与敌人和犯罪分子格斗、擒拿的一套功法，它以踢、打、摔、拿等动作制服对方，有着十分重要的近战搏斗的意义。经过海灯法师与范应莲亲自传授的国防科工委武术代表队表演的“擒拿与反擒拿”武功，也博得了全场的喝彩。

在武馆开馆活动过程中，共进行了四天六场的武术表演。参加表演的单位和个人，除海灯法师弟子和武馆学员代表队外，还有来自海南军区、国防科工委、空军、四川省军区、成都军区、江油武警中队、江油民兵连、三合武术研究社、江油体委武训班等单位的武术代表队。共表演节目 137 套，观众达一万五千多人次。惜乎行程紧张，后面的几场表演马祖铭他们都没有时间前去观摩。

16 日的当天晚上，马祖铭等一行还应邀参加了江油政协召开的小型座谈会，田守尧副主席主持了会议。其实，江油海灯法师武馆已在 8 月 5 日举行过开馆仪式，这次再邀请各地相关代表前来出席活动，其真实内容与真正目的全在于这个座谈会。原来,由于前一段时期有人写文章对海灯法师的武术及身份、简历等都提出了不少质疑,江油市政协针对这一系列不利状况,特意召开此座谈会,进一步核实与听取各地相关人士的看法。

在所有代表作了针对性发言后,田副主席特意点名请马祖铭讲几句。马祖铭在最后一个发言时,实事求是地说道:"有关海灯的文章我看了不少,敬永祥的文章我已读过,我认为海灯是集武术、医学、文学、佛学于一身的当代高僧,他既不属于四川,也不属于江苏,而是属于中华民族。就全国来说,武术比他好的人不少,文学比他好的也不少,医学比他好的更多,佛学比他好的也很多,但是加起来他是总分第一,全国少见。我看应该实事求是的好,既不要捧杀也不要骂杀,不能给人一个盛极必衰的感觉,不然的话要人们相信什么? 这是我个人不成熟的想法……"

马祖铭客观具体的看法,获得了全体与会代表热烈的掌声。

会后,马祖铭等一行吴县客人在江油政协领导的陪同下,参观了"江油海灯法师武馆"。

武馆坐落在唐代大诗人李白的故里——江油市城北昌明河畔,这里竹木葱茏,风景宜人,清澈的昌明河水潺潺而流,双峰挺拔的窦团山隐隐相望。武馆同太白公园毗邻,与李白纪念馆隔河相望。一古一今、一文一武的旷世名人,使江油更加神奇。

海灯法师武馆从 1985 年 10 月奠基到落成开馆,历时 3 年,占地 24 亩。当客人们来到武馆大门,首先映入眼帘的是正山门悬挂着的"海灯法师武馆"的巨幅馆名,两边挂着"发扬中华武术,振奋民族精神"的木刻抱柱对联。这是原国家副主席乌兰夫为武馆题写的。走进武馆大门,只见照壁上刻有"宏扬武德"四个醒目的大字,象征着武术馆以"弘扬少林武术,强身健体"为宗旨,凡来习武者必须具有武德武风,不能忘记武林界"未曾学武先学礼,未曾习武先习德"的古训。照壁后面便是演武厅,这是武术馆主体建筑之一。演武厅高 15.3 米,建筑面积约 300 平方米,斗拱筒瓦歇山垂檐屋顶,四周是圆柱走廊和宽阔的台阶。整个建筑显得十分雄伟壮观。正门上方高悬着一块 3 米多长的匾额,上刻"演武厅"三个烫金大字。其间有敞轩、前后练武场、会客厅、宿舍、食堂以及轩室、亭、榭、回廊等 20 多项建筑。金黄色和绿色筒瓦,白色墙壁,暗红色廊柱,虽没有宫廷建筑的华丽,但却具有浓厚的古典风格和特点。

演武厅右侧客厅背面,便是法师静居小院,院内屋阁别致,顺着小院漫步，步移景异，足以令人触景生情。步入海灯法师展厅，里面摆满了各种各样的书籍和报刊，有法师读后批圈点的各类古书；有现代作家和记者根据法师的身世、武迹撰写的著作或文章；也有海灯法师自己写成的《少林云水诗集》、《气功精要》、《易筋经十三段功》等专著。在五百多件展品中，还陈列有反映海灯法师武功武德的电影、电视，以及各个时期的原始复印件和海灯法师青少年时代所用过的练武器具等。一些圆柱和墙壁上还挂有国家领导人接见海灯法师时的照片和题词，许多书法家、画家和知名人士纷纷为海灯法师武馆题诗作画，歌颂法师的武风武德。中国人民解放军总参谋长迟浩田在1988年7月的赠词中写道："中华武术，海灯神威。"

在参观的时候，恰巧海灯法师也在武馆。见到马祖铭一行吴县客人，海灯法师非常高兴，当马祖铭问师父今后还有什么打算时，海灯法师满怀信心地告诉他说："我们习武之人应把爱祖国、爱人民的精神放在第一位。有国而后有保障，有家而后有归宿。所以开馆以后，准备对外开办短期武训班，招收身体强健，品德高尚，具有一定文化基础，适合应征入伍年龄的爱国男女青年来习武。此外，武馆还准备研究少林八卦、太极、行意、心意、长拳等，这对老、中、青、少年都有裨益……"

江油武馆的开馆前后的一系列具体事宜，使时年86岁的海灯法师更加忙碌了，所以他只是在马祖铭一行抵达江油的当天与临行前的那天，抽出时间先后接见了他们。但尽管这样，海灯法师还是不忘忙里偷闲亲自向马祖铭赠送了一本《少林梅花桩精拳》的小册子。此小册子乃由范应莲编著，专事介绍海灯法师绝技"梅花桩精拳"的一本图文并茂的武术普及读本，由四川人民出版社1988年2月出版。扉页上，海灯法师亲笔用蓝色钢笔题写了：

1988年海灯与蔡素成(左1)肖义发(右2)
邓文金(右1)在江油武馆开馆仪式上

剑器舞到一心，斩断情深爱深。

面壁僧　海灯

一九八八年九月十五日

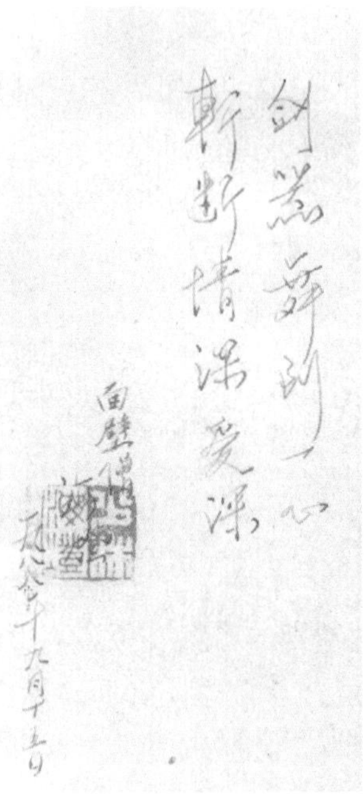

海灯赠马祖铭《少林梅花精拳》扉页亲笔题书

末了，海灯法师还在自己的法名上，认真地盖上一方“少林海灯”的私章。

在公务结束、打道回府的那天，马祖铭找到了正为俗务忙碌的海灯法师，向师父作别。这时，忽然一种怅然若失的感觉蓦地袭上了马祖铭的心头，这可是前几次与师父作别时都没有过的。这感觉惹得马祖铭心里酸酸的，千言万语一时不知从何说起。恍惚中，他竟忘了师父的身份，伸出双手要握海灯法师的双手。海灯法师微微一笑，很自然地双手合十，向着马祖铭作了一揖，问道：“隆荣，此一去，你什么时候再来接我呀?”

“师父什么时候想来，我就什么时候来接您。”

“好，好。我等你来接，也只要你来接哟。”

“谢谢师父的器重。”

“记着，你一个人来接就可以了，不必像上次那样兴师动众的。”

马祖铭与海灯亲密交谈

马祖铭与全国武协副主席蔡龙云(左)

“隆荣遵命。”

向师父作揖告别后，走出老远了，回头望，还见师父站在那里向自己作揖呢！马祖铭再也忍不住心中的酸楚，两行热泪涌出眼眶，模糊了镜片。

……

事后，马祖铭回想起当时与海灯法师说的这最后几句话，仍大惑不解：师父当时怎么不说“再来看我”，而是说了“再来接我”呢？而且怎么就要我一个去接他呢？难道冥冥之中，师父已知道他将与自己从此诀别了吗？他要去接的，仅是他的一捧灵骨吗？这真是：

人生无常多变幻，
冥冥之中谜语多。

欲知后事如何，且看下回分解。

第三十回　两脚芒鞋脱红尘
自性弥陀证无生

1988年11月11日，87岁高龄的海灯法师因再也无法忍受右下腹的剧烈疼痛，住进了四川省人民医院内四病房。稍愈后，于11月18日进行全面检查时，发现右下腹内有明显包块。经钡盐灌肠和CT扫描，证实右下腹结肠处紧贴膀胱处，有8×9公分大的实质性包块。11月26日进行穿刺细胞学检查，确诊为“恶性肿瘤”。

11月29日，江油市政协主席赵朴、副主席田守尧前往医院看望法师。问明病情后，即去向省政协李培根副主席的秘书蒋进作了汇报。李培根即于当天下午前往医院看望了法师，并立即与为法师治疗的医护人员商量医护问题，并建议全面会诊。

12月7日大会诊时，参加人员除省医院领导、专家外，江油市政协副主席周玉乾、肖继顺、市委统战部副部长杨大任和法师的弟子范应莲列席了会诊会议。初步判断为“膀胱平滑肌肉瘤”，但不排除“小肠平滑肌肉瘤”的可能性。提出四种治疗方案：一、支持疗法，以延长生命生存时间；二、放射治疗；三、化疗；四、手术切除。

经反复论证，认为：放射和化疗对平滑肌肉瘤不敏感，且包块较大必然使用大剂量，对白血球破坏损失大，反而加重病情。如果手术，病人的年龄大，体质差，可能经受不起，风险太大。且术后容易诱发其他并发症。一致认为采用支持疗法为宜。

在支持疗法过程中，12 月 9 日法师病情因包块压抑出现肠梗阻。医院发出病危通知。江油市政协主席赵朴，副主席田守尧，市委统战部副部长杨大任等赶到医院。医院对法师进行胃肠减压，法师面部表情呆滞、嘴唇干燥、眼角流泪，口腔微张不能说话。经医生介绍，认为病情危急，只能输液、输血维持生命。上述三位领导同志感到事关重大，遂同法师的弟子范应莲于当日晚共同研究，根据病情的严重性，决定应做两手准备：一、治疗上，请医院尽力抢救；二、着手后事的安排。

12 月 12 日上午，赵朴、田守尧、杨大任到省政协向廖伯康主席汇报了两手准备的打算。廖主席同意，并作了以下指示：组织力量尽力抢救，延长生命时间；海灯是全国政协委员，治丧委员会的规格高一点为好，建议主任委员应由省委统战部或省政协的领导同志担任；讣告和悼词均以治丧委员会的名义发；法师逝世后，应发布新闻在主要报刊见报；按照佛教高僧圆寂后均采取火化的习俗，遗体应坚持火葬，并按法师意愿将骨灰分为四处存放；要注意听取法师的遗嘱。

当天下午，廖伯康主席到省医院看望法师后，又同江油市政协副主席田守尧一道，找省医院内科杨主任及为法师治病的主治医师、护士，强调要尽力抢救，尽量减轻痛苦，争取好的结果。杨主任等也一再表示，尽医院现有的医疗设备和技术力量，一定精心治疗，千方百计争取好的结果。

12 月 13 日，由省医院邀请华西医大的有关专家共同会诊。省政协、江油市政协、市委统战部的代表和海灯弟子范应莲列席。经会诊论证，认为手术成功的可能性是有的，而且是积极的。支持疗法比较消极。建议冒风险进行手术，争取好的结果。

12 月 15 日下午，省医院邀请省政协、江油市派代表参加讨论手术方案。省政协罗尉秘书长、省政协保健室陈医生、江油市政协副主席田守尧、市委统战部副部长杨大任参加了手术方案的讨论。省医院的专家们认真分析了手术过程中可能出现的各种意外情况，研究了应急措施，并决定组成以省医院泌尿科潘主任、普外朱主任、麻醉室齐主任等为首的手术班子。手术日期定在 12 月 19 日上午进行。

12 月 16 日，中共江油市委书记贾天富、副书记李从古、省人大主任皮知仁、市政府副市长周家辛、江油市委组织部部长杨义根、江油市武装部政委方成、江油市总工会主席任国才，同已在成都的市政协、市委统战部的同志一道，去医院看望法师，并向医护人员研究手术前、手术中、手术后的具体方案，力争取得良好效果。

12 月 17 日下午，法师被转到外科监护室做术前准备。

12 月 19 日上午 9 时 30 分，手术按期进行。省委统战部副部队郭景璞、省政协副秘书长罗正福、江油市政协主席赵朴、副主席田守尧、市委统战部副部长杨大任、法师弟子范应莲与秦德纯等，守候在省医院内，等待手术结果。下午一时手术结束。切除了两斤重的瘤体及与瘤体粘连紧密的约一米长的回肠，手术做得非常成功。术后法师被送回监护室后，郭景璞等领导同志才离开医院。

法师在监护室期间，每天输血、输液、输白蛋白。伤口愈合良好。七天后开始间断拆线。经对切除的包块作病理切片检查，确诊为“肠系膜淋巴肉瘤”。

12 月 29 日，法师病情日趋好转，从监护室被送回原住的内 410 号病房继续治疗护理。1 月初旬，病情良好，到 10 日上午开始，由于法师年事已高，加上长期不能进食，仅靠输液、输血维持生命。因而身体极度虚弱，导致当晚 8 时后病情急剧恶化，全身功能衰竭，经全力抢救无效，于当晚 9 时 50 分停止呼吸。

1989 年 1 月 11 日下午，省政协主席廖伯康、副主席李培根亲自主持召开会议。江油市政协田守尧、市委统战部杨大任参加了会议，讨论通过了讣告；研究布置了海灯法师整个治丧活动的有关事项，并初步拟定海灯法师的悼念活动定于 17 日在成都殡仪馆举行。决定立即成立海灯法师治丧办公室。由省政协副秘书长田兴华任治丧办公室主任，省政协二办主任陈太常、江油市统战部副部长杨大任等任副主任。并从省委统战部、省宗教局、省政协抽调工作人员，立即开展工作。治丧办公室设在省政协办公大楼一楼会议室。

1 月 13 日上午，在省政协三楼会议室召开了治丧委员会全体会议。在绵阳、江油等地工作的治丧委员会成员都专程赶到成都，按时出席了会议。会议由治丧委员会主任委员、省政协副主席李培根同志主持。首先讨论和修改了悼词。并作如下决定：一、追悼会定于 1 月 17 日上午 9 时，在成都殡仪馆举行；二、追悼大会由治丧委员会副主任委员、绵阳政协主席辛清碧主持，治丧委员会主任委员、省政协副主席李培根致悼词，治丧委员会副主任委员、中共江油市委副书记李从古宣读唁电；三、参加追悼会人员除党政军和人民团体领导人外，并邀请省佛协领导成员和文殊院、昭觉寺、宝光寺等主要寺庙的住持、方丈等大和尚一起参加追悼会和遗体告别仪式；四、追悼会和遗体告别仪式结束后，允许省佛协组织佛教界高僧按佛教习俗举行遗体的装龛、封龛、起龛等佛事活动；五、海灯法师遗体按佛教习俗，圆寂7日后举火荼毗，火化仪式定于1月17日晚在宝光寺举行。

据医生们诊断，海灯患病的一个重要原因是严重营养不良，长期以来，他的身体就像一盏渐渐熬干了的油灯，此刻终于到了油干灯草尽的时候。

面对医生们的极力挽救，海灯法师深表感谢，就是缠绵在刀光剑影的病榻上，他还以口述、弟子邓文金抄录的形式，创作诗两首，以表示他对向阳、陶万两位医师的感激之情。

其一：

赠向阳大医师

人间景仰白求恩，
切断私心专利人。
今见向阳真妙手，
琴心剑胆总超群。

其二：

赠陶万主任医师

耆翁应是再来人，
曾向祇园说了心。
不必宝花天女散，
喜寻灵药寒崖生。
得意亭林与众乐，
赏心山水自为邻。
锦官城降一高士，
良相良医何须分。

八八嵩头陀戊辰秋

此外，在病榻上，他还专为观雾山极乐寺创作了《大雄殿》、《观音殿》、《天王殿》三首诗联。

元月5日，海灯法师的高徒严新让他的妻子从北京给他带来一封特殊的信，让师父放在枕头底下。那天，新华社记者晓星去医院探望海灯法师，法师从枕头底下取出那封信给晓星看了。

原来，这封信是严新专门为师父开的一副处方，上面工整地写着大约 20 味中药，其中有熟地、大黄、枸杞、甘草等，在处方的下角还盖着严新的新印章。

范应莲告诉记者，说这些药用不着去抓，更不用去熬，只需把处方放在师父的枕头底下，即可使处方上的药力显效。

于是，晓星问海灯："法师，那么你感到疗效如何?"

海灯法师诙谐而又幽默地笑道："如果我说有效果是宣扬迷信，如果我说无效又打击了严新。让我怎么说好呢?"

元月 6 日，自知来日已屈指可数的海灯法师仰卧在病床上，大睁着双眼，环视着围在他身边的弟子们，欲言又止。经弟子们一再追问，海灯法师这才为难地说出六个字来："我想一见寂诚。"

弟子们当即恍然大悟。他们知道，寂诚大师兄可是师父平时经常挂在嘴边的一个爱徒，他是江苏泰州人，15 岁时被海灯法师收为贴身弟子，后相随着恩师朝拜四山五岳，并接受了师父的传授，成为了第十任沩仰宗传人。归来后，他们隐居在苏州吴县太湖西山岛上的石公寺，潜心诵经，日日习武，济世行医近 10 年。期间，寂诚深得海灯法师佛、武、医学真谛，还被海灯认作义子。此时此刻，海灯法师突然提出要见他的义子寂诚，这很可能是师父最后的心愿了。因为大家都还知道，寂诚大师兄不但是师父最欢喜的一个佛门高徒，而且还坚持着和海灯法师一起度过了最艰难的岁月，他俩之间有着一般师徒无可企及的特殊感情。所以闻听海灯法师道出愿望，他们便马上向正在泰州某寺庙担任住持的寂诚发了一个电报，言简意赅，向寂诚说明了情况。

元月 7 日，寂诚就风尘仆仆地出现在了海灯法师的病榻前。

寂诚自 1967 年返回家乡泰州后，20 年来，他一面坚持练功习武，一面用功法为患者治病，先后为国内外很多患者解除了痛苦，仅 1987 年中，他就应邀到过新疆、云南、贵州、辽宁、黑龙江等地讲经传武，为患者治病……

今日的寂诚，无论医道还是医术，又比以前进步了许多。前不久，寂诚应邀去厦门作武术表演，一位来旅游的 50 多岁的外宾，不慎胸肋严重挫伤，疼痛难忍。寂诚当场用少林五行气功进行推拿，不到 10 分钟剧痛排除，8 小时内便恢复了健康。

阔别多年，师徒俩居然在这种场合见面，寂诚自是心酸伤感，红了眼圈。当下，师徒俩几近搂抱着拥坐在床边，四目相视，久久无语，唯见寂诚的双肩与后背，似在微微颤动。

重逢的这天中，海灯的精神似乎一下子振足了不少，似乎与爱徒寂诚有着说不完的话。好几次寂诚想请师父好生歇息,不要累了,但海灯依然充满爱怜地望着眼前这位两鬓也早染上白霜的爱徒,絮絮念叨着广法、寂平几个曾共患难的弟子,追忆着一幕幕往事。其中追忆最多的则是海灯法师与泰州的缘分:

1967 年,面对来势汹涌的“文革”风暴,海灯法师和寂诚不得不脱下袈裟,离开寺庙,游走四方。海灯法师送走了广法后,最后亲自把寂诚护送回了泰州老家。此事前面已经说过,在此不再重复。

之后,师徒俩就靠书信维系着联系与感情,虽说来往书信不多,言语也少,但师徒之间那种深厚的情感,浓浓地洋溢在字里行间。

1974 年 3 月与 1983 年 9 月,海灯法师又先后两次前往泰州,看望寂诚,教授寂诚手下一班喜欢习武的俗家弟子。海灯法师第三次前往泰州时,适逢泰州文化宫成立一周年。这时,寂诚已效仿师父,在泰州收下了一班喜爱武术的俗家弟子。海灯法师那“童子功”、“梅花拳”、“二指禅”均“出拳力大无穷,桩功稳如泰山”,在泰州的那班俗家弟子嘴中被传得神乎其神。所以当众弟子闻听他们师父的师父驾到,不由个个兴高采烈,欢呼雀跃,把刚站住脚的海灯法师围了个水泄不通。大家一致要求这个貌不惊人的矮小瘦老的和尚为他们露上两手,让他们来个眼见为实。

当时,海灯法师架不住寂诚与众徒孙的热情邀请,在做了两三分钟的热身和准备活动之后,即轻舒猿臂,箭步向前,一个抬腿倒立,二指已然着地,整个人恰如轻燕,倒立在了那里。接着,一招童子观井,身体软若无骨,腰腿翻转自如……最后表演的少林精拳,更是拳势如电,陡然而至间,身子动若脱兔,却又稳如泰山。

直看得众人目瞪口呆,心服口服,掌声雷动。

在泰州逗留的两天中,海灯法师还悉心指导大家“梅花桩精拳”、“岳飞散拳”与“达摩剑”等少林功夫。临别时,法师教导大家:“练拳不练功,到老一场空。练功不吃苦,空忙白辛苦。一日练功一日功,一日不练百日松。”

……

这时候,海灯法师的身体状况愈发糟糕了:呼吸愈发急促,双手颤抖得越发厉害,脸色也更加灰白了。到最后,他终于身心衰竭,躺倒在床,再也爬不起来了。

1989 年元月 9 日这天,海灯法师忽然精神矍铄了起来,话语也明显多了不少。子夜时分,他那瘦小苍白、皱纹密布的老脸上,居然泛出了浅浅的酡红。寂诚明白,这是回光返照的前兆,师父的时间当以小时与分秒计算了。寂诚与范应莲、邓文金等弟子不忍看这残酷而又无奈的一幕,心头阵阵发紧,但还是强装欢颜,与师父对答交流。

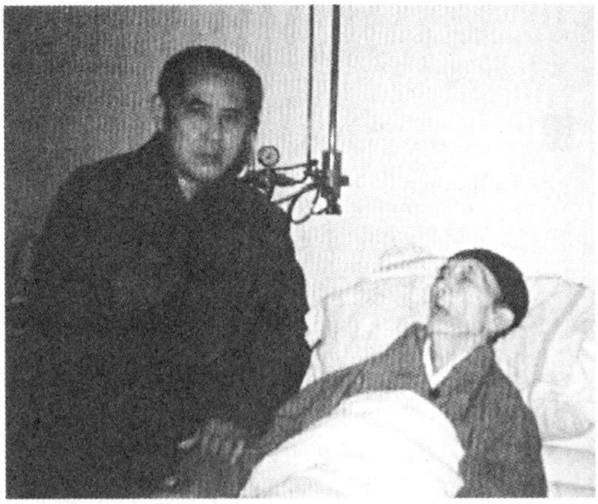

1989 年 1 月 7 日,寂诚守候在病危中的海灯病榻前

然而,生老病死是人生之自然规律,它毕竟是任何力量也改变不了的。当晚 9 时 50 分,海灯法师终于停止呼吸,与世长辞,享年 87 岁。

1989 年 1 月 10 日 23 时,海灯法师在四川省人民医院圆寂的噩耗传遍了全国。且不说江油市委市政府如何成立海灯法师治丧委员会,精心组织与料理海灯法师后事等事宜,只说海灯法师追悼会及其坐化时的一些鲜为人知的故事。

1 月 12 日,海灯法师治丧委员会向全国发出讣告,并在成都市红照壁街 25 号四川省政协机关内设置海灯法师治丧委员会。

1 月 13 日,远在苏州的蔡林生接到成都拍来的电报:

海公圆寂,速来蓉。邓文金。

当时,蔡林生已经从各种媒体获悉师父圆寂的噩耗,并与周文华商议,准备前往成都去见师父的最后一面了。现在接到电报,他更是悲伤难抑、心急如焚。于是,他一方面想方设法地向单位请得假期,购买车票,一方面去苏州市气功协会汇报,请求代为购置花圈等事宜,然后乘坐 14 日晚 21 点 20 分的 182 次夜班火车,与周文华直奔成都。时值春运即将开始期间,当时的车票十分紧张,作为在火车站工作的蔡林生也只购买到两张无座车票,为此,他与周文华是就坐在车厢门口的铁板上,承受了一天两夜的辛苦,才于 16 日傍晚抵达成都的。

下得火车,已是夜晚。两眼一抹黑的蔡林生与周文华根本不知道成都殡仪馆在哪个方向。当时还没有出租车,两人一路打听问讯,在路人“大胆地往前走”的指示下,直往郊外步行而去。越往郊外,天色越黑,一路上连路灯也没有一盏。好不容易跌跌撞撞来到殡仪馆，已是半夜时分。但见殡仪馆大厅内外，摆满了花圈与挽联，恩师海灯身穿大红僧袍，仰卧在鲜花与松柏丛中，神色平静而又安详，庄严无比。蔡林生与周文华见到师父，悲从中来，周文华更是伤心痛哭，呜咽不止。

蔡林生与周文华连夜为师父守灵。海灯法师的高徒严新也随后赶到，参加了守灵。众师兄弟妹久别重逢，自是百感交集。当晚，蔡林生向恩师献上了一副自己一路上早已酝酿而成的挽联：

守淡泊，耐饥寒，逆顺不退；勤行脚，六十载，一肩云水

1 月 17 日上午，成都殡仪馆的悼念大厅布置得肃穆而庄严。海灯法师的遗像悬挂在大厅正面墙上，相框上缠绕着黑纱。遗像下面摆放着松柏与鲜花。大厅正面的黑布横幅上用黄纸黑字写着“海灯法师追悼大会”几个苍劲的大字。

1989 年海灯法师追悼会

大厅的两侧和厅外放满了花圈。送花圈的单位有全国政协、中央统战部、国务院宗教局、中国佛教协会、中国武术协会、国防科工委、济南军区、河南省委统战部、中共四川省顾问委员会、四川省人大、四川省政府、四川省政协、四川省委统战部、四川省委宣传部、四川省佛协、成都军区、四川省军区、绵阳市市委、江油市市委、江油市人大、江油市政府等几十家单位和部门；送花圈的个人有人大副委员长班禅额尔德尼·确吉坚赞、中国人民解放军总参谋长迟浩田、高等军事学院院长李德生、全国政协副秘书长沙里及天宝、杨超、廖伯康等四川省各级党、政、军领导和人民团体负责人，海灯法师的弟子、好友及仰慕海灯法师的居士、百姓数百人。这数百个花圈寄托着人们对海灯法师的哀思，体现了大家对海灯法师的崇敬和爱戴。

上午 9 时，追悼大会按时举行。在沉重的哀乐声中，党、政、军领导和各界人士袖佩黑纱，胸戴白花，怀着十分沉痛的心情缓缓步入悼念大厅。中国人民解放军总参谋部代表朱奎、中顾委委员天宝和廖伯康及绵阳市、江油市党、

政、军领导，各界人士代表，海灯法师弟子范应莲、寂诚、严新，居士、僧人等共800余人参加了追悼会。由于大厅内只能容纳二三百人，不少人只得冒着严寒，站在大厅外。

追悼大会由绵阳市政协主席、治丧委员会副主任辛清碧主持。四川省政协副主席、治丧委员会主任李培根致悼词，对海灯法师的一生作了实事求是的介绍和恰如其分的评价，认为海灯法师的逝世，是我国爱国统一战线的一大损失，也是武术界、佛教界的一大损失。

中共江油市委副书记、治丧委员会副主任李从古宣读了部分唁电、唁函。苏州陈式太极拳研究会会长刘元毅、苏州武术协会与吴县城建局均发去了唁电。

追悼会结束后，进行遗体告别。从省领导开始，人们在哀乐声中排成长长的队列，依次从左边进去，绕海灯遗体一周，从右边出来。上万人的队伍行进了两三个小时之久。之后，由新都宝光寺普成和尚主持遗体装龛仪式。由于海灯遗体已经僵硬，为此，普成和尚与他的助手们先用热敷的方法，把海灯法师的膝关节敷软，使之能够弯曲。然后，普成和尚以高超的绝技，把海灯法师的双腿盘起来，把遗体安坐在一木制的、一米见方、前方装有玻璃的木龛中。遗体坐在龛中后，随即封龛，由普成在木龛的玻璃罩外交叉贴上写有海灯法师出生年月与圆寂时间等内容的封条。

紧接着，成都文殊院住持宽霖大和尚头顶黑色凤尾帽，身披黄色千佛袈裟，手持佛幡，率文殊院、宝光寺、昭觉寺僧众为海灯法师举行了富有佛教色彩的起龛仪式。近50名身穿大红袈裟的僧人敲打着木鱼、鼓、铙、铛、磬等法器，吹着长笛，在佛曲声中，排成两行鱼贯而入悼念大厅，分立两侧，伴着起伏的节奏，众僧与无数的居士、信徒齐诵佛经。

木龛中，海灯法师双目微闭，神态自然，栩栩如生。

顿时，大厅内外鼓乐齐鸣，僧人居士高诵佛经，灵龛被放在了法师遗像下的灵台上。这时，大厅中鸦雀无声。宽霖法师手持佛幡，左右划动，口念封文："江油市观雾山极乐堂上上海下灯老和尚之灵龛，公元一九八九年一月十七日封。"接着，他提高了声调，口颂他为海灯法师编的四句法语：

海灯是海灯，叶落应归根。
爱国志未尽，撒手脱幻身。

稍事停顿，又念道：

两脚芒鞋需稳步，
自性弥陀证无生。

随着法语结束之际，宽霖法师用佛幡在灵龛顶上连敲三下，并高喝一声："起！"

顿时，大厅内善声大振，在一派佛音声中，海灯法师的灵龛被起动，抬上了灵车。这时，厅内外人山人海，挤得水泄不通，人们费了好大的力气，才把灵龛抬上灵车。

是日中午12时正，海灯法师的灵车和载着法师弟子、居士的两辆大客车抵达新都宝光寺。一路上，范应莲捧着师父的牌位坐在灵龛的左首，周文华就依偎在师父的灵龛右首。

半个小时的路程后，灵车一行抵达宝光寺。海灯法师的灵龛从灵车上抬下，安放到宝光寺茂林修竹丛中专门火化僧人的化身窑中。

僧众又开始做佛事，念佛到下午15时正。

下午17时正，各大寺院的僧众、居士又开始做佛事活动。

念佛毕，由宝光寺广永大和尚举火荼毗。

"荼毗"乃梵文"Jhapita"的音译，意为"焚烧"、"火葬"，指佛教僧人死后将尸体火葬的意思。荼毗前，宝光寺以及昭觉寺、万佛寺的数十名僧人再度为海灯法师念经超度。众多的仰慕者则隔着厚厚的人墙向着海灯法师顶礼膜拜。寂诚、寂明、寂情及范应莲、李兴友、蔡林生、周文华等数十位佛家与俗家弟子面对化身窑三跪九叩，哭着向师父作最后的告别。此时，器乐声、诵经声、哭声混成了一片。

1989年海灯在观雾山坐化时(1)

1989海灯在观雾山坐化时(2)

傍晚18时45分，宝光寺广永和尚在众目睽睽之下举起了那根神圣的点火杆，引燃了化身窑中海灯法师座下的数百斤松枝干柴。

"蓬"一声，顿时，熊熊烈火将化身窑映衬得红光四射，一股股白色的浓烟溢出窑外，化作一朵朵白色的莲花轻盈地飞升、飞升，渐渐地消失在夜空之中。

对此场景，范应莲在他的《我的恩师海灯法师》一书中这样描述：

> 举火后，熊熊烈火燃烧了起来，在茂密竹中的化身窑显得特别威严。化身窑是一座高约四米，形如庙宇大门一样的窑，是专供僧人圆寂后化身用的，窑顶上横书四个楷字"即见如来"。火焰熊熊的化身窑中，海灯上师如菩萨一样端坐，浑身金光四射。数十名僧众合掌为海灯上师超度，数百名弟子、居士和仰慕者顶礼膜拜，一直跪在窑前，他们仿佛看见海灯上师在大火中突然变成了一尊菩萨，坐在莲台上，慢慢随着窑顶的青烟升空而去。具传奇色彩的，集武术、佛法、文学于一身的海灯上师，就这样走完了他87个春秋，在这里找到了净化心灵的本坛。正如全国人大副委员长班禅大师吊唁海灯法师所言："法师归西，往生极乐，莲登上品。"三四个小时后，大火慢慢熄灭了。海灯上师的弟子轮班守护着骨灰，等它慢慢冷却下来。
>
> 1月18日早8时，由宝光寺大和尚广永打开窑门，只见白白的骨灰及柴灰。广永大和尚把灰扫出来，由四个和尚捡出骨灰放入盘中，共装了四大盘。法师身材并不高大，骨灰却有平常四五个人那么多。

这四个黑色大理石坛子的坛壁上分别刻写着"极乐堂上"、"海灯老和尚灵骨之坛"、"生于公元一九〇二年，卒于公元一九八九年一月十日"，落款是"弟子寂平、范应莲"等。

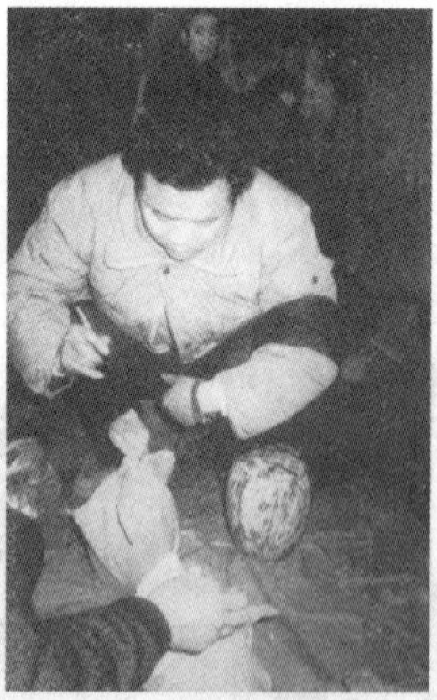

1989 范应莲在登记师父海灯的舍利子

1989 范应莲等人在筛选辨认海灯舍利子

海灯法师走了，师弟范应莲是师父唯一的最为权威的继承人。因为早在1968年的农历八月十五那一天，海灯法师就正式成为了范应莲的义父。那天是海灯法师回重华一年的纪念日，这天，范应莲的生父赵康万背了一些面条，买了一串火炮，亲自把儿子赵荣联送到海灯法师的家中，应海灯法师的要求，举行托子仪式。当时，海灯法师还特意请了些重华镇上有些声望的人物，如老红军许定邦、理发师杨文林、邻居陈启元、同学李兴友等为证人。仪式举行时，海灯法师拿出一块红布立约，请黄光林在上面写下了"赵康万之子赵荣联，自愿托给海灯为子，改名为范应莲，前途富贵生死，一切听天由命……"等字样，然后再请各位证人在红布上签名。

海灯法师说："将'赵'字改为'范'字，'荣'字改为范家班辈'应'字，'联'字的音不变，改为莲花的'莲'字。是有出典的。'应'字也是取明朝应光大师的应字，'莲'字也是明朝莲池大师的莲字。"对此，海灯法师还补充说："如以后佛教有希望重兴，应莲的名字就不改了，取法名也是应莲。"

……

所以，在范应莲与僧众们分拣海灯法师骨灰的时候，蔡林生与周文华抓紧机会，向师弟范应莲请求道："应莲，帮帮忙，让我请一些师父的骨灰带回苏州作个纪念吧！以便在石公寺建塔后永久供养。"

一边的周文华紧接着请求道："师弟，师父毕竟在石公山待过十年的，就让我们请一些回去吧！"

就连9岁时就跟随海灯法师学武的从上海专程赶来的大师兄范春生也在一边随声附和，请求范应莲答应苏州这两个师弟妹的请求。

师兄姐们异口同声的请求，蓦然提醒了范应莲，他立即站起身，走进了骨灰分拣室。原来，还在海灯法师病重期间，师父就曾向他交代过：他走后，要把他的一部分骨灰与三件衣帽送到苏州去，因为苏州的石公寺毕竟是他驻锡过十年的地方，那里的百姓对他不薄，他要以此报答地方恩。

不一会，范应莲就果真捧着一个白纸包，回到了蔡林生他们的面前：四张方桌大的洁白的油光纸中，一捧黑白相间混杂着炭块、炭灰的师父的骨灰与骨殖，散发着余温展现在众人的面前。

蔡林生与周文华如获至宝，激动万分，他们顾不得跪下恭迎，急忙双双上前用双手接过纸包，放进随身带着的包中……

对此，范应莲在他的《我的恩师海灯法师》一书中这样记载道：

> 我将骨灰装入四个准备好的大理石坛中，封好。分一份给寂平带回

福州建塔，一份去洞庭山石公寺建塔。余下全部带上观雾山极乐寺。

18日中午，极乐堂僧众，江油的居士们以及市委统战部、市政府民族宗教科的同志不顾气候严寒，静静地等候在观雾山下，迎接海灯法师的灵骨。山道两旁的灌木上挂着白色的小纸花，沿路抛洒着白色的纸条，在寒冷的气氛中，更显得庄严肃穆。人们心情沉重，默默无语，时光也仿佛凝冻了。下午三点多，灵车缓缓抵达。顿时，鞭炮震天，鼓乐齐鸣。在极乐堂监院果忍和尚的主持下，举行了简短的迎灵宗教仪式。随后，在数名和尚的引导下，范应莲手捧海灯法师的遗像，寂诚、寂明、寂情、寂钦四人分别手捧着四只骨灰坛，依次走在前面。其他僧人、居士尾随在后，敲打法器，口诵佛经，缓缓上山。当抵达观雾山上的极乐堂观音殿时，鞭炮再次齐鸣。百余名居士和僧人双手合十，跪迎法师灵骨。不少虔诚的弟子、居士止不住痛哭流涕。上海明扬法师的秘书汤秀侬居士受明扬法师的差遣，是1月15日赶到成都参加海灯法师追悼活动的。几日来，她心情沉痛，不思茶饭，身体欠佳。到达观雾山麓，一下车，触景生情，就放声痛哭。在旁人的搀扶下，她从山下一直哭到极乐堂，哭得死去活来。从中可以看出，一生苦行、道德高尚的海灯法师在人们心目中的崇高地位。

海灯法师昔日的客堂被布置为灵堂，门柱上贴着一副楹联：

毕生清修爱国爱教四众尊崇不愧佛门真弟子
五岳访道习禅习武举世钦仰算得释家好法师

灵堂内正面墙上挂着海灯法师的遗像，供桌上燃放着香烛、供品、鲜花。墙上贴着一副副楹联，其中一副“师尊圆寂遗愿未尽极乐寺，弟子同悲决心共建观雾山”，表达了观雾山僧众、居士的共同愿望。

40余名和尚在省佛协常务理事、绵阳市万佛寺住持海山法师的主持下，举行了隆重的海灯灵骨安放仪式。海灯法师的四个灵骨坛被安放在供桌上。每天有两名和尚在灵堂诵《弥陀经》，弟子们轮流昼夜守灵。此外，在主师殿由和尚轮流念诵《金刚经》，在大殿举行“供天”、“打普符”、“放焰口”等大型佛事仪式，为海灯法师亡灵解孽超度。

按佛门规矩，20个僧人在灵堂中24小时不间断地做上七天七夜的佛事，为逝者超度亡灵。

1989年海灯灵堂正面

1989 年蔡林生(左 2)、周文华(右 1)与寂诚(右 2)肃立在海灯骨灰龛前

1989 年蔡林生(右 1)、周文华(左 2)与寂诚(中)迎请海灯骨灰后

1989年周文华肃立于分为四龛的海灯骨灰龛前

19 日午饭后,蔡林生与周文华准备打道回府、返回苏州了。临行前,他们先后与寂诚等师兄弟合影留念,周文华还特意在师父的四只骨殖坛前拍照留影。这时,范应莲神情庄重地捧来一些衣物,放到蔡林生与周文华手中,说道:“这是师父临终前关照的,要交给你们的,让你们带回苏州去。”

1989 年范应莲、范春生与寂诚等人在海灯骨殖坛前合影

原来,细心的海灯法师生前已有安排,他要范应莲转交给这两位苏州弟子的遗物共有三件:一块金刚布(头巾),一双芒鞋(拳鞋),一件海青(僧衣)。

蔡林生与周文华虔诚地接过师父的遗物,不觉又是悲从中来。这时，周文华想到了师父节俭朴素的一生，想到了师父生前曾穿过的一双山袜（用土布缝制的连统袜子）。当时师父借住在周文华家时，她亲眼看见师父脚下穿着的是一双千补百衲的山袜。用千补百衲来形容，一点不过分，因为两只袜底上，师父都亲手用布与线打上了补丁，而且补丁叠补丁，都垒成堆了！周文华认为这样的袜子穿久了，是要会搁疼脚底的，为此她曾多次劝师父别穿了。可是，海灯法师只是笑笑，未置可否，依然一年到头穿着它。

想到这里，周文华的眼泪又止不住流了下来，一滴一滴落在师父的遗物上。

从 1 月 19 日至 23 日，在观雾山极乐堂共举行了五天佛事活动，参加僧人除极乐堂的 11 人外，还有昭觉寺的大济、一禅和尚，宝光寺的方能、慈佛、坚固、隆应、仁万、圣辉、常宣、寂清和尚，文殊院的大恩、宏辉和尚，万佛寺的海山和尚，爱道堂的隆普和尚，法源寺的维应和尚等四人，圣水寺的果忍和尚等三人，大佛寺的寂明和尚等三人，杭州的衍智，泰州的寂诚，香港的寂平和尚。此外，还有着省内外的居士数百名参加了追悼海灯法师的佛事活动。

根据海灯法师的遗愿，他的骨灰主要分为重华、观雾山、天台山与云居山四处安置。何以主要分为这四处安置？海灯法师有分教：

江油重华镇，是他出生之地，安置在那里，是报父母恩；

江油观雾山极乐寺，是他生前担任住持的道场，安置在那里，是报寺院恩；

江西云居山真如寺，是他的师父虚云把沩仰宗传法于他的地方，是报师恩；

浙江天台山国清寺，是他当年分得田土长养地，是报土地恩。

但后来应香港、福州、江苏等地海灯法师驻锡过的庙宇寺院及弟子们的要求，实际上后来他的骨灰共分为七处安置。

至于安置在江苏苏州石公寺，则因海灯法师在那里驻锡整十年，是报地方恩。由于当时病情危急，海灯法师只能口头向养子范应莲专作叮嘱了。

1 月 22 日下午，由寂明、三台大佛寺住持、寂庆、赵平、赵成碧、范应莲和周跃会等将海灯法师的细骨灰进行筛选，众人欣喜地从中选出舍利子 32 颗，其中一颗为绿色的，一颗为白色的，其余均为如同铁砂一样坚固的黑色的。当时，这 32 颗舍利子暂时存放在江油市政协内。

1 月 27 日，香港虚云老和尚纪念堂住持、海灯法师的剃度弟子寂平和尚持四川省佛协的介绍信向江油市政协、统战部提出，希望能给予少许海灯法师的骨灰和舍利子，在香港为海灯法师修建舍利塔。同日，江西云居山真如寺方丈一诚和尚偕弟子抵达江油，迎请海灯法师的骨灰。他们的要求，都得到了江油市政协与统战部的同意。

1 月 28 日，在极乐堂为寂平、一诚和尚迎请海灯法师灵骨举行了佛教仪式，将少许骨灰及三颗舍利分别交给了寂平与一诚。

至此，已有江油市观雾山极乐堂、江油市重华镇、新都宝光寺、江西云居山真如寺、浙江天台山国清寺、香港虚云老和尚纪念堂六处佛门荣幸地迎请到了海灯法师的骨灰。

寂平与一诚他们后续恭请海灯法师灵骨的时候，蔡林生与周文华早已揖别寂诚、范应莲等众师兄弟，于 1 月 20 日回到了苏州。受师妹周文华委托，蔡林生捧着师父的灵骨与遗物，径直回到了石匠弄 7 号的家中。

师父的部分骨灰，是范应莲那天仓促包在四张桌面大小的白纸中的。当蔡林生怀着虔诚的心情在家中小心翼翼地打开纸包时，一边的夫人禁不住热泪盈眶，双手合十。她想不到如此英名盖世、一世行善的一位高僧，居然就这样说没就没了，不禁嗟叹人生苦短，人世无常。

纸包里，海灯法师的灵骨与炭灰炭块混合在一起，黑乎乎一堆。蔡林生得把师父的灵骨仔细地从炭灰炭块中分离出来。是夜，灯光下，蔡林生焚香点烛，香皂净手后，再把这堆骨殖与炭灰的混合物轻轻地摊开平放在桌面上，然后用了一把竹尺，一毫米一毫米地在这堆混合物中精心分离。

这时，意外的事情发生了！

这真是：

苦海航灯三尊佛，
魂归极乐一瓣香。

欲知后事如何，且看下回分解。

第三十一回　虔诚请回师父魂
灵骨铁塔映湖山

且说蔡林生香皂净手、焚香点烛后，用一把竹尺一毫米一毫米地把师父的灵骨从炭灰炭块中仔细地分离出来时，喜出望外的事情发生了！

因为在分离中，他居然找到了四颗米粒大小的、呈半透明的、闪闪发光的玻璃状的硬物！

这四粒晶状硬物，一颗呈深绿色，一颗呈淡绿色，一颗呈黄绿色，一颗呈金黄色。除此之外，还有师父的一颗牙齿和一块未燃尽的布片。

稍一愣怔，蔡林生当即激动地直立起来，他知道，这是舍利子，是师父的舍利子！

他当即来到邮电局，给远在江油的范师弟打去长途电话，把这喜讯告诉了他。这时，他才知道，在成都观雾山分拣海灯法师的骨灰时，他们也已经从中找到了32颗舍利子！

这是只有道行非凡、修炼到家的高僧在火化后，才会出现的舍利子！

……

就在蔡林生与周文华欣喜地商议着如何把师父的这些珍贵的遗物与舍利子送石公寺供养时，马祖铭也正准备前往江油市，恭请海灯法师的灵骨了。

石公山是海灯法师驻锡过整整十年的地方，尽管石公寺早已被摧毁，但近几年在地方政府的重视下，已修葺一新，新的寺院也重建了起来。平心而论，专门开辟在那里的海灯法师陈列室里，所展出的大都是照片与文字，还缺少实质性的实物。为实现法师生前那句“永远住在这里不走了”的谶言似的遗言，必须尽可能地请来海灯法师的遗物与灵骨，才能使石公山的海灯法师陈列室名副其实。

所以，海灯法师圆寂后，苏州市陈式太极拳协会与苏州市武协、吴县城建局都向海灯法师治丧委员会发去了唁电。马祖铭获此噩耗后，虽因公务缠身，实在难以脱身，但还是仍以个人的名义，向范应莲发去了深致哀悼的电报。

说实话，要把海灯法师的骨灰永久地安葬在石公寺的想法，马祖铭早在1987年海灯法师重返西山岛时就有了。但那种触霉头的话能问师父吗？当然不能！所以，几次话到嘴边，都被他用力咽了回去。他只是拐弯抹角地暗示海灯法师，向师父提出了“由衷地希望师父能够永远落户在我们苏州西山的石公寺”这样模棱两可的要求。海灯法师何等聪明，他怎听不懂马祖铭话中的这种潜台词？不过，当时他也只是模棱两可地反问道：“永远可能吗？我的家乡江油与重华的有些人会同意吗？”

马祖铭听了，即机灵地进一步暗示道：“那么，师父您可以两边蹲蹲的呀，老家蹲蹲，我们西山也蹲蹲，这样，就免得我们想念您的时候看不到您。”

海灯法师被这个巧舌如簧、头脑灵活的俗家弟子惹得忍俊不禁，一语双关地说道：“好呀，我同意啦。反正到时候，我也做不动主了，由你安排就是啦。”

遗憾的是，马祖铭当时并没有听出师父回答中的玄机。

所以，海灯法师一圆寂，马祖铭就连忙向吴县有关领导提了自己的这个想法，汇报了海灯法师那年重返吴县时的心愿。

能让海灯法师永远地留在吴县，当然是求之不得的好事情，这样，西山岛与石公寺，肯定会因此多增加一层文化的光彩。只是不知道人家当地政府同意不同意？吴县的领导经商量后，当即把这个重要的任务交给了马祖铭。

于是，根据海灯法师的遗愿与吴县县委与县政府的指示，在海灯法师逝世仅半个月的时间里，马祖铭受吴县城建局领导的委托，执笔以书面形式向江油市政协提出了相关的意向。全信如下：

江油市政协：

闻名中外的具有传奇色彩的海灯法师的仙逝，使吴县人民缅怀不已。他的仙逝是佛教界、武术界的一大损失。法师在吴县任政协委员、石公寺住持期间，他那以慈善为本、舍己济人、施医施药、讲经传武的动人事迹，永远铭记在吴县人民的心中，吴县人民永远不会忘记。

八七年冬，法师应邀携带四大弟子回吴县西山观光时受到了苏州市和吴县人民及其领导的热情接待。老人激动地说："山青水清人更亲，吴县是我功成名就的地方，是我的第二故乡。"并多次表示他身后的骨灰愿安葬在石公山。

石公山是太湖风景名胜区（国家级）西山景区的精华所在，风景如画，景色秀丽，湖光山色之美，闻名于世；一年四季，游客如云。为此，海灯法师陈列馆定于今年开工，高达四米的铁质舍利塔已浇铸，并即将安装在那里，以供中外游客瞻仰。

当代高僧海灯法师是一位集佛学、文学、武术、医学于一身的大师，这是江油市人民的骄傲，也是吴县人民的骄傲。为此特来函同贵市政协商量，将法师的一小部分舍利安葬在石公山。众所周知，佛祖舍利尚且分藏在几个崇尚佛教的国度，为此，深信贵市有关部门是完全理解吴县人民的心理的，并会大力支持我们这一工作的。

春节后，我们委派法师弟子马祖铭前来贵市承办此事。

此致

敬礼！

吴县城乡建设局

1989 年 1 月 25 日

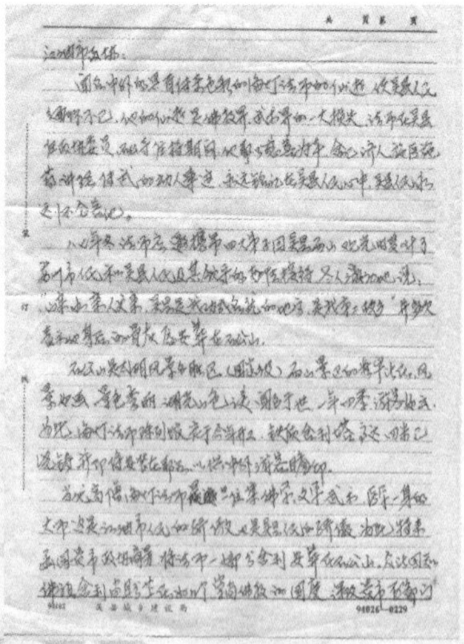

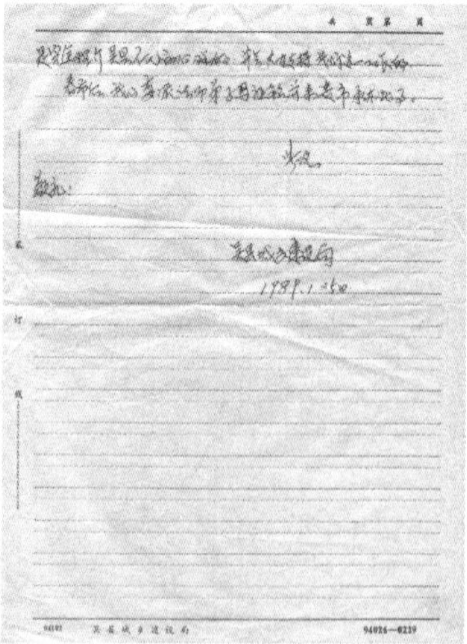

吴县城建局向江油政协申请海灯灵骨，马祖铭草

平心而论，现在看来，此份类似申请的信，有点对不上号：信是致江油市政协的，落款却是一个县的城建局，无论级别与专业，都不相称。为此，我们还是不难看出，当时吴县政府对此事的谨慎小心的态度。

然而，信函发出没多久，江油市政府就回信了，他们同意了吴县城建局的协商和要求。

江油政协径寄马祖铭信封

1989年3月13日，马祖铭再次奉吴县人民政府之命，单身一人身负重任，专程赶赴四川江油市，准备恭迎海灯法师的部分骨殖，带回苏州，然后按计划安放在西山岛石公山，成为苏州太湖西山岛上永久的珍藏与亮点。

这是马祖铭与江油市政协的领导们的第三次见面了，也算是老朋友了。大家深为马祖铭对师父海灯的忠诚而感动。为示郑重，江油市政协的正副主席赵朴、杨必润、周玉乾，市政协正副秘书长杨大任、陈德喜，市政协常委兼江油海灯武馆馆长范应莲，江油市政协委员兼重华武校校长李兴友，江油海灯武馆办公室主任王拓疆、后勤科科长张维跃等领导还专门举办了一个简短的签约仪式。拿出已经准备好的一纸协议，郑重其事地交给马祖铭过目。马祖铭认真拜读完这份协议后，这才怀着激动的心情，庄重地在这份毛笔正楷书写的“协议”下面签上了自己的名字，盖上了私章。全文如下：

关于苏州市吴县迎请海灯法师灵骨的协议

海灯法师于1957年至1967年曾任吴县政协委员、石公山住持。根据法师生前遗愿和苏州吴县要求将灵骨分送一部分安放在吴县石公山。

现由吴县城建局委派海灯法师弟子马祖铭同志来江油市观雾山极乐寺迎请海灯法师灵骨到吴县石公山修建舍利塔。经与政协江油市委员会、中共江油市委员会统战部、市人民政府宗教科、观雾山极乐寺共同协商，同意将部分灵骨移交给吴县石公山。

双方本着宣传海灯法师爱国爱教的高尚品德，为弘扬中华武术共同作贡献，特订以上协议。

协议经双方签字后生效。

观雾山极乐寺管委会代表（寂清签字，公章）

苏州市吴县代表（马祖铭签字，私章）

江油政协代表（陈德喜签字，公章）

江油市政府民族宗教事务科代表（刘维清签字，公章）

1989.3.15

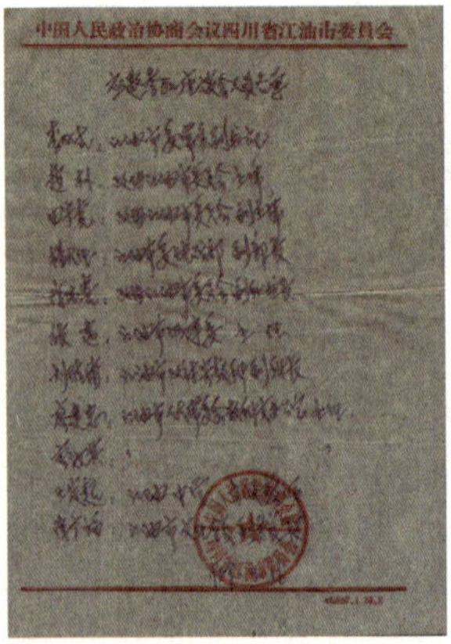
中国人民政治协商会议四川省江油市委员会

1989 年 1 月 16 日江油政协座谈会出席领导名单

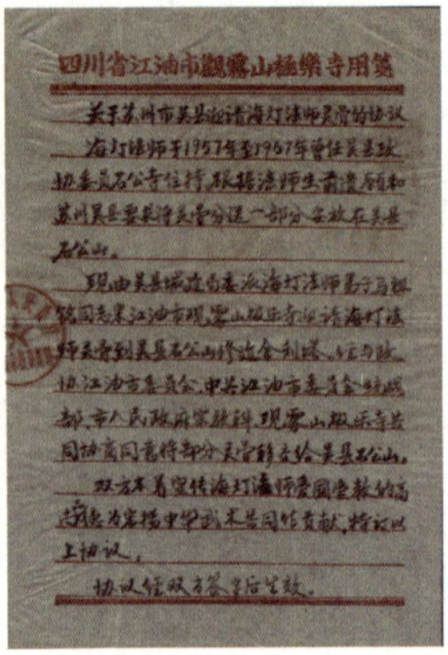
四川省江油市觀霧山極樂寺用箋

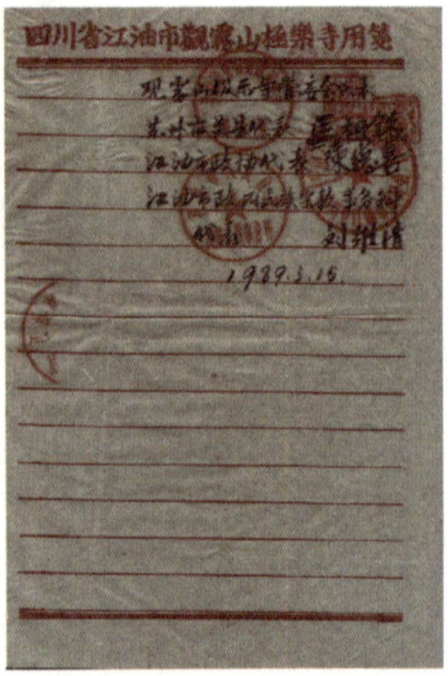
四川省江油市觀霧山極樂寺用箋

江油政协与吴县关于迎请海灯法师灵骨协议（两页）

江油的海灯灵骨塔

这份协议下面的三个个人签字上，还分别盖着“江油市观雾山佛教协会筹备组”、“江油市人民政府民族宗教事务科”与“中国人民政治协商会议·四川省江油市委员会”这样三个大红的公章。

协议签订的当天下午，江油市政协的陈德喜副秘书长即手持市政协开具的介绍信，亲自陪同马祖铭一起，前往成都市观雾山极乐寺，分拣法师的灵骨。

马祖铭永远也忘不了分拣师父灵骨的那一幕。

这天，马祖铭在几位和尚的陪同下，神情肃穆地走进极乐寺中海灯法师的灵堂。这时他看到，正中供着的一幅海灯法师的遗像下，是一张供桌；供桌上面除摆放着瓜果等供品外，还另外摆放着一个约 70 公分长、40 公分宽、30 公分厚的木柜子，柜子上还用一把铜锁锁着。

仪式开始后，马祖铭随着众和尚一起，双膝着地，跪在大红的蒲团上，并仿效着众僧的样子，双手合十，两眼微闭，在一片木鱼敲击与钟磬钹鼓的叩打声与一阵阵香烟缭绕的香雾中，随着众僧人呢喃的诵经声一起默诵祈祷。

尽管马祖铭不懂经文，但“阿弥陀佛”这句佛门常语还是耳熟能详的。于是，他反复虔诚地念叨着这句“阿弥陀佛”，和着众僧人的诵经声一起为海灯法师超度。

这一跪，就是整整一个钟头！

直跪得时年已是 50 岁的马祖铭腰酸背痛、双膝发麻。不由心想：自己父母亲过世时，也没有跪过这么长的时间呢！

一个钟头的祈祷过后，马祖铭这才站起身来，一边揉着麻木的双腿，一边随着长老来到海灯法师遗像下的供桌前。长老用钥匙打开供桌上摆放着的那只木柜子上的铜锁，掀开柜盖，用双手从里面捧出一只外面蒙有大红绸子的瓷罐，然后掀去绸子。这时，一个和尚走近前，把一只空的陶瓷罐交到马祖铭的手中。

然后，老方丈用一双又尖又长的乌色筷子，从瓷罐中逐一小心翼翼地挟起了海灯法师的骨殖，轻轻地放入了马祖铭手中端着的那只陶瓷罐中。

这时，堂内的诵经声更响了，马祖铭的视线也更模糊了……

遗骨挟得差不多了，方丈即盖上坛盖，外面用一块大红的绸子裹了，庄重地交到马祖铭的双手中……

第二天，马祖铭就背着装有海灯法师骨殖坛的鼓鼓囊囊的行李包，在江油市陈德喜副秘书长的亲自陪同下，坐上了返程的火车。

一路上，马祖铭如获至宝地保护着师父的灵骨罐，回到苏州时，古城中已是万家灯火。

然而，亡故人的骨殖，毕竟是不讨人喜欢的，何况这是非亲非故的亡故人的骨殖。所以当马祖铭连背带抱地带着这“不讨人喜欢的东西”回到苏州，还没走进家门，便受到了讳莫如深的夫人急如风火的阻挡与斥责。于是，马祖铭只得把这个千里迢迢带回的骨殖罐暂时寄存在自家楼下的自行车车库中，让师父暂时委屈了一夜。第二天，马祖铭就把海灯师父的骨殖坛，带到了单位里，供奉在办公室的文件柜中。

好不容易从成都请回来的海灯法师的骨殖，由于当时筹建海灯法师陵园及灵骨塔等事宜，所以在马祖铭单位的文件柜里搁了四年时间……

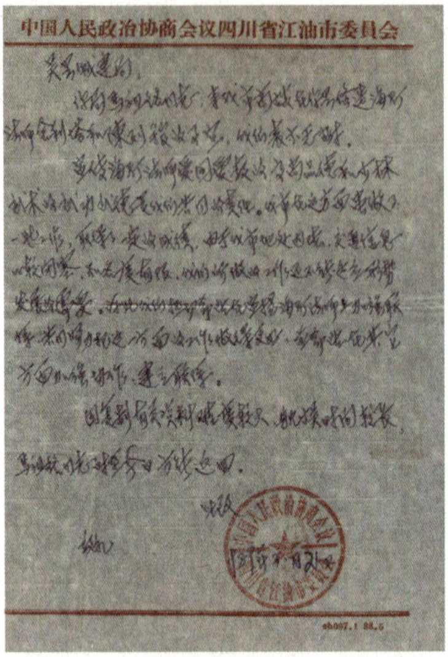
中国人民政治协商会议四川省江油市委员会

江油政协致吴县城建局
有关建灵骨塔事宜公函

有道是摆渡摆到江边，送佛送到西天。从此，马祖铭又开始忙着张罗让海灯法师的灵骨得以永久安置的事情了。他一边及时向领导反映，落实相关经费，一边找人设计灵骨塔，同时多次前往以生铁铸造闻名的苏州民丰锅厂，最后以 3000 元的低价，买下了该锅厂仓库里这座实际价值超万元的某寺院未曾买去的灵骨塔。行文至此，细心的读者不难发现，早在吴县城乡建设局 1989 年 1 月 25 日致江油市政协的公函中，便已写有“高达四米的铁质舍利塔已浇铸”等字样了，何以直到四年后的今天才以 3000 元的低价买下这座“该锅厂仓库里这座实际价值超万元的某寺院未曾买去的灵骨塔”呢？

采访中，笔者向马祖铭提出了这个疑问。

面对疑问，老马狡黠地一笑，直言不讳地答道：“当时写给江油的这封公函是我起草的，我之所以这样空穴来风，完全是为了让江油市政协能够顺利地同意我们的请求而耍的小花枪呀！”

2009 年拍摄的海灯法师
在石公寺的灵骨塔

2009年12月，海灯法师武术团在石公山海灯灵骨塔前

2009年12月，寂诚（前右2）与范春生（前右1）等在石公寺

2009年石公寺观音殿菩萨开光，
寂诚（中坐）与觉生（右站）

1993年5月20日，坐落在苏州市吴县西山岛石公山后山明月坡上的海灯法师的墓地终于落成竣工，灵骨塔也终于高高地耸立起来了。

明月坡上的海灯法师灵骨塔，占地面积150平方米，塔高10米，七级四角，葬有海灯法师五分之一的骨殖。灵骨塔的前后均为太湖山水，近处的石公山是它的依托与背景。

整座灵骨塔设计精巧，又不失庄严肃穆，整体由塔基、坛台、塔体三个部分组成，塔系生铁铸就，通体墨黑，不招摇、不张狂，充满着坚忍不拔，透发出庄严稳重的氛围；坛台的正前方嵌着海灯法师的遗位，遗像系用汉白玉雕凿而成，白色的石雕与黑色的塔体形成了强烈的反差，突出了主人翁一生爱憎分明的形象，强调了主题，使人一目了然；塔基上铺设着花岗岩地坪，灰中带白，它与江南之天、湖、岛之地的色彩相吻合，给人以和谐协调的美感；塔基的栏板上共有18方花岗岩雕刻，内容分为三个类型——佛教花木、海灯武术、海灯诗作，颇具特色。

海灯法师生前是佛门高僧，因此设计者以释家常用的莲花、茉莉、忍冬、石榴来装饰他的灵骨塔。这四种花卉都有它们的象征意义：忍冬具有越冬不死的特点，释家将它视为“灵魂不灭，轮回永生”之物；石榴象征信徒众多，佛门兴旺；莲花具有不受污染、超凡脱俗的崇高品格，是释家圣洁的象征；玉白敦厚的茉莉则以其清净的纯洁、深醇的芳香、玲珑的娇态成为释家的吉祥之物。

海灯法师又是当代的武林名家，所以艺术家们在墓地四周的栏板上镌刻了“朝天蹬”、“七星剑”、“九节鞭”、“睡罗汉”、“罗汉拳”、“两指禅”、“童子功”、“梅花拳”9 幅浮雕。

海灯法师还擅长诗文，故而栏板上又分别刻写上了他的《煨芋》、《烹茗》、《两指禅》、《石公秋月》、《归云洞颂古》等他生前吟诵石公山的诗篇。诗文由书法家朱德昂书。

借着海灯法师灵骨塔成功耸立的东风，此时的东吴武术馆也在海灯精神的鼓舞下，办得风生水起：东吴武术馆成立于 1985 年 4 月，前后发展会员 483 人，其中有教授 2 人、副教授 3 人、讲师 4 人、高级工程师 1 人、工程师 5 人、助理工程师 3 人、主任医师 4 人、主治医师 3 人、医师 2 人、中学教师 5 人、干部 33 人、知名人士两人，拥有各门派教练 26 名。12 个辅导站分设在苏州市、吴县，前后公开招生 22 次。其中联合招生 4 次。为苏州、常州、无锡、南京、吴县公安系统举办技击训练班六期，受训人数 3245 人次；武术表演 5 次；参加拍摄电影、电视剧《飞天神鼠》、《情仇侠义》等。《扬子晚报》、《苏州日报》、苏州电视台等为东吴武术馆作了报道。学员中共发表武术专著 29 篇，并与四川省江油市海灯法师武馆、日本名古屋市五道拳联盟以及美国洛杉矶蒋浩泉武术学院建立友好关系。

海灯法师生前为东吴武术馆名誉馆长，馆长系他的弟子马祖铭。总顾问、总教练为中国著名武术家袁贤群教授，副总教练分别为陈根福、刘元毅，教练员分别有曹琼瑜、张子源、何本钦、翁浩萍、张丽菊、刘兴海、祝惠东、许志成、王鸿菊、王毅、张惠群、毛永昌、俞建明、俞政、吕振森、陈洪、吉守祥、龚松林、丁长根等。他们分别为省级武术全能冠军、上海大世界“飞达杯”武术节银质奖和优秀奖获得者、江苏省武术选拔赛优胜者、亚运会参加者以及部队教官、刑警队教练，堪称阵容整齐，武林高手云集。教授内容主要有少林、太极、推手、八卦、形意、擒拿、格斗、散打、摔跤、气功、健身操等。

……

然而，谁又能想到，海灯法师圆寂后不久，当年第一个宣传报道海灯法师的某记者与海灯法师的爱徒范应莲闹起了一场轰动全国的名誉诉讼案。其实，这也是海灯法师生前就预料到的。海灯法师晚年健在的时候，他曾对记者说过："心同明月难逃谤，文满乾坤不济贫。世人本来就没有完人，况且大丈夫要想在事业上有所成就就不可能不被人议论。"

在这场官司打得最为激烈的时候，有记者曾特意致信吴县政协，试从吴县政协那里探知些许有关海灯法师当年的"不是"。惜乎吴县政协的领导秉着实事求是的精神，言简意赅地用短短的一句"海灯法师在吴县期间为当地做了不少好事，吴县人民怀念他"的文字，向对方作了答复。

所幸的是，这场备受国内外瞩目的敬永祥侵害海灯法师名誉权案历经10年，于1998年8月终于落下了帷幕。四川省高级人民法院作出了终审裁决：敬永祥败诉。1998年8月19日的《羊城晚报》作了《十年讼争尘埃落定，海灯依然推尊武林》的报道。

终审裁决判令该记者立即停止对海灯法师及弟子范应莲名誉侵害，并在该判决生效后一个月内，在公开发行的省级以上非专业性报纸上为海灯法师恢复名誉。

1998年8月19日的《羊城晚报》第二版曾以《十年讼争尘埃落定，海灯依然推尊武林》为题，独家报道了一篇新闻。全文摘要如下：

本报讯：备受国内外瞩目的敬永祥侵害海灯法师名誉权案历经10年，日前由四川省高级人民法院作出终审裁决，敬永祥败诉。

1989年1月，著名的武术家、我国当代高僧海灯法师病逝后，当年的7月、8月，敬永祥分别在海南《金岛》杂志和北京《报告文学》上发表《海灯法师神话的破灭》、《海灯现象——八十年代的一场造神运动》两篇文章，公开称海灯的年龄和"二指禅"是假的，并指出"由于忠实信徒的寄赠供奉，海灯全家成了先富起来的人"。文章还称"海灯是一个长期隐瞒政治历史、处处弄虚作假的出家人和民间武师"、"海灯和范应莲自吹自擂，弄虚作假"。

海灯法师的养子及弟子范应莲认为敬文章及言论的基本内容失实，贬低了海灯及自己的人格，遂于当年向成都市中级人民法院状告敬永祥侵害海灯及本人的名誉权。成都中级人民法院一审判决敬败诉。敬不服，向四川省高级人民法院提起上诉，四川省高级人民法院审理昨天终审裁决：

一、维持成都市中级人民法院判决的第一项、第四项即敬永祥立即停止对海灯法师及弟子范应莲名誉的侵害，驳回敬永祥反诉的请求；

二、敬永祥于本判决生效后一个月内在公开发行的省级以上的非专业性报纸上为海灯恢复名誉……

然而，任由媒体也罢，法律也好，私议也罢，公论也好，海灯的精神与海灯的武功，还有海灯的人格与人品力量，却是任何时候与任何东西也湮没不了的。

2007 年，是集文、武、佛、医于一身的中华民族的杰出人物与当代高僧海灯法师诞辰 105 周年。其众多弟子与中威联合有限公司董事局主席陈春先生等企业界有关人士策划的“纪念海灯法师诞辰 105 周年——海灯法师佛学、武学交流会”在上海隆重举行。应邀出席纪念活动的有美国亚洲协会主席蒋一成先生、世界华商艺术联合会主席贺兴桐先生、世界文化总会主席范光陵先生、国际和平慈善基金会主席张田女士、前上海警备区司令员杨毅中将、前台湾新党主席大律师谢启大、上海徐悲鸿艺术学校杨心玲校长、香港虚云和尚纪念堂主持释寂平法师等企业界、武术界、佛教界、新闻界、文化艺术界人士，还有海灯法师众多弟子、信徒、居士以及友好人士，共计 500 余人。

2009 年 12 月 20 日上午，朔风凛冽，寒意逼人。在石公寺新任住持觉生法师的策划与主持下，太湖西山岛上的石公寺院正殿大堂前，一幅红色的广告牌庄严耸立，上面写着“本寺隆重永启建观音菩萨开光武术表演暨冬至法会”22 个醒目的大字。原来，石公寺观音开光暨海灯法师陈列馆剪彩庆典仪式要在这里隆重举行。不到上午 9 时，来自苏州市及吴中区民族宗教事务局、太湖国家旅游度假区、金庭镇政府的领导，太湖国家旅游度假区旅业发展有限公司、吴中区佛教协会、上海崇明佛教协会的领导，石公寺、海灯法师的弟子等佛教界人士，以及周边城市的游人与各界群众近千人陆续来到现场，端的是人头攒动，规模宏大，气氛热烈。

2009 年石公寺观音菩萨开光武术表演暨冬至法会主席台

2009年石公寺前梅花桩表演

2009年石公寺武术表演，七旬翁表演软骨功

上午9时10分，在海灯法师的爱徒范应莲的主持下，观音菩萨开光暨海灯法师陈列馆剪彩庆典仪式开始。喧闹的人群顿时渐渐安静下来，升腾缭绕的香烟中，全场气氛顿时一片肃穆。石公寺监院觉生法师首先上台致欢迎词，他先代表石公寺对各位领导、诸山长老及各位来宾的莅临表示欢迎，然后简略回顾了石公寺的历史，最后对各级领导和社会各界的支持和帮助表示感谢。海灯法师弟子范应莲先生、吴中区佛教协会会长贯澈大和尚也作了讲话。吴中区民族宗教事务局局长代表地方政府对石公寺观音开光暨海灯法师陈列馆剪彩庆典仪式的隆重举行表示热烈的祝贺。

2009年苏州西山岛石公寺正门

9时50分，主持人宣布剪彩开始。接着，海灯法师武术团还表演了“二指禅”、“梅花桩精拳”、“太极拳”、“易筋经”、“游身八卦掌”等由海灯法师弟子范春生负责统筹的精彩的武术节目。11时正，主持人庄严宣布：观音菩萨开光法会正式开始。

下午1时30分，在银湖山庄会议室召开了海灯法师圆寂二十周年纪念大会。吴中区民族宗教事务局的领导和吴中区佛教协会会长分别作了讲话，海灯法师弟子回顾了海灯法师的生平，导演潘家祥先生回顾了电视连续剧《海灯法师》拍摄情况，离休老干部、国家独立自由奖和解放奖章、朝鲜三级国家勋章和人民军功章获得者徐道明先生回顾了他与海灯法师交往的历程，其他与会者也纷纷作了发言。

当天，整修装潢一新的海灯法师当年在石公寺的旧居，也同时对外正式开放。

2009年石公寺武术表演

旧居现保存三间：西间为卧室—禅房，内有禅床一张，禅椅两张及其他生活用品，当年海灯法师在这里趺坐合十，以静坐敛心，专注一镜，使身心“轻安”，观照“明净”。

中间为其武术器械间，展览着海灯法师当年在石公山时使用过的兵器。展出的有刀枪剑戟、棍棒槊锐、斧钺铲钯、鞭锏锤叉、戈矛等十八般兵器，其中尤以三节棍、九节鞭、流星锤、匕首、短剑、飞镖、峨眉刺引人注目。

东间为前面已经提及的“烟雨山房”，为海灯法师会友、习诗文、为民治病之处；西墙有一巨幅题为“海灯法师演‘金龙奔江’图”的彩墨画，全图表现了海灯法师各个关节可任意弯曲，身软如童孩、身轻如飞燕，外形柔而内质坚的武林功夫，由江苏省国画院院长、苏州吴门书画院院长王锡麒所作；东墙挂有多幅锦框，其一“少林绝技，一代宗师”八个大字系苏州大学体育系教授袁贤群所书，其二“巴蜀无双士，神州第一流”系苏州武术协会委员、海灯法师的武友阴绍恩题词。陈列窗内展出的还有报刊摘录、照片等历史资料。

行文至此，读者必有疑问，那就是当年蔡林生与周文华先前双双从成都捧回来的海灯法师的衣帽遗物与舍利子，它们现在在哪里呢？这真是：

莫道功德已圆满，
尚有余音绕湖山。

欲知后事如何，请看下回分解。

第三十二回　且把尾声当前奏 海灯文化照后人

如果说马祖铭事后只身前往江油市，代表吴县市与江油市政协签下一纸协议，并亲自在观雾山极乐寺恭请回海灯法师灵骨一事是官方行为的话，那么，蔡林生与周文华从范应莲手中接过的师父的遗物与部分灵骨则只好算是民间行为了。

2011 年夏，马祖铭与本书作者汤雄

然官方行为也好，民间行为也罢，他们所恭请带回的毕竟都是货真价实的海灯法师的灵骨与遗物，都是值得人们永远供奉的珍贵的纪念物！

2012 年 2 月 11 日（正月二十），笔者在苏州高新区蔡家采访蔡林生与周文华时，欣慰地得知它们如今都已找到了理想的归宿。自1993年至今，蔡林生先后连续担任苏州市武术运动协会第二、第三、第四届副主席。40多年的习武生涯，使这对海灯法师的俗家弟子依然身板硬朗，步履轻捷，思维敏捷，根本看不出已都是66岁的老人。

就在蔡林生家中供奉着的观音菩萨塑像与挂轴下面，我采访了这对志同道合了半个多世纪的师兄妹。

蔡林生告诉我，当年他在欣喜若狂地获得师父的四颗舍利子后，即分别通知了海灯法师的高徒、沩仰宗的第十世继承人寂诚法师和海灯法师生前的挚友信徒陈志明与俞誉万。

寂诚法师获悉后，第一个专程从泰州赶来苏州，前往石墙门7号蔡林生家，要求“挑颗最大的供养”。当蔡林生从里屋双手捧着师父的舍利子走出来时，寂诚法师已虔诚地五体投地，跪伏在地，恭敬迎请了。

第二颗与第三颗，也都先后被陈志明与俞誉万恭请而去，在各自家中供养了起来。

2009年9月，太湖西山石公寺迎来了新任住持觉生和尚。

这是一位年轻有为、满怀抱负的年轻人，他发愿要继承海灯法师的遗愿，在石公寺这个早已与海灯法师的名字紧紧联结在一起的佛门圣地，进一步弘扬海灯精神。为此，蔡林生与周文华、俞誉万经商议，作出了把已在各自家中珍藏了整整20年的海灯法师的遗物与舍利子全部无偿贡献给石公寺永久保存与供世人瞻仰的决定。

2010年一个风和日丽的黄道吉日，觉生法师代表石公寺，庄重地接过了蔡林生、周文华、俞誉万捐赠的海灯法师的衣帽遗物与舍利子。当时，俞誉万居士处的那颗师父的舍利子是珍藏在一只金子做成的小瓶子里的，而蔡林生是把师父的舍利子珍藏在一只明式小瓷瓶中的。

2012年1月25日(年初三)，笔者偕同夫人朝拜石公寺并与觉生法师促膝长谈时，觉生法师向笔者透露了一个令人振奋的好消息：就前不久，当地主管旅游建设的苏州太湖旅游发展集团有限公司的一位新来的领导在与他会面时，表达了该公司对重振石公山系列景点、把石公山打造成国家5A级旅游景区的愿景，其中就有在石公寺中塑立海灯法师塑像、重建与充实海灯法师陈列馆内容等一系列规划。

这真是英雄所见略同！当地政府旅游主管部门的愿景，与觉生法师的初衷不谋而合。

2012年3月6日至3月7日，苏州太湖旅游发展集团有限公司组织召开了海灯法师历史文化研讨会，范应莲、范春生、马祖铭、蔡林生、周文华等来自四川、上海与苏州的十多位海灯法师的俗家弟子与专家、学者欢聚一堂。众人在深情地回顾海灯法师往事的同时，还就海灯法师成名于武、皈依于佛、光耀于文、乐业于医、积誉于德几个方面的相关内容进行了研讨，并就如何完善与充实石公寺海灯文化，进一步弘扬海灯精神提出了不少诚挚而又具有建设性的想法，对本书初稿提出了不少颇有价值的修改意见。

苏州太湖旅游发展集团有限公司董事长周菊坤尽管走马上任才半年，但强烈的事业心与责任心已使他对进一步开发石公山旅游事业有了初步的设想，他认为就目前石公山的现状，与建设成为国家5A级旅游景区的标准相去甚远，差距很大，尤其是石公山风景的真正内涵还没被完全挖掘出来，很容易使游客有种只见石头与水的遗憾。为此，要尽快拿出愿景，做好规划。石公山风景的亮点，除了湖光山色外，还有它独有的文化内涵，其中之一就是海灯法师曾在石公驻锡过十年整的那段历史。周董事长认为，海灯法师与佛教，既是一件事，又是两件事，要把石公山建成一座文化的石公山，把石公寺融入到整个景区内，就必须先抓住这两个几被湮没的亮点，把石公山独特的历史文化、海灯文化、武林文化、佛教文化与山水奇石的大自然文化有机地融合在一起，使它更为名副其实，更加光彩夺目。

研讨会全景

俗家弟子深切怀念海灯

研讨会主持人、本书作者汤雄发言

(左起)汤雄、周菊坤、徐学明

周菊坤与范应莲亲切握手

周菊坤与众俗家弟子共进午餐

(左起)觉生、范应莲、周菊坤、蔡林生、周文华

(左起)周菊坤、蔡林生、周文华、范春生

研讨会主持人、本书作者汤雄发言

本书作者汤雄与范应莲、周菊坤

本书作者汤雄与觉生、范应莲

本书作者汤雄与蔡林生、周文华

本书作者汤雄与范春生

（前左起）范春生、范应莲、周文华、蔡林生

如今，海灯法师虽已早就离开了我们，但海灯法师那巨大的人格魅力与崇高的精神风采，却早已在所有正直的人的心中刻下了深深的印痕，是永远值得人们怀念的。现在，海灯法师的故事已成为渐行渐远的历史文化，相信我们只要忠实地还原这段传奇色彩的历史真面目，进一步弘扬这种既有一定

的历史意义又有现实意义的海灯精神，我们采访、整理并撰写这部书的目的也就基本达到了。这一切，真应了海灯法师当年所作的一首七绝：

为宏洗髓三千界，
不肯此身半日闲，
满目青山皆自得，
香火普结胜因缘。

（本文照片由马祖铭、蔡林生、范春生、汤雄、苏益海等提供）